암
실
문
고

Perto do coração selvagem

Clarice Lispector

을유문고
야생의 심장 가까이

발행일
2022년 11월 25일 초판 1쇄
2023년 10월 20일 초판 3쇄

지은이 | 클라리시 리스펙토르
옮긴이 | 민승남
펴낸이 | 정무영, 정상준
펴낸곳 | (주)을유문화사

창립일 | 1945년 12월 1일
주소 | 서울시 마포구 서교동 469 - 48
전화 | 02 - 733 - 8153
팩스 | 02 - 732 - 9154
홈페이지 | www.eulyoo.co.kr

ISBN 978 - 89 - 324 - 6134 - 2 04870
ISBN 978 - 89 - 324 - 6130 - 4 (세트)

야생의 심장 가까이

클라리시 리스펙토르

민승남 옮김

제1부

제2부

"그는 혼자였다. 그는 주목받지 못했으며, 행복했고,
삶의 야성적 핵심 가까이에 있었다."
— 제임스 조이스 —

"He was alone. He was unheeded, happy,
and near to the wild heart of life."
— James Joyce —

편집자 주

위에서 언급된 문장은 제임스 조이스의 『젊은 예술가의 초상』에 등장한다. 리스
펙토르의 데뷔작 제목은 이 문장의 'near to the wild heart'라는 구문을 그대로 옮긴
것이다. 이 제목은 리스펙토르의 친구이자 작가인 루시우 카르도주가 제안한 것
이었는데, 그때까지 조이스를 읽어 본 적이 없었던 리스펙토르는 작품의 맥락보다
는 나열된 단어들이 주는 인상에 매료되어 이 제목을 받아들였다.

리스펙토르가 데뷔작에 담은 메시지 중 하나는 언어를 넘어선 심상의 세계에
서만 발견할 수 있는 진실에 관한 것이다. 따라서 이 작품은 단어들의 관습에 도전
하고, 낯설게 하고, 거기서 예측할 수 없는 이미지를 탄생시키곤 한다. 본 작품의
한국어판 제목 역시 그러한 특성을 반영했다. 즉, 주로 '야성의 중심(핵심) 가까이'
정도로 번역되는 한국어 번역의 관례를 따르지 않고 'wild heart'를 '야생의 심장'이
라는 이미지로 변형시킨 것이다.

옮긴이. 민승남

서울대학교 영문학과를 졸업하고 현재 전문 번역가로 활동 중이다. 제15회 유영
번역상을 수상했다. 옮긴 책으로 아룬다티 로이의 『지복의 성자』, 유진 오닐의
『밤으로의 긴 여로』, 앤 카슨의 『빨강의 자서전』, 『남편의 아름다움』, 이언 매
큐언의 『스위트 투스』, 『넛셸』, 메리 올리버의 『천 개의 아침』, 『완벽한 날들』
등이 있다.

일러두기

1. 본 작품의 번역 판본은 Alison Entrekin이 영역한 『Near to the Wild Heart』
   (New Directions Books, 2012)이며, 브라질-포르투갈어 원서(Rocco, 2007)를 참
   고했다.
2. 각주는 모두 번역자와 편집자가 작성한 것이다.

제
1
부

아버지……

아버지의 타자기 소리가 탁-탁…… 탁-탁-탁…… 이
어졌다. 시계가 먼지 없는 뎅-그랑 소리로 깨어났다.
정적이 잠잠잠잠잠잠 이어졌다. 옷장은 뭐라고 말했
지? 옷-옷-옷. 아니, 아니야. 시계와 타자기와 정적
사이에는 귀가 하나 있다. 듣는, 커다란, 분홍빛, 죽은
귀. 세 가지 소리는 햇빛과 반짝이는 작은 나뭇잎들의
바스락거림으로 이어져 갔다.
　　그녀는 반짝이는 차가운 유리창에 이마를 대고 이
웃집 마당을, 저-죽을-줄-모르는-암탉들의 커다란
세계를 바라보았다. 그녀는 단단히 다져진 따스한 흙,
그 흙의 몹시도 향기롭고 건조한 냄새를 마치 바로 코
밑에 있는 것처럼 맡을 수 있었고, 지렁이 한두 마리가
사람들이 잡아먹을 암탉에게 잡아먹히기 전에 기지개

를 켜는 걸, 저절로, 그냥 알아차렸다.

커다랗게 텅 빈 고요의 순간. 그녀는 눈을 크게 뜨고 기다렸다. 아무것도 오지 않았다. 공백. 그러더니 갑자기 그날의 태엽이 감기면서 모든 것이 위잉 되살아나, 타자기가 빠른 걸음으로 나아가고, 아버지의 담배가 연기를 피우고, 정적이, 작은 나뭇잎들이, 알몸의 닭들이, 빛이, 물건들이 끓는 주전자처럼 다급하게 활기를 띠었다. 빠진 건 너무도 예쁜 시계의 뎅그렁거림뿐이었다. 그녀는 눈을 감은 채, 그 시계 소리와 존재하지 않는 리드미컬한 음악이 들리는 것처럼 가장하고는 발끝으로 섰다. 날아가듯 가볍고 빠른 춤 스텝을 세 번 밟았다.

그러다 갑자기 그 혼합물에 질리기라도 했다는 듯이, 그녀는 그 모든 걸 혐오스럽게 쳐다보았다. "어이, 어이, 어이⋯⋯." 그녀는 지친 목소리로 웅얼거리다 궁금증에 젖었다. 이제 이제 이제 무슨 일이 일어날까? 무슨 일이 일어날지 계속해서 기다리기만 하면, 늘 아무것도 일어나지 않은 후의 시간 한 줌 속에 있게 되는 거야, 알겠어? 그녀는 먼지투성이 마룻바닥 위에서 맨발의 움직임을 즐기며 그 어려운 생각을 밀어냈다. 발을 비비면서, 아버지를 곁눈질로 살피며, 아버지가 초조하고 짜증스러운 시선을 던져 주기를 기다렸다. 하

아버지⋯⋯   13

지만 아무 반응이 없었다. 아무. 진공청소기처럼 사람을 빨아들이는 건 어려운 일이다.

"아빠, 나 시 지었어요."
"제목이 뭔데?"

"'해와 나.'" 그녀는 아주 잠깐 뜸을 들이다가 시를 암송했다. "'마당의 암탉들이 지렁이 두 마리를 먹었지만 나는 그 지렁이들을 보지 못했지.'"

"응? 해와 네가 그 시와 무슨 관계가 있니?"

그녀는 잠시 아버지를 쳐다보았다. 아버지는 이해하지 못한 것이다…….

"아빠, 해는 지렁이들 위에 있고, 나는 그 시를 지었는데 그 지렁이들을 보지 못했으니……."―잠시 멈춤. "지금 바로 다른 시 지을 수 있어요. '야, 해야, 이리와서 나랑 놀자.' 아니면 더 길게도 지을 수 있어요."

나는 작은 구름을 보았지
불쌍한 지렁이
구름을 보지 못했을 거야.

"멋지구나, 아가야, 멋져. 어떻게 그런 아름다운 시
    를 지었어?"
"어렵지 않아요. 그냥 떠오르는 대로 지으면 돼요."

그녀는 이미 인형 옷을 입히고, 벗기고, 인형이 파티에
가서 다른 모든 딸들 사이에서 눈부시게 빛나는 상상
을 했었다. 아를레치는 파란 차에 치어 죽었다. 그 다음
엔 요정이 나타나 그녀를 도로 살려 냈다. 딸과 요정과
파란 차는 주아나 자신이었고, 그렇지 않았다면 그 놀
이는 따분했을 것이다. 그녀는 사건이 발생하면서 어
떤 등장인물이 집중 조명을 받는 순간에 그 역할을 자
기 자신에게 맡기는 방법을 반드시 찾아냈다. 그녀는
침묵 속에서 양팔을 아래로 늘어뜨린 채 진지하게 임했
다. 아를레치 역할을 하기 위해 아를레치 가까이로 갈
필요는 없었다. 그녀는 멀리서도 사물을 소유했다.
    그녀는 판지 쪼가리들을 갖고 놀았다. 그녀는 잠
시 그것들을 바라보았고, 판지 쪼가리 하나하나가 학
생이었다. 주아나는 선생님이었다. 어떤 학생은 착하
고 어떤 학생은 나빴다. 그래, 그래, 그래서 뭐? 이제
이제 이제 뭐? 그리고 그녀가…… 기다릴 때면 항상 아
무 일도 일어나지 않았다.
    그녀는 자신의 집게손가락만 한 작은 남자를 만들

어 긴 바지를 입히고 나비넥타이를 매 주었다. 그러고
는 교복 주머니에 넣었다. 진짜로 훌륭하고 훌륭한 사
람이었던 그 작은 남자는 주머니 속에서 굵직한 목소리
로 이렇게 말하곤 했다. "주아나 폐하, 바쁘시겠지만 부
디 잠시, 잠시만 제 말을 들어주시겠습니까?" 그러곤
이렇게 선언하는 것이었다. "무슨 일이든 시켜만 주십
시오, 공주님. 분부대로 따르겠습니다."

　　"아빠, 나 뭐 해요?"
　　"가서 숙제해라."
　　"벌써 했어요."
　　"가서 놀아라."
　　"벌써 놀았어요."
　　"그럼 아빠 성가시게 하지 마."

그녀는 빙글빙글 돌다가 멈춰 서서 벽들과 천장이 빙빙
돌며 사라져 가는 걸 무심히 지켜보았다. 까치발을 하
고 검은 마루만 골라서 디디며 걸었다. 눈을 감고 두 손
을 내밀고서 가구에 닿을 때까지 걸어갔다. 그녀와 사
물들 사이엔 무언가가 있었지만, 그 무언가를 파리처
럼 잡고서 살짝 훔쳐보면—아무것도 도망치지 못하게
조심했는데도—눈에 보이는 건 자신의 장밋빛 손, 실

망한 손뿐이었다. 그래, 공기, 나도 공기를 알아! 하지만 소용없었다. 그걸로는 설명이 안 되니까. 그건 그녀의 비밀들 가운데 하나였다. 그녀는 절대로, 아버지에게조차도, 자신이 '그것'을 손에 잡을 수 없다는 사실을 말하지 않을 작정이었다. 그녀는 진짜 중요한 것들에 대해선 말할 수가 없었다. 예를 들어 후치에게 비밀을 말할 때마다 그에게 화가 났던 것이다. 그래서 그녀는 사람들에게 헛소리만 해 댔다. 정말이지 입을 다무는 게 상책이었다. 또 한 가지: 고통스러울 때 시곗바늘을 보고 있으면 시계가 재고 있는 시간이 지나가는 게 보이고, 고통은 계속되었다. 심지어 고통스럽지 않을 때에도, 시계 앞에 서서 시계를 보고 있노라면 그녀가 그때 느끼고 있지 않던 것들조차 시계로 재는 시간보다 더 중대해졌다. 이제 그녀는 행복하거나 화가 날 때면 시계 앞으로 달려가 시간이 가는 걸 부질없이 지켜보곤 했다.

그녀는 창가로 가서 창턱에 십자가를 그린 후, 밖을 향해 일직선으로 침을 뱉었다. 한 번 더 침을 뱉으면—이제 밤에만 다시 침을 뱉을 수 있었다—재앙은 일어나지 않을 것이고, 신은 그녀의 아주 좋은 친구가 되어, 아주 좋은 친구가 되어서…… 그래서 뭐?

아버지……

"아빠, 나 뭐 해요?"

"말했잖니. 가서 놀아. 성가시게 하지 말고!"

"벌써 놀았다니까요, 맹세해요."

아버지가 웃었다.

"노는 건 끝이 없으니……."

"끝이 있어요."

"다른 놀이를 만들어 보렴."

"노는 것도 싫고 숙제하기도 싫어요."

"흠, 그럼 하고 싶은 게 뭐니?"

주아나는 그것에 대해 생각해 보았다.

"모르겠어요……."

"날고 싶니?" 아버지가 건성으로 물었다.

"아니." 주아나가 대답했다.—잠시 멈춤. "나 뭐 해요?"

이번엔 아버지의 호통이 날아왔다.

"가서 벽에 머리 박아!"

　　　　　　　　　야생의 심장 가까이

그녀는 자신의 길고 곧은 머리칼을 가늘게 땋기 시작했다. 아니 아니 아니 그래 그래, 그녀는 조용히 노래를 불렀다. 최근에 머리 땋는 법을 배웠다. 책들이 있는 작은 테이블로 간 그녀는 멀리서 책들을 바라봄으로써 그것들과 놀았다. 아내 남편 아이들, 초록색은 남자, 흰색은 여자, 주홍색은 아들이나 딸. '아니'는 남자일까 여자일까? 왜 '아니'는 아들이나 딸이 될 수 없을까? '그래'는 어떨까? 아, 너무 많은 것이 완전히 불가능했다. 생각 속에서 오후들을 다 보낼 수도 있었다. 예를 들면: '아니'라는 말을 처음 한 사람은 누굴까?

　　일을 마친 아버지는 그녀가 가만히 앉아서 울고 있는 걸 보았다.

　　"무슨 일이니, 딸?" 아버지는 그녀를 안아 올리더니 불타는 듯한 그 작고 슬픈 얼굴을 차분히 들여다보았다. "무슨 일이야?"

　　"할 게 아무것도 없었어요."

아니 아니 그래 그래. 그 모든 게 마치, 약간의 두려움을 품은 채 잠에 빠져들기 직전에 들려오는 전차 소음 같았다. 타자기는 늙은 여자처럼 입을 꽉 닫고 있었지만, 지금껏 내내 마치 전차 소음처럼 그녀의 심장 박동

을 조절해 주었다. 물론 그 소리 때문에 그녀가 잠들지
는 않을 거였다. 그렇게 만들 수 있는 건 아버지의 품이
었다. 아버지는 잠시 생각에 잠겼다. 다른 사람을 대신
해 무언가를 해 줄 수는 없었다. 그저 도울 수 있을 뿐.
아이가 너무 제멋대로야. 너무 마르고 조숙하고……. 그
는 고개를 저으며 빠르게 한숨을 쉬었다. 작은 알, 바로
그거였다, 살아 있는 작은 알. 주아나는 어떻게 될까?

야생의 심장 가까이

악은 나의 소명이라는 확신, 주아나는 생각했다.

억눌린 힘. 눈을 질끈 감은 채, 야수 같은 무모한 자신감을 통해, 폭력으로 터져 나올 준비를 마친 그 억눌린 힘을 모조리 발산하고 싶은 갈망을 달리 어떻게 설명할 수 있을까? 오직 악 안에서만 공기와 허파를 기꺼이 받아들임으로써 두려움 없이 숨을 쉴 수 있지 않았던가? 내겐 기쁨 그 자체도 악만큼 큰 기쁨을 주진 못했어, 그녀는 놀라며 생각했다. 그녀는 모순들과 이기심과 활기로 넘실대는, 자기 안의 완전한 짐승을 느꼈다.

그녀는 자신을 그런 식으로 생각하지 않을 남편을 떠올렸다. 오타비우가 어떻게 생겼는지 기억해 보려고 애썼다. 하지만 그녀는 남편이 집을 떠났음을 감지한 순간, 변신했고, 자신에게 집중했고, 그동안 남편 때문에 중단되기라도 한 듯, 어릴 적 삶으로 서서히 돌아가, 그를 잊고 온전한 혼자가 되어 이 방 저 방을 돌아다녔다. 조용한 동네, 멀리 떨어진 집들에서는 아무 소리도 들려오지 않았다. 자유로운 그녀는 자신이 무슨 생각을 하는지도 몰랐다.

그래, 그녀는 자기 안의 완전한 짐승을 느꼈다. 언젠가 이 짐승을 풀어 줄 생각을 하니 혐오감이 밀려 왔다. 어쩌면 미美의 결핍이 두려워서. 아니면 그 결핍을 드러내는 것 자체가 무서워서……. 아니, 아니, 창조를 두려워해선 안 돼, 그녀는 되뇌었다. 그녀의 마음 깊은 속에서 그 짐승이 혐오감을 일으키는 건, 아직도 그녀가 권력자의 기분을 맞춰 줌으로써 사랑받고자 하는 욕망을 갖고 있기 때문인지도 모른다. 죽은 숙모에게 그랬던 것처럼. 하지만 그 다음엔 그 여자를 깔아뭉갰고 단칼에 의절해 버렸었다. 왜냐하면 최고의 말이자 늘 가장 어린 말은 이것이었으니: 선함은 나를 토하고 싶게 만든다. 선함은 미지근하고 가벼웠다. 너무 오래 둔 날고기 냄새가 났다. 그래도 완전히 썩지는 않았다. 이따금 신선한 곳에 두고 양념도 약간 해서, 미지근하고 조용한 고깃덩이로 남을 수 있게 된 것이다.

그녀는 결혼 전에, 숙모가 아직 살아 있었을 때,

탐욕스러운 남자가 음식을 먹는 걸 본 적이 있었다. 남자의 통방울눈이 음식 맛을 조금도 놓치지 않으려고 어리석게 번득이는 걸, 그녀는 몰래 훔쳐보았다. 그리고 그 남자의 손, 손. 한 손은 피로 물든 고기—따뜻하고 조용한 고기가 아니라 생기가 넘치고 아이러니하며 부도덕한 것—가 꽂힌 포크를 들고 있었고, 나머지 손은 어서 또 한 입 가득 먹어야 한다는 다급한 마음에 테이블보를 초조히 움켜쥐고 있었다. 테이블 아래의 다리는 들리지 않는 멜로디에 맞추어, 억눌리지 않고 순도가 높은 폭력을 보유한 악마의 음악에 맞추어 흔들리고 있었다. 그 사나움, 그 풍부한 색채……. 그의 입 주위와 코 밑은 불그스름했고, 번득이는 눈 아래는 창백하면서 푸르스름했다. 달랑 커피 한 잔을 놓고 테이블에 앉아 있던 주아나는 등골이 오싹했다. 하지만 나중에 그녀는 그게 강한 혐오감 때문이었는지 아니면 매혹과 욕망 때문이었는지 알 수 없을 터였다. 분명 둘 다였을 것이다. 그녀는 그 남자가 하나의 힘임을 알았다. 천성이 조심스럽고 내성적인 그녀는 그 남자처럼 먹을 수 있을 것 같진 않았음에도 그 모습에 동요되었다. 그녀는 얼음을 가득 넣은 욕조처럼 차갑고 강렬한 악이 담겨 있는 무시무시한 소설들을 읽을 때도 마음이 움직였다. 마치 누군가가 물을 마시는 걸 지켜보며 자신의 깊고 해묵은 갈증을 발견하는 것 같았다. 어쩌면 그건 그 저 삶의 결핍일 수도 있었다: 그녀는 가능했던 것보다 적게 살고 있었고, 그녀의 갈증은 홍수를 요구했다. 어 쩌면 몇 모금만으로도…… 아, 그럼 따끔한 맛을 보게 될 거야, 따끔한 맛을, 숙모는 그렇게 말하리라. 절대 그러지 마라. 네가 훔치고 싶은 게 어딘가에 네 몫으로 따로 남겨져 있는지 확인하기 전에는 절대 훔치지 마 라. 그럼 따로 남겨진 게 없다면? 훔침은 모든 걸 더 귀 중하게 만든다. 악의 맛―붉은 것을 씹고, 달콤한 불을 삼킨다.

자책하지 마. 이기심의 근본을 탐구해 봐: 내가 아 닌 것은 내 흥미를 끌 수 없으며, 있는 그대로의 자신을 넘어선 존재가 될 수는 없다―그럼에도 나는 정신이 혼미하지 않을 때에도 자신을 초월하며, 따라서 나는 거의 늘 나 자신을 넘어서 있다―. 내겐 몸이 있고, 내 가 하는 모든 일은 내 시작으로부터 이어진 것들이다. 마야 문명이 나의 관심을 끌지 못한다면 그건 내 안에 그 얕은 돋을새김 조각들과 관련된 것이 없기 때문이 다. 나는 나에게서 나오는 모든 것을 받아들이는데, 왜 냐하면 그것들이 태어난 원인을 미처 자각하지 못한 내 가 나도 모르게 아주 중요한 것을 짓밟을 수도 있기 때 문이다. 그것이 나의 가장 위대한 겸허함이다, 라고 그

야생의 심장 가까이

녀는 생각했다.

여기서 최악의 상황은, 그녀가 방금 생각한 모든 것들을 그냥 없애 버릴 수도 있다는 거였다. 어떤 생각들은 우뚝 세워져 정원의 조각상이 되었고, 그녀는 정원 오솔길을 따라 걸으며 그것들을 바라보았다.

그날 그녀는 쾌활했고, 예쁘기도 했다. 약간 열에 들떠 있기도 했다. 이 로맨틱한 기분은 어디서 오는 걸까: 열 때문에? 하지만 실제로 그런 징후가 느껴졌다: 반짝거리는 눈, 이 활력과 이 허약함, 뒤엉킨 심장 박동. 가벼운 산들바람, 여름의 산들바람이 그녀의 몸을 때리자 온몸이 추위와 열기로 전율했다. 그녀는 아주 빠르게 생각을 이어 갔다. 지어내는 걸 멈출 수 없어서였다. 그건 아직 내가 아주 어리기 때문이고, 또 무언가와 서로 닿았건 닿지 않았건 늘 느낄 수 있어서야—그녀는 생각에 잠겼다. 이를테면, 지금 금발의 물결에 대해 생각하고 있지. 그건 바로 금발의 물결이 존재하지 않기 때문이야, 알겠어? 그러니 거기서 벗어나. 그래, 하지만 태양의 금빛 얼룩들은 어떻게 보면 금발 같고……. 그러니 나는 그걸 진짜로 상상한 게 아니다. 늘 똑같은 함정이다. 악도 상상도 아니라는 것. 악 속에서, 그 종말의 중심에서 느낌은 단순하고 형용할 수 없는 것이 된다. 구르는 돌처럼 맹목적인 것. 한편 상상 속에는 확대되고 변형된 환영幻影들밖에 없는데, 그건 오로지 그것만이 악의 힘을 지녔기 때문이다: 그 아래에 냉정한 진실이 있다. 거짓말을 통해 우연히 진리로 들어선다는 것. 심지어 그녀는 자유 속에서도, 즐거움을 주는 새 행로를 선택했을 때도, 시간이 지나면 다시 그 냉정한 진실들과 마주했다. 자유롭다는 건 결국 계속 나아간다는 것이므로, 그럴 때는 이미 다져진 길을 또다시 가게 된다. 그러면 이미 자기 안에 있는 것만을 보게 될 것이다. 상상의 맛을 잃어버린 채 말이다. 내가 울었던 날은 어땠었지?—그녀는 거짓말을 하고 싶은 욕망도 느꼈다—나는 수학 공부를 하다가 갑자기 기적이 지닌 거대하고 차가운 불가능성을 느꼈다. 나는 이 창문 너머를 보았고, 유일한 진실을, 설령 그가 내게서 달아나지 않아서 내가 그에게 가까이 갈 수 있다고 해도 그에게 말할 수 없는 진실을 감지했다. 그 유일한 진실이란 내가 살아 있다는 것이다. 진실로, 나는 살아 있다. 나는 누구인가? 글쎄, 그건 좀 너무 나간 생각이다. 나는 바흐의 반음계 연습곡을 기억해 내고, 내 마음은 길을 잃는다. 그것은 얼음처럼 차갑고 순수하지만, 당신은 그 위에서 잠을 잘 수도 있다. 내 의식은 길을 잃었지만 상관없다. 나는 환각 속에서 가장 큰 평온을 발견하니까. 내가 누구인지 말할 수 없다는 건 기이한 일이다. 너무 잘 아는 걸 말할 수가 없으니까. 무엇보다도 그걸 말하기가 두렵다. 말하려는 순간 내가 느끼는 걸 표현할 수 없을뿐더러, 내가 느끼는 것이 서서히 내가 말하는 것으로 변하기 때문이다. 그렇지 않을 때에도, 내가 느끼는 것이 아니라 내가 말하는 것이 나를 행동으로 이끌곤 한다. 내가 누구인지 느낄 때, 그 느낌은 뇌의 꼭대기에, 입에—특히 혀에—, 팔의 살갗에 박히고, 또 내 몸을 관통하여 몸 속 깊숙한 곳에, 하지만 어디인지, 정확히 어디인지는 말할 수 없는 곳에 닿는다. 그 맛은 회색이고, 약간 불그스름하며, 오래된 부분들은 조금 푸르스름하다. 그리고 그것은 젤리 덩어리처럼 느릿느릿 움직인다. 가끔 그것은 날카로워져서 내게 상처를 입힌다. 나와 충돌한다. 좋아, 이제, 이를테면, 푸른 하늘에 대해 생각해야지. 하지만 그보다 먼저, 이 살아 있다는 확신은 어디에서 오는 걸까? 아니, 나는 안녕하지 못하다. 왜냐하면 아무도 자신에게 이런 질문들을 하지 않으니까. 그리고 나는……. 하지만 모든 현실의 표면 아래에 있는 것, 즉 다른 것으로 환원할 수 없는 그 존재만의 유일한 특성을 포착하기 위해 당신이 해야 할 일은 그저 조용히 있는 것뿐이다. 그리고 이 모든 불확실성—반음계 연습곡—아래에서는 만물이 완전해진다는 사실을, 나는 알고 있다. 음계에서 음계로, 정해진 길을 가도록 운명지워져 있으니까. 세상 어떤 것도 이 완전함을 피하지 못한다. 그래서 세상 모든 것이 완전함과 함께일 수 있는 것이다. 하지만 그것은 오타비우가 기침을 하며 자신의 가슴에 이렇게 손을 댈 때, 아니면 그가 담배를 피우면서 자신도 모르게 콧수염에 재를 떨어뜨릴 때 내가 눈물을 흘리는 이유를 설명하지 못한다. 아, 그때 내가 느끼는 건 연민이다. 연민은 내 방식의 사랑이다. 내 방식의 증오이고 소통이다. 어떤 사람은 욕망으로 살고 또 어떤 사람은 두려움으로 살아가듯, 세상 속의 나를 지탱해 주는 건 연민이다. 내가 모르는 사이에 일어난 일들에 대한 연민. 하지만 오늘은 좀 피곤하다. 기분이 밝긴 하지만, 여름 아침의 활기처럼 어디에서 왔는지 모를 쾌활함을 느끼고 있긴 하지만, 지금 나는 피곤하다, 엄청! 우리 함께 울자, 조용히. 고통에 시달리면서도 거뜬히 나아가고 있으니까. 한 방울의 눈물로 단순화된, 지쳐 버린 고통. 하지만 그건 시를 향한 갈망이었다고, 나는 신께 고백한다. 우리 서로의 손을 잡고 잠들자. 세상은 그대로 굴러가고, 저기 저 어딘가에 내가 모르는 것들이 있다. 잠을 바라보라, 바다 위를 떠도는 조용하고 연약한 배여, 신과 신비 위에서 함께 잠들자.

　　왜 그녀는 뚜껑을 연 스토브에서 나오는 공기처럼

야생의 심장 가까이

그렇게 가볍고 뜨거웠을까?

그날은 다른 모든 날들과 똑같았는데, 어쩌면 거기에서 활기가 나왔는지도 몰랐다. 그녀는 햇살이 가득 밀려들었을 때 잠에서 깼다. 그러고는 침대에 누운 채로 생각했다. 모래, 바다, 죽은 숙모의 집에서 바닷물을 마시던 일, 그리고 느낌, 무엇보다도 느낌을. 침대에서 잠시 기다린 그녀는 아무 일도 일어나지 않자 평범한 하루를 시작했다. 그녀는 어릴 적의 욕망-힘-기적에서 여전히 벗어나지 못하고 있었다. 그 공식은 연거푸 되풀이되었다: 어떤 걸 소유하지 않고 느끼기. 그러기 위해서는 상상을 받아들일 수 있게끔 가볍고 순수한, 공복의 상태를 유지하기만 하면 되었다. 그건 마치 날아다니면서, 그러니까 발아래에 아무것도 느껴지지 않는 상태로 지극히 소중한 것을, 이를테면 한 아이를 품에 받아드는 것처럼 어려운 일이었다. 그녀는 그 게임의 어느 지점에 이르면 자신이 누워 있다는 것조차 느끼지 못했다—그럴 때면 자신이 자신의 모든 생각들 속에 존재하지 않는다는 게 두려워졌다. 그녀는 바다를 원했고 침대 시트를 느꼈다. 하루가 흘러가고 그녀는 홀로 뒤에 남겨졌다.

가끔 그랬던 것처럼, 거의 아무 생각도 없이, 조용히 누워 있던 그녀는 그 무렵 햇살로 채워진 집 안을 훑어보았다. 높다란 창들은 마치 그 자신이 빚인 양 눈부시게 반짝였다. 오타비우는 외출했다. 집에는 아무도 없었다. 현실과 가장 동떨어진 생각들까지 품을 수 있었던 그녀의 마음속에도 아무도 없었다. 지금, 저 위 별들의 자리에서 지구 위의 나 자신을 바라볼 수 있다면 자신으로부터도 떨어져 혼자가 될 수 있으리라. 하지만 밤이 아니라 별이 없었고, 그렇게 멀리서 자신을 바라볼 수도 없었다. 그녀는 멍하니 누군가를 떠올렸고—틈새가 벌어진 커다란 치아와 속눈썹 없는 눈—, 자신의 독창성을 확신하던 그 누군가는 진지한 어조로 이렇게 말했었다. 내 삶은 엄청난 야행성이야. 그는 그 말을 마치고는 거기 그냥, 한밤중의 소처럼 조용히 앉아 있곤 했다. 그는 가끔씩 아무런 논리도, 목적도 없이 머리를 까딱이다가 다시 헛소리를 늘어놓았다. 그는 모두를 아연실색하게 만들었다. 아, 그래, 그 남자는 그녀의 어릴 적 기억 속에 있었고, 그와 함께 떠오르는 건 촉촉이 젖은 제비꽃 무리, 지천으로 피어 떨리던……. 이제 잠이 더 깬 주아나는 자신이 원한다면, 이대로 조금 더 머무는 걸 스스로 허용한다면, 어린 시절 전체를 돌이켜볼 수도 있었다……. 아버지와의 짧은 삶, 숙모 집에 얹혀살았던 날들, 사는 법을 가르쳐 준 선생님, 신기하게 시작된 사춘기, 기숙학교…… 오타비우와의 결혼……. 하지만 이 모든 일들은 놀라움에 찬 한 번의 눈길만으로도 전부 다 빨아들일 수 있을 만큼 너무도 짧았다.

그건 아주 작은 열기였다. 만일 죄가 존재한다면, 그녀는 죄를 지었다. 그녀의 인생 전체가 하나의 과오였으며, 그녀는 헛된 존재였다. 그 목소리를 가진 여자는 어디 있었을까? 그저 성별이 여자일 뿐이었던 여자들은 어디 있었을까? 그리고 그녀가 어렸을 때 시작한 것들은 무엇을 통해 지속돼 왔을까? 아주 작은 열기를 통해서. 그 지난 날들이 맺은 결과들은 여기저기를 떠돌면서 똑같은 대상을 거부했다가 사랑하기를 천 번쯤 반복했다. 어둠과 정적 속에서 보낸 그 밤들, 높은 곳에서 반짝이던 작은 별들. 그녀는 주의 깊은 시선을 머금은 채 어스름 속의 침대에 누워 있었다. 흐릿한 흰 침대가 어둠 속에서 헤엄치고 있었다. 피로가 그녀의 몸으로 스르르 기어들고, 맑은 정신은 그 문어를 피해 달아났다. 너덜너덜한 꿈들, 환상들의 시작. 오타비우는 다른 침실에서 살고 있었다. 기다림이 가져다주던 나른함은 갑자기 응축되면서 빠르고 초조한 몸동작으로, 침묵의 외침으로 변했다. 그 다음엔 추위가, 그리고 잠이.

어머니

어느 날 아버지의 친구가 멀리서 찾아와 아버지를 얼싸 안았다. 저녁식사 시간에, 주아나는 식탁 위에서 알몸 이 된 노란 닭고기를 경악과 참회의 눈빛으로 바라보았 다. 아버지와 친구는 포도주를 마셨고, 이따금 친구가 말했다.

"자네에게 딸이 있다니 도무지 믿을 수가 없 어……."

그러면 아버지는 주아나를 향해 고개를 돌리고 웃으며 말했다.

"길에서 사 왔지……."

아버지는 쾌활하면서도 진지한 모습으로 빵을 공 모양으로 돌돌 말았다. 그러다 가끔 포도주를 크게 한 모금씩 마시기도 했다. 아버지의 친구가 주아나를 향해 말했다.

"돼지는 꿀–꿀–꿀 우는 거 아니?"

아버지가 대답했다.

"자네에겐 안 어울려, 알프레두……."

친구 이름이 알프레두였다.
"그 애는 돼지는 어떻게 우나 같은 놀이를 하기엔 너무 컸는데, 자네는 그것도 모르고……." 아버지가 계속해서 말했다.

모두 웃음을 터뜨렸고, 주아나도 웃었다. 아버지가 그녀에게 닭 날개를 하나 더 주자 그녀는 빵 없이 그것만 먹었다.
"딸 가진 기분이 어떤가?" 친구가 음식을 씹으며 물었다.

아버지는 냅킨으로 입을 닦고 고개를 갸웃하더니 미소를 지으며 말했다.

"가끔은 따스한 알을 손에 쥔 기분이 들지. 가끔은,
아무 느낌도 없어. 완전한 기억 상실…… 이따금
나만의, 진짜 내 딸을 가진 기분이 들기도 하고."

"걸리, 걸리, 펄리, 윌리, 툴리……" 아버지의 친구가 주
아나를 보면서 노래를 불렀다. "나중에 커서 어른 뭐 이
런 거 되면 뭐 하고 싶니?"

"친구, 저 아이는 뭐 이런 거가 뭔지 전혀 모른다
네." 아버지가 선언했다. "하지만 저 아이만 괜찮다면
내가 대신 저 아이의 계획을 말해 줄 수 있지. 나중에
크면 영웅이 될 거라고 나한테 말하더군……."

친구는 웃고 또 웃고 또 웃었다. 그러더니 웃음을
뚝 그치고 주아나의 턱을 잡았다. 그래서 주아나는 음
식을 씹을 수가 없었다.

"얘야, 아버지가 비밀을 말해 버려서 우는 건 아니
지, 그렇지?"

그 다음엔 주아나가 태어나기 전에 일어났던 게 분명한

일들에 대한 이야기가 이어졌다. 가끔은 진짜 일어난 건 아니고 말뿐인 이야기도 나왔지만, 그 얘기 역시 그녀가 태어나기 전에 관한 일이었다. 그녀는 그런 것보다 비가 오는 게 천 배쯤 더 좋았는데, 그럼 어둠을 두려워하지 않고 잠들기가 훨씬 쉬웠기 때문이었다. 두 남자가 밖에 나가려고 모자를 챙기자 그녀는 일어나서 아버지의 코트를 잡아당겼다.

"조금 더 있어요……."

두 남자가 시선을 교환했고, 잠시 동안 그녀는 그들이 더 있을지 아니면 나갈지 판별할 수 없었다. 하지만 아버지와 친구가 조금 진지한 표정이 되었다가 웃음을 터뜨리자 그녀는 그들이 집에 머물 것임을 알 수 있었다. 적어도 그녀가 빗소리나 사람들이 내는 소음 없이도 텅 비고 어둡고 적막한 이 집의 나머지 공간들을 떠올리면서 잠들 수 있을 정도로 노곤해질 때까지는. 두 남자는 앉아서 담배를 피웠다. 그녀의 눈에서 빛이 깜박거리기 시작했다. 그녀는 내일 아침에 깨자마자 옆집 마당의 닭들을 살펴볼 작정이었다. 오늘 구운 닭고기를 먹었으니까.

"그 여자를 잊을 수가 없었어." 아버지가 말했다.

"줄곧 그 사람 생각을 한 건 아냐. 문득문득 떠올랐지. 나중에 생각하려고 남겨 둔 메모처럼. 나중에 그녀가 떠올라도 깊게 생각해 본 적은 없어. 그저 사소하고 아프지 않은 고통, 소리 없는 '아!', 순간의 모호한 상념이 었다가 바로 잊혔지. 그녀 이름은⋯⋯." 아버지는 주아나를 흘끗 보았다. "이름은 엘자였지. 내가 그녀에게 이런 말을 한 기억이 나: 엘자는 빈 봉지 같은 이름이야. 그녀는 날카롭고, 비딱하고―무슨 뜻인지 자네도 알 거야, 안 그래?―, 힘이 넘쳤지. 너무도 빠르고 가혹하게 결정을 내렸고, 너무도 독자적이고 신랄해서, 처음 대화를 나누었을 때 나는 그녀에게 무신경하다고 말했지! 상상해 봐⋯⋯. 그러자 그녀는 조금 웃더니 심각해지더군. 그때 난 그녀가 밤에 무얼 하는지 상상해 보려고 애썼어. 잠을 잘 것 같지가 않았거든. 그녀는 절대 자신을 내려놓는 법이 없었어. 게다가 그 딱딱한 안색―다행히 딸은 그녀를 안 닮았어―, 그 안색은 나이트가운하곤 어울리지 않았어⋯⋯. 나는 그녀가 밤새 기도하고, 어두운 하늘을 바라보고, 누군가의 곁을 지켜주는 모습을 상상했지. 난 기억력이 안 좋아서 그녀에게 왜 무신경하다고 했는지조차 기억이 안 나. 하지만 그녀를 잊을 만큼 기억력이 나쁘진 않지. 난 아직도 그녀가 모래 위를 걷는 모습을 마음속에 그려. 뻣뻣한 걸

　　　　　　　　　　　야생의 심장 가까이

음걸이, 찌푸린 채 아득한 표정. 알프레두, 제일 신기한 건, 거기 모래가 있었을 리 없다는 거야. 그런데도 그 광경이 집요하게 떠올라. 설명을 거부하면서."

친구는 의자에 눕다시피 기대앉아서 담배를 피우고 있었다. 주아나는 낡은 안락의자의 붉은 가죽을 손톱으로 긁었다.

"한밤중에 열에 들떠 잠이 깬 적이 있었어. 지금까지도 그 뜨겁고 건조하고 누더기처럼 거친 혀가 입 안에서 느껴질 정도지. 내가 고통을 얼마나 두려워하는지 자네도 알 거야. 차라리 영혼을 팔아 버리고 싶을 정도지. 그때 그녀가 생각났어. 믿을 수 없는 일이었지. 내 기억이 틀리지 않다면, 이미 서른두 살이 되었을 때였는데. 그녀를 스치듯 만난 건 스무 살 때였고. 그런데 그 고통스러운 순간에, 그 많은 친구 중에─그중엔 자네도 있었는데, 그때 난 자네가 어떻게 살고 있는지도 모르고 있었지─, 하필 그녀가 생각난 거지. 도대체……"

친구가 웃으며 말했다.

"그러게……"

"자넨 짐작도 못 할 거야. 난 사람들에게 그렇게 분노한 인간을 본 적이 없어. 하지만 그 분노는 진지했고, 경멸도 담겨 있었지. 그러면서도 무척이나 선했어…… 냉담한 선함. 내가 틀렸나? 난 그런 종류의 선함이 싫었어. 비웃는 것 같았거든. 하지만 난 거기 익숙해졌지. 그녀에겐 내가 필요하지 않았어. 나 역시 그녀가 필요하지 않았고. 진짜야. 그런데도 우린 늘 함께 있었지. 아직도 내가 알고 싶은 건, 무슨 대가를 치르고라도 꼭 알고 싶은 건, 그녀가 그토록 골몰했던 생각이 뭐였느냐야. 나를 잘 아는 자네가 봤다면, 그녀에 비하면 나는 아무 생각 없는 바보라고 했을 거야. 그러니 그녀가 나의 알량한 가족들에게 어떤 인상을 줬을지 생각해 보게: 마치 내가 그 넉넉한 분홍빛 가슴 속에—기억하나, 알프레두?—그들은 웃었다—뭔가를 심어 놓은 것처럼 보였겠지. 천연두 균이나 이교도 같은, 그게 뭔지 누가 알겠냐만…… 어쨌든, 난 아이만은 그녀를 닮지 않길 진심으로 바라고 있어. 나도 안 닮아야지, 제발……. 다행히 주아나는 자신의 길을 가는 것 같고……."

"그 다음엔 어떻게 됐는데?" 친구가 물었다.

"그 다음엔…… 아무 일 없었지. 그녀는 최대한 빨리 죽었지."

그러자 친구가 말했다.

"이보게, 자네 딸이 거의 잠들었군……. 침대에 눕
   혀 주는 친절을 베풀게."

하지만 그녀는 잠들지 않았다. 그저 눈을 반쯤 감고 고
개를 옆으로 떨어뜨린 거였는데, 그건 비가 올 때와 비
슷한 상태였으니, 그때 세상 만물은 가볍게 서로 섞여
들었던 것이다. 그러면 침대에 누워 시트를 끌어올릴
때 잠에 더 익숙해지고, 어둠이 가슴을 짓누르는 기분
을 느끼지 않을 수 있었다. 특히 오늘은 그게 더 절실했
다. 이제부터는 엘자를 두려워하게 되었으니까. 하지
만 어머니를 두려워할 수는 없는 노릇이었다. 어머니
는 아버지와 같았다. 아버지가 자신을 안고 그녀의 방
을 향해 복도를 걸어갈 때, 그녀는 아버지의 가슴에 머
리를 기대고 아버지의 진한 향기를 마셨다. 그녀는 말
없이 말했다: 아니, 아니, 아니……. 그녀는 기운을 내
려고 이렇게 생각했다: 내일, 내일 일어나자마자 살아
있는 닭들을 볼 거야.
   마지막 햇살이 초록 나뭇가지들 사이에서 떨리고
있었다. 비둘기들이 헐거운 흙을 파헤쳤다. 이따금 학
교 운동장의 산들바람과 정적이 교실까지 가 닿았다.

그러다 모든 게 밝아졌고, 여자 선생님의 목소리가 흰 깃발처럼 떠돌았다.

"그래서 그와 온 가족이 영원히 행복하게 살았단다." 잠시 멈춤—정원의 나무들이 살랑거렸다. 여름이었다. "다음 시간에는 이 이야기의 줄거리를 써 오렴."

아이들은 아직도 이야기에 푹 빠진 채 빛나는 눈과 만족스러운 입을 하고 천천히 움직였다.

"행복해지면 얻는 게 뭔가요?" 그녀의 목소리는 분명하고 날카로운 화살이었다. 선생님이 주아나를 바라보았다.

"다시 질문해 보겠니······?"

침묵. 선생님이 책들을 쌓으며 미소 지었다.

"주아나, 다시 질문해 보렴. 선생님이 잘 못 들었구나."

"제가 알고 싶은 건, 행복해지면 어떻게 되나요? 그 다음엔 뭐가 오나요?" 그녀가 집요하게 물었다.

선생님이 놀라서 쳐다보았다.

"그런 생각을 하다니! 네 말이 무슨 뜻인지 잘 모르
겠구나. 그런 생각을 하다니! 다른 말로 질문해 보
보겠니."

"행복해지는 건 무얼 위한 거예요?"

선생님이 얼굴을 붉혔다―그녀가 얼굴을 붉힌 이유는
아무도 알 수 없었다. 선생님은 다른 아이들의 존재를
의식하고는 쉬는 시간이라며 밖으로 내보냈다.

수위가 와서 주아나를 교무실로 불렀다. 선생님이
거기 있었다.

"앉으렴……. 많이 놀았니?"

"조금요……."

"나중에 커서 뭐가 되고 싶어?"

"모르겠어요."

"흠. 주아나, 나도 한 가지 생각을 했단다." 선생님은 얼
굴을 붉혔다. "네가 오늘 나에게 한 질문을 종이에 적고
나서 오랫동안 그 종이를 간직해 두렴. 그리고 나중에
커서 그걸 다시 읽어 봐." 선생님은 주아나를 응시하며
말을 이었다. "혹시 아니? 언젠가는 너 스스로 그 질문
에 답할 수 있을지……." 선생님은 진지한 표정을 거두

며 얼굴을 붉혔다. "어쩌면 그건 더 이상 중요하지 않아
질 수도 있지만, 그래도 최소한 그런 생각을 했었다는
게 재미있게 느껴질 수도……."

"아뇨."

"뭐가 아냐?" 선생님이 놀라서 물었다.
"전 재미있고 싶지 않아요." 주아나가 자랑스럽게
말했다.
선생님은 다시 얼굴을 붉혔다.

"좋아, 가서 놀아."

주아나가 깡충깡충 두 걸음 만에 문에 이르렀을 때 선
생님이 다시 그녀를 불렀다. 선생님은 이제 목까지 붉
어져서는, 시선을 내리깔고, 책상 위 종이들을 차곡거
리고 있었다.

"이상하다는 생각 안 들었니……. 그 질문을 종이에
적어서 간직하라는 말이 우습지 않았어?"
"아뇨."

주아나가 대답했다.

그녀는 운동장을 향해 다시 돌아섰다.

"나는 정신이 너무 산만해." 주아나가 오타비우에게 말했다.

사방이 벽으로 둘러싸인 공간이 갖게 되는 가치는 그 공간 자체보다는 벽에 둘러싸여 있다는 상황으로부터 주어진다. 오타비우는 주아나를 그녀가 아닌 그 자신에게 속하는 무언가로 만들었고, 주아나는 자기들 둘 모두에 대한 연민을 통해 그걸 받아들였다. 왜냐하면 그들 두 사람은 사랑을 통해 스스로 자유로워질 수 없었기 때문이다. 특히 그녀는 자신이 가진 공포와 고통에 대한 두려움을, 저항의 영역으로 발을 들이지 못하는 무기력함을 순순히 인정했으니, 보라, 상대의 구속을 허락하지 않고서 어떻게 자신을 남자와 엮을 수 있겠는가? 그가 그녀의 육체와 영혼에 사방으로 벽을 쌓는 걸 어떻게 막을 수 있겠는가? 어떤 것들에게 소유 당하지 않고 그것들을 가질 방법이 있을까?

그 오후는 벌거벗은 투명한 모습이었고, 시작도 끝도 없었다. 가볍고 검은 새들은 맑은 공기 속을 또렷이, 지켜보는 인간의 눈 하나 없이 날았다. 멀리 있는 산은 거대하고도 닫힌 모습으로 가만 떠올라 있었다. 그 산은 두 가지 방식으로 볼 수 있었다: 멀리 있는 거대한 것으로도, 가까이 있는 작은 것으로도 상상할 수 있었던 것이다. 어느 쪽이거나, 멍청하고, 단단한, 갈색 산이었다. 그녀는 가끔 자연을 혐오했다. 이유는 모르겠지만, 이 마지막 생각은 저 산과 함께 어떤 결론에 이르렀고, 그녀는 손바닥으로 테이블을 탕 치면서 무겁게 되뇌었다: 저거야! 주아나의 안에 있는, 마치 게으른 몸처럼 늘어져 있는 회록색 물체, 그녀 안의 깊은 곳에 있는, 얇고 거친, 완전히 바싹 마른, 침이 마른 입이 지은 미소 같은, 불면의 무기력한 눈 같은 그것이 움직이지 않는 산 앞에서 스스로를 확인했다. 그녀가 손으로 그러쥘 수 없었던 그것은 이제 광휘를 얻었고, 더욱 커졌고, 자유로워졌다. 그것을 간단히 요약하려는 시도는 부질없었다: 맑은 공기, 여름 오후. 그 이상의 무언가가 있어야만 했다. 잎이 무성한 나무들을 상대로 한 부질없는 승리, 모든 것들이 아무것도 하지 않는 순간. 오, 신이시여. 그거야, 그래, 그거: 만일 신이 존재한다면, 갑자기 지나치게 깨끗해진 그 세계를, 먼지 한 톨 없이 비누 냄새를 풍기는, 조용한, 토요일의 집 같은 그 세계를 버렸으리라. 주아나는 미소 지었다. 어쩌서 자신은 깨끗하고 반들반들한 집 안에서 마치 수도원의 복도를 쓸쓸히 헤매는 듯한 기분을 느껴야만 했을까? 그녀는 다른 많은 것들도 이런 식으로 관찰했다. 예를 들어, 만약 간 위에 얼음을 대고 누르는 걸 견딜 수만 있다면, 그 순간 멀고도 날카로운 감각들이, 덧없고 빛나는 생각들이 온몸에 가득 퍼지는데, 그때 그녀가 말을 해야만 했다면 이렇게 말했을 터였다: 숭고해. 두 손을 펼친 채, 어쩌면 눈까지 감고서.

"어쨌든 나는 정신이 너무 산만해." 그녀가 다시 말했다.

그녀는 뜬금없이 마른 나뭇가지 같은 기분을 느꼈다. 묵은 껍질로 덮인, 부서지기 쉬운 나뭇가지. 어쩌면 목이 마른 건지도 몰랐지만, 근처에 물이 없었다. 그리고 무엇보다도, 이 순간 남자가 자신을 껴안으면 자신의 신경은 부드러운 달콤함이 아닌 라임주스의 자극적인 맛을 느낄 테고, 자신의 육체는 불 가까이 있는 나무처럼 건조해지고, 휘고, 우지직거리는 소리를 내게 되리라는 숨 막히는 확신. 그녀는 이런 말로 자신을 위로

할 수도 없었다. 이건 그저 잠깐의 멈춤일 뿐이고, 곧 생명력이 피의 물결처럼 다가와, 나를 적시고, 나의 말라비틀어진 나무를 촉촉하게 만들어 줄 거라고. 그런 식으로 스스로를 속일 수는 없었다. 그녀는 자신이 살아 있음을 알았고, 그 모든 순간들이 어떤 고난, 혹은 고통스러운 경험의 정점이라는 사실도 알고 있었다. 그녀는 그 순간들에 감사해야 했다: 마치 자신의 바깥으로 벗어난 것처럼, 초연한 태도로 시간을 느낄 수 있었으니까.

"난 알고 있었지, 당신이 산책 좋아하는 거." 오타비우가 잔가지를 집어 들며 말했다. "사실 당신은 결혼 전에도 산책을 좋아했지."

"그래, 무척." 그녀가 대답했다.

그녀는 그가 옛날 생각을 하도록 만들어서 둘 사이에 새로운 관계를 형성해 볼 수도 있었다. 그녀가 다른 사람들과 어울릴 때 가장 즐겨 쓰는 방법이었다. 꼭 과거를 따라가야만 하는 건 아니었다. 말 한마디로 인생의 행로를 새로 개척할 수도 있었다. 만일 그녀가 이렇게 말한다면: 나 임신 3개월이야, 짠! 그들 사이에 무언가 되살아날 것이다. 비록 오타비우는 특별히 그런 말을 꺼낼 만한 분위기를 조성해 주진 않았지만 말이다. 그럴 경우의 차선책은 예전에 일어났던 일과 연결해 보는 것이었다. 하지만 그럼에도 그가 '나 좀 살려 줘, 제발 살려 줘.' 라는 눈길로 자신을 바라보면, 그녀는 쥐었던 손을 펼쳐 작은 새가 날아가도록 놓아주었다. 심지어 가끔은 그녀가 한 말이 그들 사이에 다리를 놓기는커녕 오히려 그 간격만 더 벌릴 때도 있었다. 어쩌면 그녀의 말에 담긴 본성 때문이었을 것이다. "오타비우," 그녀는 갑자기 그에게 이렇게 말하곤 했으니, "점, 차원을 지니지 않은 점 하나가, 극단의 고독이라는 생각, 해 본 적 있어? 점은 심지어 스스로를 믿고 의지할 수도 없잖아. 보통 그 자신의 바깥에 있으니까." 그녀가 남편의 손에 뜨거운 석탄을 던지기라도 한 것처럼, 그 말은 그의 손 안에서 퍼덕이며 꿈틀거렸다. 그는 다른 말을 하며 빠져나갔다, 회색처럼 차가운 말, 간격을 메우는 회색: 비 오네, 나 배고파, 아름다운 날이야. 어쩌면 그녀는 말하는 요령이 부족했던 건지도 모른다. 하지만 그녀는 그를, 그런 식으로 잔가지를 집어 드는 그를 사랑했다.

그녀는 따스하고 맑은 오후의 공기를 마셨고, 그녀의 몸에서 물이 필요한 부분은 눈가리개를 하고 총알을 기다리는 사람처럼 여전히 뻣뻣이 긴장되어 있었다.

밤이 왔고, 그녀는 계속해서 척박한 리듬으로 숨쉬었다. 그러나 동트기 전의 빛이 침실을 부드럽게 밝히자 물체들이 그림자 속에서 새롭게 등장했고, 그녀는 새 아침이 시트 사이로 살며시 파고드는 걸 느끼며 눈을 떴다. 그녀는 일어나 앉았다. 마치 그녀 안에서는 죽음이 존재하지 않는다는 듯이, 사랑이 그녀를 하나로 이어붙일 수 있으리라는 듯이, 영원이 다시금 재개되리라는 듯이.

긴 여행이었고, 먼 덤불에서는 젖은 식물의 차가운 냄
새가 났다.

아주 이른 아침이었고, 주아나는 세수만 겨우 하
고 나와야 했다. 옆에 앉은 하녀는 전차 안의 광고 문구
들을 판독하는 재미에 빠져 있었다. 주아나는 오른쪽
관자놀이를 좌석에 기대고, 목재를 통해 나른하게 전
해 오는 달콤한 바퀴 소리를 자장가 삼아 몽롱한 상태
로 빠져들고 있었다. 내리깐 시선 아래로, 빠르고 덧없
는 줄무늬들을 가진 회색 땅바닥이 쏜살같이 지나갔다.
눈을 다 뜨면 돌 하나하나가 보이면서 신비감이 깨질
터였다. 하지만 그녀는 눈을 반쯤 감고 있었고, 전차는
더 빨리 가는 듯했으며, 소금기를 머금은 시원한 새벽
바람이 더 강하게 불어 왔다.

아침에는 이상하고 시커먼 케이크—포도주와 바퀴벌레 맛이 나는—를 먹었다. 연민을 감추지 못한 사람들이 너무도 다정하게 권하는 바람에 도저히 거절할 수가 없었다. 이제 그 케이크가 위장을 무겁게 짓누르며 그녀의 몸에 슬픔을 가져왔고, 그 슬픔은 그녀가 가슴에 안고 잠들었다가 가슴에 안은 채 깬 다른 슬픔, 배후에서 움직이지 않는 슬픔과 합류했다.

"모래에 발이 푹푹 빠져서 걷기가 너무 힘드네요." 하녀가 불평했다.

그녀는 숙모네 집으로 이어지는 모래밭을 건넜다. 바닷가임을 알리는 모래밭. 모래 알갱이들 밑에서 돋아난 가녀린 검은색 풀은 부드러운 흰색 지표면 위에서 혹독하게 뒤틀려 있었다. 보이지 않는 바다에서 불어온 거센 바람은 소금기, 모래, 물의 지친 소리를 실어 왔고, 치마를 다리에 휘감았고, 주아나와 하녀의 살갗을 맹렬하게 핥아 댔다.

"우라질 바람." 하녀가 악문 이 사이로 내뱉었다.

더 세찬 돌풍이 그녀의 치마를 얼굴까지 들어 올리자 근육질의 검은 허벅지가 드러났다. 코코넛 나무들이 필사적으로 몸부림쳤고, 아직 해가 모습을 드러내기 전이어서 베일에 싸여 있어야 했던 맹렬한 빛들이 모래밭과 하늘에 반사되었다. 세상에, 이게 무슨 일이야? 모든 것이 소리쳤다: 아니! 아니!

숙모네 집은 바람과 햇빛이 들어오지 않는 피난처였다. 하녀는 한숨지으며 음산한 현관에 털썩 앉았다. 검고 육중한 가구들 사이로 액자 속 남자들의 미소가 희미하게 빛났다. 얼얼한 바다 공기에 시달렸던 주아나는 달콤하고 평온하게 다가오는 미지근한 냄새를 간신히 들이마시며 서 있었다. 곰팡내, 그리고 설탕을 넣은 차 냄새.

이윽고 문이 열리더니 커다란 꽃무늬가 박힌 가운 차림의 숙모가 달려왔다. 주아나는 방어 태세를 갖출 사이도 없이 흐느낌으로 출렁이는 두 개의 부드럽고 따스한 살덩이 사이에 파묻혔고, 마치 베개에 얼굴을 파묻은 듯했고, 그 안에서, 어둠 속에서, 울음소리를 들었다.

"부모 없는 불쌍한 것!"

숙모는 살진 손으로 자신의 가슴에서 주아나의 얼굴을 거칠게 떼어 내더니 잠시 바라보았다. 숙모는 한 동작에서 다음 동작으로 갑작스럽고 격하게 넘어갔다. 숙모의 몸에서 또 다시 울음의 발작이 시작되었고, 주아나는 눈과 입, 목에 광란의 키스 세례를 받았다. 숙모의 혀와 입술은 개처럼 질쩍하고 따스했다. 주아나는 잠시 눈을 감고 구역질을, 몸서리와 함께 위장에서 솟구치는 검은 케이크를 삼켰다. 숙모가 구겨진 커다란 손수건을 꺼내 코를 풀었다. 하녀는 다리를 늘어뜨리고 앉아서 입을 벌린 채 그림들을 바라보고 있었다. 숙모의 가슴은 워낙 깊어서, 가방처럼 그 안에 손을 집어넣어 놀라운 물건들을, 동물이건 상자건 그 무엇이건, 꺼낼 수 있을 것 같았다. 흐느낌과 함께 그 가슴은 자꾸자꾸 커졌고, 집 안에서는 마늘과 콩 냄새가 풍겨 왔다. 분명, 어딘가에서, 누군가가 올리브 오일을 벌컥벌컥 들이켜고 있는 듯했다. 숙모의 가슴은 사람 하나를 묻을 수도 있었다!

"봐줘요!" 주아나가 발을 구르며 날카롭게 외쳤다. 그녀는 눈을 휘둥그렇게 뜬 채 몸을 떨었다.

숙모가 화들짝 놀라 피아노에 기댔다. 하녀가 말했다.

"그게 좋겠어요. 피곤해서 그래요."

주아나는 얼굴이 새하얗게 질린 채 헐떡거렸다. 그녀는 어쩔할 바를 모른 채, 어두워진 눈으로 현관을 두리번거렸다. 벽들이 두꺼웠다. 그녀는 갇혔다, 갇혔다!

그림 안의 남자가 콧수염 속에서 쳐다보고 있었고, 숙모의 가슴은 녹은 지방처럼 그녀에게로 쏟아질 수도 있었다. 주아나는 육중한 문을 밀어서 열고 도망쳤다.

신선한 공기를 실은 한 줄기 바람과 모래가 현관으로 들어와 커튼을 들추었다. 숙모는 입에 댄 손수건으로 흐느낌과 놀라움—오, 끔찍한 실망—을 가렸고, 열린 문 너머로 조카의 앙상한 맨 다리가 하늘과 땅 사이를 달리고 또 달려 해변 쪽으로 사라지는 모습을 잠시 지켜보았다.

주아나는 키스와 눈물로 젖은 얼굴을 손등으로 닦았다. 미지근한 침의 무미건조한 맛과 숙모의 가슴에서 나던 달콤한 향기가 여전히 느껴졌고, 그녀는 더 깊이 숨을 쉬었다. 그녀는 더 이상 견딜 수가 없어서, 분노와 혐오가 맹렬히 솟구쳐서, 고통과 복수심에 찬 몸으로, 눈을 감고, 바위틈에 대고 토하기 시작했다.

이제 바람이 그녀를 거칠게 핥고 있었다. 그녀는 창백하고 연약해진 상태로 얕은 숨을 쉬면서, 소금기를 머금은 명랑한 바람이 자신의 몸 위를 지나기도 하고 몸속으로 파고들기도 하며 활기를 불어넣는 걸 느꼈다. 눈을 반쯤 떴다. 저 아래에 바다가, 양철의 물결처럼 반짝거리며, 깊고, 거대하고, 고요한 모습으로 누워 있었다. 짙은 바다는 끊임없이 일렁이며 제 몸을 휘감

야생의 심장 가까이

앉다. 바다는 고요한 모래밭 너머에, 사지를 뻗고 누워 있었다……. 살아 있는 몸처럼 누워 있었다. 잔물결 너머에 바다가 있었다—바다. 바다, 그녀는 쉰 목소리로 조용히 말했다.

그녀는 바위에서 기어 내려가, 쓸쓸한 해변을 힘 없이 가로질러, 발에 물이 닿는 곳까지 갔다. 휘청거리 는 다리로 쪼그려 앉아, 바다를 조금 마셨다. 거기서 그 렇게 휴식을 취했다. 가끔은 반쯤 눈을 감고서 해수면 을 바라보며 고개를 좌우로 저었고, 그러면 시야가 너 무도 또렷해졌다—그녀의 눈을 물과 무한히 결합시키 는, 긴 초록색 선. 해가 구름 사이로 갑자기 얼굴을 내 밀자 물 위에서 반짝이는 작은 섬광들이 조그마한 불 꽃처럼 피어났다가 시들었다. 물결 너머 바다가 멀리 서 그녀를 응시하고 있었다. 조용히, 울음 없이, 가슴 도 없이. 크다, 크다. 크다, 그녀는 미소 지었다. 그러다 갑자기, 예기치 않게, 그녀는 자기 안에서 어떤 강한 것 을 느꼈다. 그 이상한 것이 그녀를 조금 떨게 만들었지 만, 그건 추위도 아니었고 슬픔도 아니었다. 바다로부 터 온, 입 안을 맴도는 소금의 맛에서 온, 그리고 그녀, 그녀 자신으로부터 온 커다란 것. 그건 슬픔이 아니었 고, 거의 섬뜩하기까지 한 행복이었다……. 바다를, 그 조용한 반짝거림을 볼 때마다 몸에서, 허리에서, 가슴에서, 긴장되었다가 느슨해지는 기분이 느껴졌다. 특별히 우스울 게 없었기에 웃어야 할지 확신이 서지 않았다. 오히려, 아 오히려, 그 뒤에는 어제 일어난 일이 있었다. 두 손으로 얼굴을 가린 그녀는 거의 부끄러움에 가까운 기분으로 기다리며, 웃음의 열기와 날숨이 도로 빨아들여지는 걸 느꼈다. 물은 이제 맨발이 된 그녀의 발을 감싸고 철썩이며 발가락 사이에서 으르렁거리더니 투명한 짐승처럼 맑게 맑게 빠져나갔다. 투명하고 살아 있는…… 그녀는 그걸 마시고 싶었다. 천천히 깨물고 싶었다. 두 손을 오므려 모아서 물을 떴다. 작고 조용한 물웅덩이가 햇살을 받아 고요히 반짝이며, 따스해져 가고, 스르르 빠져, 달아났다. 그 물을 빠르게-빠르게 빨아들인 모래는 아무 일 없었던 양 시치미 떼고 제자리에 가만 앉아 있었다. 그녀는 물에 얼굴을 적셨고, 비어 버린, 짭짤한 손바닥을 혀로 핥았다. 소금기와 햇빛은 여기저기서 반짝이는 작은 화살들로 다시 태어났고, 그녀를 찔렀고, 젖은 얼굴의 살갗을 팽팽하게 당겼다. 커져 가는 행복이 공기 자루 같은 목구멍에 쌓였다. 하지만 이번에는 웃고 싶은 욕구가 들지 않는, 엄숙한 행복이었다. 거의 울어야만 하는, 오 제발, 그런 행복이었다. 그 생각은 천천히 다가왔다. 대담하게, 지금까지처럼 회색빛과 눈물을 통해서가 아니라, 태양

야생의 심장 가까이

아래 흰 모래밭처럼 알몸으로, 소리 없이. 아빠는 죽었다. 아빠는 죽었다. 그녀는 천천히 숨 쉬었다. 아빠는 죽었다. 이제 그녀는 아버지가 죽었다는 걸 진짜로 알 수 있었다. 지금, 무수한 물고기 떼로 반짝이는 바다 곁에서. 아버지가 죽은 건 바다가 깊은 것처럼 엄연한 사실이야! 그녀는 문득 깨달았다. 아버지가 죽었다는 건 아무도 바다 밑바닥을 볼 수 없는 것과 같다.

그녀는 울어서 지친 게 아니었다. 그녀는 아버지가 죽었다는 걸 이해했다. 그게 다였다. 그녀의 슬픔은, 분노를 담지 않은, 크고 무거운 피로였다. 그녀는 그 슬픔을 안고 드넓은 해변을 걸었다. 잔가지처럼 검고 가느다란 자신의 발이 조용하고 흰 모래밭에 빠졌다가 단숨에 리드미컬하게 다시 올라오는 모습을 바라보았다. 그녀는 걷고 또 걸었다. 할 수 있는 게 아무것도 없었다: 아버지가 죽었다.

그녀는 모래에 배를 깔고 엎드려, 두 손으로 얼굴을 덮고, 공기가 통할 정도로만 가느다란 틈을 남겼다. 자꾸자꾸 어두워졌고, 동그라미들과 붉은 얼룩들, 떨리는 동그란 점들이 천천히 나타나, 커졌다 작아졌다 하고 있었다. 모래 알갱이들이 그녀의 살갗을 깨물고 파묻었다. 그녀는 눈을 감고 있어도 해변의 물결이, 역시 자기처럼 눈꺼풀이 닫힌 바다를 향해 빠르게 빠르게 빨려드는 걸 느낄 수 있었다. 물결은 유순하게 다시 돌아왔다. 손바닥을 펼친 채, 느슨한 몸으로. 물결 소리를 듣는 게 좋았다. 나는 사람이다. 그리고 많은 것들이 그 뒤를 따를 것이다. 뭐라고? 무슨 일이 일어나더라도 그녀는 자기 자신에게만 말할 것이다. 어차피 다른 사람들은 아무도 이해하지 못할 테니까: 그녀는 어떤 생각을 하더라도 그걸 그대로 말하는 방법을 몰랐다. 아니, 생각에 관한 한 모든 것이 불가능했다. 예를 들어, 가끔 그녀는 어떤 생각을 하고는 놀라서 묻곤 했다: 왜 전에는 그 생각을 못 했지? 그건 문득 테이블에 난 작은 흠집을 발견하고 이렇게 말하는 것과는 달랐다: 아니, 저걸 못 봤다니! 그건⋯⋯ 생각된 것은 생각되기 전에는 존재하지 않았다. 이를테면: 구스타보의 손가락 자국⋯⋯. 그것은 당신이, 구스타보의 손가락 자국, 이라고 말하기 전에는 생겨나지 않았다. 당신이 생각한 것은 생각되어진 것이다. 또한: 생각되어진 모든 것들이 그 시점부터 존재하기 시작하는 건 아니다⋯⋯. 왜냐하면, 만일 내가, 숙모는 삼촌과 점심을 먹고 있어, 라고 말한다고 해서 무언가를 생겨나게 하는 건 아니기 때문이다. 혹은 설령 내가, 난 산책을 나갈 거야, 좋아, 산책하러 갈 거야, 라고 결심한다고 해도⋯⋯ 아무것도 존재하지 않는다. 하지만 만일 내가, 예를 들어,

무덤 위의 꽃, 이라고 말한다면, 짠! 내가 무덤 위의 꽃을 생각하기 전까지는 존재하지 않는 그 무언가가 나타난다. 음악과 마찬가지다. 어째서 그녀는 존재하는 모든 음악을 자기 혼자서 연주할 수 없었을까? ―그녀는 뚜껑이 열린 피아노를 보았다―거기 모든 음악이 들어 있었다……. 그녀의 눈은 커다랗고, 검고, 신비했다. "모든 것, 모든 것." 그때부터 그녀는 거짓말을 시작했다. ―하지만 그녀는 이미 시작한 사람이었다. 그 점은 설명할 수 없었다. 마치 '아니'라는 단어가 남성형도 여성형도 아닌 것처럼 말이다.[1] 하지만 그럼에도 그녀는 어떨 때 '그래'라고 말해야 하는지도 알지 않았던가? 알았다. 오, 갈수록 더 많은 걸 알았지. 이를테면, 바다. 바다는 많았다. 그 생각을 떠올린 그녀는 마치 눈을 크게 뜨고 쳐다보려 해도 쳐다볼 대상을 찾을 수가 없었던 때와 같은 기분을, 모래밭 속으로 빠져드는 듯한 기분을 느꼈다. 숙모의 집에서, 분명 그녀는 처음 며칠 동안 단 것들을 먹게 될 터였다. 푸른색과 흰색으로 이루어진 욕조에서 목욕하게 될 터였다. 왜냐하면 그 집에

---

[1] 포르투갈어의 많은 단어는 남성형과 여성형으로 나뉘어 있으나, 드물게 이 구분에 구애받지 않는 단어도 있다. '아니'를 뜻하는 nunca가 여기에 해당한다.

서 살게 될 테니까. 밤마다, 어두워지면, 잠옷을 입고, 잠이 들 터였다. 아침이면 우유를 탄 커피와 비스킷을 먹을 터였다. 숙모는 언제나 커다란 비스킷을 구울 터였다. 소금이 들어가지 않은 비스킷. 검은 옷을 입고 전차를 기다리는 사람 같은 것. 그녀는 그 비스킷을 먹기 전에 바다에 담글 터였다. 비스킷을 한 입 먹고 커피를 마시러 집으로 달려갈 터였다. 등등. 그 다음에 그녀는 막대기들과 병들이 있는 마당에서 놀게 될 터였다. 하지만 무엇보다도 그 닭 없는 낡은 닭장. 거기선 새 잡는 끈끈이와 말라가는 오물 따위의 냄새가 풍겼다. 하지만 거기 들어가 앉으면, 땅바닥과 아주 가까워져서, 토양을 볼 수 있었다. 토양은 너무 많은 것들로 이루어져 있어서, 그 많은 것들이 얼마나 많은지 생각하면 머리가 아팠다. 빗장이니 뭐니 있을 건 다 있었던 닭장은 그녀의 집이 될 터였다. 그리고 삼촌의 농장. 전에는 잠깐씩만 다녀갔지만, 이제부터 거기서 휴일을 보내게 될 터였다. 그녀는 새로운 것들을 아주 많이 갖게 될 터였다, 그렇지? 그녀는 두 손에 얼굴을 묻었다. 오, 무서워, 무서워. 하지만 무섭기만 한 건 아니었다. 누군가가 어떤 일을 마치고 이렇게 말하는 것과 같았다: 선생님, 다 했는데요. 그러면 선생님은 이렇게 말한다: 다른 친구들이 다 마칠 때까지 기다리렴. 그러면 그대로 앉아

서 성당 안에 있을 때처럼 조용히 기다린다. 드높은 성
당과 침묵. 훌륭하고 우아한 성자들. 차가운 감촉. 차갑
고 신성한 것. 그리고 아무것도 아무 말도 하지 않는다.
오, 무서워, 무서워. 하지만 그저 무섭기만 한 게 아니
다. 지금 내겐 아무런 할 일도 없고, 무얼 해야 할지도
모르는 것이다. 그건 아름다운 것들을, 귀여운 병아리
를, 바다를, 당신 목구멍 속의 응어리를 바라볼 때와 비
슷하다. 하지만 그 이상의 무언가가 있다. 크게 눈을 깜
빡인다, 배후에 숨겨진 것들 틈에서.

주아나의 기쁨들

그녀가 가끔 느낀 자유. 그것은 분명한 성찰로부터 나온 건 아니었다. 아무래도 생각으로 조직화하기에는 너무 유기적인 지각들로 이루어져 있었던 듯하다. 이따금 어떤 느낌의 밑바닥에는 그녀가 그 느낌의 종류와 색깔을 어렴풋이 인식하도록 만들어 주는 하나의 관념이 깜빡거리고 있었다.

그녀가, 영원, 이라고 웅얼거릴 때 빠져드는 상태. 그 생각 자체가 영원의 특성을 지니고 있었다. 그것은 불가사의하게 깊어지고 넓어졌다. 실제로는 아무런 내용이나 형태도, 심지어 차원조차 없었는데도 말이다. 그 느낌 안에 조금만 더 머물 수 있다면 계시를 얻게 될 것만 같은 인상이 들었다―그저 지구에서 우주를 향해 몸을 기울이기만 하면 나머지 세상을 볼 수 있는 것처

야생의 심장 가까이

럼, 손쉽게. 영원은 단순히 시간을 뜻하는 게 아니었다. 그건 그녀가 자신의 몸에 담을 수 없는—왜냐하면 그녀는 죽을 것이므로—어떤 뿌리 깊은 확신이었다. 영원을 넘어서기가 불가능하다는 점이 영원이었다. 또한 어떤 절대적인 느낌, 거의 추상적인 순수함 역시 영원이었다. 그녀에게 진정으로 영원성을 느끼게 한 생각이 있었는데, 그건 훗날 얼마나 많은 인간들이 그녀의 육신을 계승하게 될지 모르겠다는 생각이었다. 언젠가 현재로부터 유성의 속도로 멀어져 갈 그 육신을.

그녀는 영원을 정의했고, 거기서 그녀의 심장을 향해 가해진 치명타 같은 해석들이 생겨났다. 하지만 그 해석들은 그녀 자신의 진실이었기에 그녀는 단 한마디도 바꿀 생각이 없었다. 하지만 그것들은 싹이 트자마자 논리적으로 공허해졌다. 영원을 시간보다 큰 것으로, 즉 인간의 정신이 하나의 관념으로 유지할 수 있는 시간보다 더 큰 양으로 정의하게 되면 그것이 지속되는 기간을 잴 수가 없었던 것이다. 또한 영원은 양을 가질 수 없고 재거나 나눌 수도 없었으니, 재거나 나눌 수 있는 모든 것들은 시작과 끝을 갖기 때문이었다. 영원은 무한히 큰—그리고 천천히 소멸해 가는—양이 아니었다. 영원은 연속이었다.

문득 주아나는 지고의 아름다움이 연속성 속에 들

어 있음을 깨달았다. 움직임이 형상을 설명한다—그 생각은 너무도 고귀하고 순수해서 그녀는 소리쳐 버렸다: 움직임이 형상을 설명한다!—. 그리고 고통 또한 연속 가운데 들어 있었다. 육체는 중단되지 않은 연속성의 움직임보다 느리기 때문이었다. 상상은 현재의 미래를 파악하고 소유하지만, 육체는 길이 출발하는 곳에서, 정신의 체험을 목격하지 못한 채, 다른 속도로 산다……. 주아나는 이런 깨달음들—그녀는 이것들을 이용해서 존재하는 무언가를 만들어 냈다—만으로도 충분한 기쁨과 교감했다.

좋은 느낌들은 많았다. 산에 올라, 정상에 멈춰 서서, 보지 않고, 뒤에 가려진 땅을, 멀리 있는 농장을 느낀다. 바람이 그녀의 옷을, 머리칼을 헝클어뜨린다. 그녀의 두 팔은 자유롭고, 심장은 거칠게 펄떡이지만, 얼굴은 태양 아래서 밝고 평온하다. 그리고 무엇보다도 그녀는 자신의 발아래 놓인 땅이 몹시도 깊고 몹시도 은밀하다는 걸 알기에, 거기에 이해가 침입해 그 신비를 풀어 버릴지도 모른다는 두려움을 가질 필요가 없음을 안다. 이 느낌은 영광의 성질을 지녔다.

음악의 특정한 순간들. 음악은 생각과 같은 범주에 속해서, 이 둘의 진동은 같은 성질을 가지고 있으며 같은 방식으로 움직였다. 음악은 생각처럼 몹시 내밀해서, 그것은 들려올 때에야 비로소 스스로를 드러냈다. 그것은 생각처럼 몹시 내밀해서, 누군가가 그 소리가 지닌 약간의 뉘앙스라도 흉내 내면, 주아나는 어느새 그 음악이 침범당하고 흩어진 느낌을 받고는 놀라곤 했다. 그 음악이 대중적인 것이 되면—그리하여 이제 그녀의 것이 아니게 되면—더 이상 그 하모니를 느낄 수 없었다. 심지어 어떤 곡을 몇 번 반복해서 듣기만 해도 그 곡과 생각의 유사성은 파괴되었다: 그녀의 생각들은 반복되는 법이 없는데, 음악은 완전히 똑같은 형태로 거듭날 수 있었기 때문이었다. 생각은 창작 중인 음악하고만 닮아 있었다. 주아나는 모든 소리들과 심오한 일체감을 느끼진 않았다. 오직 순수한 소리들하고만 일체감을 느꼈다. 그녀가 사랑하는 것들은 비극적이지도, 희극적이지도 않았다.

볼 것들도 많았다. 몇몇 특정한 순간에는, 본다는 것은 '무덤 위의 꽃'과 같았다: 보임으로써 존재하게 되는 것. 하지만 주아나가 보고자 했던 건 기적이나 가브리엘 천사가 예언한 일 같은 게 아니었다. 그녀가 놀라움을 느끼는 대상은 이미 본 적이 있는데 갑자기 처음으로 눈에 들어오는 것들, 그것이 그동안 내내 살아 있었음을 별안간 깨닫게 되는 것들 따위였다. 그리하여, 개 한 마리가, 하늘에 검은 실루엣을 드리우며, 짖고 있었다. 개는 자신을 설명할 다른 무언가를 요구하지 않고 스스로 서 있었으며…… 열린 문 하나가 앞뒤로 흔들리며, 오후의 정적 속에서 삐걱거렸고…… 그리고 돌연, 그래, 맞아, 거기에 진실한 무언가가 있었다. 당신이 누군가의 해묵은 초상화를 바라보고 있는데, 그 초상화가 너무 오래되어서, 혹은 거기 그려진 사람이 이미 흙으로 돌아갔기 때문에, 당신은 그를 알아보지 못하고 앞으로도 영영 알아내지 못하는 것이다—목적은 겸허히 뒤로 물러나면서 그녀에게 조용하고 선한 순간을 가져다주었다. 깃발 없는 깃대, 여름날에, 말없이 곧게 서 있는, 얼굴과 몸을 볼 수 없는 그 사물도 마찬가지의 일을 했다. 어떤 것이 그녀의 시야 안으로 들어서기 위해서는 슬퍼할 필요도, 행복해질 필요도, 스스로를 드러낼 필요도 없었다. 그것들은 그저 존재하기만 하면 되었고, 그녀가 그것들이 지닌 표식을 감지하도록 만들려면 조용히 멈춰 있는 쪽이 더 좋았다. 아, 부디, 존재의 표식을……. 하지만 굳이 존재의 표식을 찾을 필요는 없으니, 어차피 존재하는 모든 것은 스스로의 필연성을 지닌 채 존재하기 때문이다……. 말하자면, 본다는 것은 사물 그 자체가 지닌 상징을 갑작스레 발견하는 순간들로 이루어진 행위다.

그녀가 발견한 것들은 혼란스러웠다. 하지만 이런

혼란은 그녀가 발견한 것들에게 특정한 매력을 부여했다. 이를테면, 표식을 깔끔하게 꿰뚫는 저 길고 날카로운 선들을, 그녀 자신에게 어떻게 설명한단 말인가? 그 선들은 섬세하고 가늘었다. 그것들은 늘 똑같이, 처음과 똑같은 상태로 멈췄다. 중단, 그것들은 늘 중단되었는데, 그건 끝에 다다라서가 아니라 아무도 그것들을 끝까지 인도할 수 없기 때문이었다. 원들은 그보다 더 완벽했고, 덜 비극적이었으며, 그녀를 충분히 감동시키지 못했다. 원들은 인간의 작품이었고, 죽기 전에 끝이 났는데, 신조차도 그보다 더 좋은 끝을 이끌어 낼 수 없었다. 반면에 곧고, 가늘고, 독립된 선들—그것들은 생각들 같았다.

그리고 다른 혼란들도 있었다. 바다 앞에 선 어린 주아나에 대한 기억이 그랬다: 소의 눈에서 나온 평화, 누워 있는 바다의 몸, 바다의 깊은 자궁에서 나온 평화, 보도 위의 뻣뻣한 고양이에게서 나온 평화. 모든 게 하나, 모든 게 하나……. 그녀는 그렇게 노래했었다. 그녀의 혼란은 바다, 고양이, 소, 그리고 그녀 자신이 서로 연결되어 있다는 데 있었다. 또한 그녀의 혼란은 자신이 아직 어린 소녀였을 때 바다를 바라보며 '모든 게 하나'라고 노래했었는지, 아니면 나중에 그 기억을 떠올릴 때 비로소 그 노래를 불렀는지 모르는 데서 온 것이

기도 했다. 어쨌건 그녀의 혼란은 그저 매력을 부여하는 데에서 그치지 않았고, 심지어 사실성 그 자체를 가져다주기도 했다. 문득, 그녀는 만일 자신이 느낀 걸 분명하게 정리하고 설명할 수 있었더라면 '모든 게 하나'의 본질을 파괴했으리란 생각이 들었다. 그녀는 혼란 속에서 자신도 모르는 사이에 진실 그 자체가 되었고, 어쩌면 그것이 앎보다 더 큰 생명력을 제공할 수도 있었다. 주아나는 그 진실의 정체를 알게 되더라도 그걸 이용할 수는 없었다. 그건 그녀의 줄기가 아닌 뿌리의 일부였으니까. 더 이상 그녀의 것이 아닌, 가늠할 수도, 만질 수도 없는 모든 것들과 그녀의 몸을 하나로 묶어주는 뿌리.

오, 기쁨을 느낄 이유들은 많았다. 웃음기 없는, 진지한, 심오한, 신선한 기쁨. 그녀가 말하는 도중에 자신에 관한 것들을 발견하면, 그녀의 생각들은 말과 나란히 달렸다. 어느 날 그녀는 오타비우에게 다른 사람들과는 다른 놀이를 하던 어린 주아나에 대해 이야기했다. 그 무렵 그녀는 꿈을 꾸면서 놀았다.

"잠든 거야?"
"아주."
"그럼 일어나, 자정이 지났어…… 꿈 꿨어?"

그녀는 처음엔 양떼, 학교, 우유를 마시는 고양이들 꿈을 꿨다. 그러다 조금씩 푸른 양들, 숲속에 있는 학교, 황금색 접시에 든 우유를 마시는 고양이들 꿈을 꿨다. 그녀의 꿈들은 점점 더 밀도가 높아졌고 말로 희석되기 어려운 색채들을 띠어 갔다.

"흰 공들이 안에서 튀어 오르는 꿈을 꿨는데……."
"무슨 공? 어디 안에서?"
"몰라, 그냥 공들이 튀어 오르고……."

오타비우는 그녀의 말에 귀 기울인 뒤에 말했다.

"당신이 너무 어려서부터 방치되었다는 생각이 드는데……. 숙모 집…… 낯선 사람들…… 그 다음엔 기숙학교……."

주아나는 생각했다: 하지만 선생님이 있었어.
그녀가 대답했다. "아니……. 달리 어쩔 수 있었겠어? 어린 시절을 갖는다는 건 정말 좋은 일 아냐? 아무도 그 시절을 나한테서 빼앗을 수 없지……." 그때 그녀는 이미 호기심에 차서 자신의 말을 귀 기울여 듣고 있었다.

"난 잠시도 어린 시절로 돌아가고 싶지 않아." 오타비우가 깊은 생각에 잠겨서 말했다. 사촌 이자벨과 다정한 리디아 생각을 하는 게 분명했다. "단 한 순간도."

"나도 그래." 주아나가 황급히 대꾸했다. "한 순간도. 나도 그 시절이 그립지 않아, 알지?" 그리고 그 순간, 매혹되어, 천천히, 소리쳤다. "그립지 않아. 난 어린 시절을 그때보다 지금 더 많이 느끼니까……."

그래, 피와 뒤섞인 기쁜 일들이 많았다.

한편, 주아나는 동시에 몇 가지 길들을 따라가며 생각하고 느낄 수 있었다. 그래서 그녀는 오타비우가 이야기하는 동안, 그의 말을 들어 주면서, 창밖의 작고 늙은 여자를 볼 수 있었다. 햇살 속의 초라하고, 가볍고, 빠른—산들바람에 떨리는 나뭇가지. 마른 가지는 너무도 많은 여성성을 지니고 있어서, 그 몸에서 생명력이 말라붙지만 않았다면 저 가련한 여인은 자식을 가질 수도 있을 거라고, 주아나는 생각했다. 그녀는 오타비우의 말에 대답하면서, 자신의 이제-나-뭐 해요 타령에 시달리곤 했던 아버지가 특별히 지어 준 시를 떠올렸다.

데이지와 바이올렛은 늘 수다를 떨었지,
하나는 장님, 하나는 완전히 미쳤지,

장님은 미친 친구가 떠드는 소리를 들었고
결국 아무도 보지 못한 걸 보게 되었지…….

돌고 도는 바퀴가, 공기를 휘저어 바람을 일으키는 것
처럼.

심지어 고통마저도 좋았는데, 왜냐하면 가장 낮은
곳에 있는 고통이 일어나는 동안에는 그녀 역시 존재할
수 있었기 때문이었다—마치 따로 흐르는 강처럼.

또한 그녀는 오고 있는 순간을 기다릴 수도 있었
다……. 오고 있는…… 예고도 없이 현재로 달려들었다
가 별안간 사라지는…… 그리고 또 다른 순간…… 오고
있는…… 오고 있는…….

숙모가 돈을 내러 갔을 때, 주아나는 책 한 권을 집어 옆구리에 낀 다른 책들 사이에 슬쩍 집어넣었다. 숙모의 얼굴이 새하얗게 질렸다.

밖으로 나오자 숙모가 조심스럽게 말을 꺼냈다.

"주아나……. 주아나, 내가 봤다……."

주아나는 그녀를 흘긋 보았을 뿐, 아무 말도 하지 않았다.

"무슨 말이라도 해야 하는 거 아니니?" 숙모가 울음 섞인 목소리로 불쑥 내뱉었다. "세상에, 나중에 뭐가 되려고?"

"걱정 마세요, 부인."

"그렇지만 어린 것이…… 네가 무슨 짓을 한 건지나
아니?"

"네……."

"그걸 아니……. 그걸 뭐라고 부르는지 알아……?"

"난 책을 훔쳤어요, 안 그런가요?"

"그렇지만, 오 주님! 저 아이가 제 입으로 실토까지
하니 저는 정말이지 어쩔 바를 모르겠습니다!"

"숙모가 실토하게 만들었잖아요."

"넌 그게…… 물건을 훔치는 게 괜찮다고 생각하
니?"

"글쎄요……. 괜찮지 않을지도 모르죠."

"그런데 왜……?"

"할 수 있으니까."

"너?!" 숙모가 소리쳤다.

"그래요, 훔치고 싶어서 훔쳤어요. 난 훔치고 싶을
때만 훔칠 거예요. 그럼 문제 될 거 없어요."

"주님, 도와주소서, 주아나, 그럼 문제가 되는 건
언젠데?"

"두려워하면서 훔칠 때죠. 난 행복하지도 않고 슬

프지도 않아요."

숙모가 고통스러운 눈빛으로 쳐다보았다.

"애야, 넌 여자가 다 됐어, 이제 곧 어른이 될 거
야⋯⋯. 당장 원피스 단도 늘려야 하고⋯⋯. 제발
부탁이다. 다시는 그러지 않겠다고 맹세해라, 맹
세해, 하늘에 계신 우리 아버지를 위해 맹세해."

주아나가 호기심 어린 눈으로 쳐다봤다.
"하지만 만일 내가 무엇이든 할 수 있다고 말하면,
그러면⋯⋯." 설명해 봐야 부질없는 짓이었다. "그래요,
맹세해요. 내 아버지를 위해."
　나중에, 주아나는 숙모의 침실을 지나치다가 그녀
의 목소리를 들었다. 간간이 한숨이 섞인 작은 목소리.
주아나는 문에―자신의 머리가 드리운 흔적이 보이는
바로 그곳에―귀를 대고 엿들었다.

"작은 악마 같아⋯⋯. 이 나이가 되고 보니, 그리고
딸을 키워 결혼까지 시킨 경험이 있다 보니, 주아
나한테 정이 안 가⋯⋯. 우리 아르만다는 부모 속
한 번 안 썩였는데. 하느님, 부디 아르만다가 제

남편에게도 그런 아내가 되게 하소서. 알베르투,
난 더 이상 그 애를 돌볼 수가 없어, 정말이야……
도둑질을 한 후에 그 애가 나한테 한다는 말이, 난
무엇이든 할 수 있어요…… 상상해 봐…… 난 얼
굴이 하얗게 질렸지. 펠리시우 신부님께 말씀드리
고 조언을 청했어…… 신부님도 나와 함께 고개를
저었지…… 아, 더 이상 못 견디겠어! 집에서도 그
래, 그 앤 늘 조용하지, 아무도 필요하지 않은 것
처럼…… 그러다 우리를 볼 때면 눈을 똑바로 쳐
다보면서, 경멸하듯……."

"그래," 삼촌이 천천히 말했다. "기숙학교의 엄격한 규
율이 그 애를 길들여 줄 수도 있지. 펠리시우 신부님 말
씀이 옳아. 주아나 아버지가 살아 있었어도, 그 애가 물
건을 훔치는 걸 봤다면, 주저 없이 기숙학교로 보냈겠
지…… 그건 모든 죄들 중에서도 하느님을 가장 노하시
게 만드는 죄에 속하니까…… 내 마음에 걸리는 게 있
다면, 그 애 아버지가 무관심한 성격이라 주아나를 심
지어 감화원에 보내게 되었더라도 신경 쓰지 않았으리
란 거야…… 주아나가 불쌍해. 우리라면 아르만다가
서점에 있는 책을 다 훔쳤어도 그 애를 멀리 보내 버리
지 않았을 테니까."

"그건 다르지! 달라!" 숙모가 의기양양해서 외쳤다. "아르만다는, 설령 도둑질을 했다고 해도, 인간적이지! 그런데 저 애는……. 알베르투, 저 애의 경우에는 안타까워할 사람이 아무도 없어! 피해자는 바로 나야……. 난 주아나가 집에 없을 때조차 불안하고 초조해. 미친 소리로 들리겠지만, 그 애가 날 지켜보고 있는 것 같고…… 내 생각을 읽는 것 같아……. 어떤 때는 웃다가도 오싹해지면서 뚝 그치게 된다니까. 이제 곧, 내 집에서, 내 딸을 키운 내 가정에서, 그 애에게 도대체-무슨-일인지도-모를-일에 대해 사과해야 하겠지……. 그 애는 독사야. 차가운 독사. 알베르투, 그 애는 사랑이나 감사를 몰라. 그 애를 좋아하거나 그 애에게 잘해 주는 건 부질없는 짓이야. 그 애는 사람을 죽일 수도 있는……."

"그런 소리 마!" 삼촌이 충격을 받아서 외쳤다. "주아나 아버지가 다른 사람이었다면, 지금 무덤에서 벌떡 일어났을 거야!"

"용서해 줘, 내가 제정신이 아니었어, 그 애는 내가 그런 이단적인 말을 하게 만든다니까……. 알베르투, 그 애는 이상해, 친구도 없고 하느님도 안 믿고―하느님 그 애를 용서하소서!"

주아나의 두 손이 저절로 움직였다. 그녀는 약간

호기심 어린 눈으로 그 손을 보다가 금세 잊었다. 천장이 하얬다, 천장이 하얬다. 그녀가 늘 너무 멀리 떨어져 있다고 느꼈던 그녀의 어깨들마저 살아서 팔딱거리며 떨렸다. 그녀는 누구인가? 독사, 그래, 그래, 어디로 도망쳐야 할까? 그녀는 약해지지 않았고, 오히려 보기 드문 열정에 사로잡혔다. 어떤 행복감과 뒤섞인, 어둡고 격렬한 뜨거움. 난 고통받고 있어, 문득 그런 생각이 들자 그녀는 화들짝 놀랐다. 난 고통받고 있어, 그녀에게서 분리된 의식이 말했다. 그리고 이 다른 존재가 갑자기 크게 부상하면서 고통받는 존재를 대신했다. 다음에 일어날 일을 기다리고 있으면 아무것도 일어나지 않는다……. 사건들은 중단될 수 있었고 그녀는 마치 시계 위의 초秒들처럼 공허하게 똑딱거릴 수도 있었다. 그녀는 잠시 빈 상태를 유지하며 자신을 주의 깊게 지켜보았다. 아픔의 귀환을 면밀히 들여다보았다. 아니, 그녀는 그걸 원하지 않았다! 그녀는 불타오르는 자신을 멈추게 하려는 듯, 자신의 뺨을 갈겼다.

그녀는 또 다시 선생님에게 도망쳤다. 그녀가 독사라는 걸 아직 모르는…….

기적적으로, 선생님이 다시 그녀를 안으로 들였다. 그리고 기적적으로 주아나의 그늘진 세계로 파고들더니 조금씩, 섬세하게 움직였다.

"이상적인 인간이라는 건, 다른 사람들에게 더 가치 있는 존재를 뜻하는 게 아니야. 자기 안에서 더 가치 있는 존재를 뜻하는 거지. 내 말 이해하겠니, 주아나?"

"네, 네……."

그는 오후 내내 이야기했다.

"동물의 삶은 결국 이 쾌락의 추구로 귀결된단다. 인간의 삶은 그보다 복잡해. 쾌락의 추구와 그것에 대한 두려움, 그리고 무엇보다도 그 둘 사이의 시간을 잠식한 불만족으로 귀결되지. 내가 좀 지나치게 단순화시켜서 말하고 있긴 하지만, 지금은 그래도 상관없어. 무슨 뜻인지 이해하겠니? 모든 갈망은 쾌락의 추구야. 모든 참회, 연민, 자비는 그것에 대한 두려움이고. 모든 절망과 대안을 찾으려는 노력은 불만족이지. 간단히 요약하면 바로 그거야. 이해하겠니?"

"네."

"쾌락을 거부하고 수도승처럼 사는 사람들은, 쾌락에 대한 수용력이 엄청나게 크기 때문에 그럴 수 있는 거야. 위험할 정도의 수용력—그래서 두려

움도 그만큼 큰 거야. 사람들을 총으로 모조리 쏘
아 버릴까 봐 두려워하는 자만이 총을 안전한 곳
에 보관하고 자물쇠를 꽁꽁 채워 놓지."

"네⋯⋯."

"내가 말했지: 자신을 부정하는 사람들⋯⋯. 왜냐
하면 그들의 그⋯⋯ 그 계획들은, 비료 없이는 절
대로 번성할 수 없는 토양으로 만들어져 있기 때
문이라고."

"제가요?"

"너? 세상에, 아니지⋯⋯. 넌 번성하고 싶어서 못
견디는 그런 사람들 가운데 하나야."

주아나는 선생님 말을 듣고 있으려니 숙모와 삼촌은 아
예 존재하지도 않고, 선생님과 자신만이 그 오후 안에,
이해 안에 고립되어 있는 듯한 기분이 들었다.

　"아니, 너에게 어떤 조언을 해 줘야 할지 정말 모르
겠구나." 선생님이 말했다. "우선 이걸 말해 보렴: 무엇
이 선이고 무엇이 악이지?"

　"모르겠어요⋯⋯."

"모르겠다는 건 대답이 아니야. 네 안에 존재하는
모든 것들을 발견하는 법을 배워라."

"선은 사는 것이고……." 주아나가 더듬거리며 말했다.
"악은……."

  "악은……?"
  "악은 살지 않는 것……."

"죽음?" 선생님이 물었다.
  "아뇨, 아뇨……." 주아나가 신음하듯 말했다.

  "그럼 뭐지? 말해 봐."
  "악은 살지 않는 것, 그게 다예요. 죽음은 다른 거
    고요. 죽음은 선, 악과 다른 거예요."

"그래," 선생님이 이해하지 못한 채 말했다. "어떻든 괜
찮아. 이제 이걸 말해 봐: 네 생각엔, 세상에서 제일 위
대한 사람은 누구지?"
  주아나는 생각하고 또 생각했지만 대답은 하지 않
았다.
  "네가 제일 좋아하는 건 뭐니?" 선생님이 다시 시
도했다.
  주아나의 얼굴이 환해졌다. 그녀는 말할 준비가
되었으나, 곧 그걸 어떻게 말로 표현해야 할지 모른다

는 걸 깨달았다.

"모르겠어요. 모르겠어요." 그녀가 절망에 차서 말했다.

"어째서 모르겠다는 거니? 그럼 왜 좋아서 웃음을 터뜨리기 직전까지 갔던 거지?" 선생님이 놀란 목소리로 물었다.

"모르겠어요……."

선생님이 엄격한 눈길을 던졌다.

"세상에서 누가 제일 위대한 사람인지는 몰라도 된다. 그럴 만한 인물들을 많이 알고 있더라도 말이야. 하지만 네 자신이 무엇을 느끼는지 모른다는 건 마음에 걸리는구나."

주아나가 고통스럽게 그를 바라보았다.

"저, 제가 세상에서 제일 좋아하는 건…… 내 안에서, 어떤 열림을 느끼는 거예요……. 그게 뭔지 거의, 말할 수 있을 것 같았는데 결국……."

"설명해 보렴." 선생님이 미간에 주름을 모으고 말했다.

"그게 뭐냐면 마치…… 마치……."

"마치……?" 선생님이 몸을 앞으로 기울이며 진지하게 캐물었다.

"마치 숨을 많이 쉬고 싶은 갈망 같은 건데, 그러면
서 두렵기도…… 모르겠어요……. 모르겠어요, 거
의 고통 같은 거예요. 그건 모든 것이에요……. 모
든 것."

"모든 것……?" 선생님이 어리둥절한 표정으로 물었다.
정체를 알 수 없는 강렬한 감정이 북받쳐 오른 주
아나는 목이 멘 채 고개를 끄덕였다. "모든 것……."
선생님은 잠시 더 그녀를 지켜보았다. 그녀의 작
은 얼굴은 걱정스러우면서도 힘이 넘쳤다.

"그거 좋네."

그는 만족한 듯했지만 주아나는 까닭을 알 수 없었다.
그녀는 '그것'에 대해 실제로는 아무것도 이야기하지

않았으니까. 하지만 선생님은 '그거 좋네'라고 말했고, 그녀는 그 말에 빠져들어 열심히 생각했다. 선생님이, '그거 좋네'라고 말했다면, 진짜로 그런 거다.

"네가 제일 존경하는 사람이 누구니? 나 빼고, 나 빼고." 선생님이 덧붙였다. "네가 도와주지 않으면 난 너를 알 수가 없어. 너를 인도해 줄 수가 없어."

"모르겠어요." 주아나는 테이블 아래서 두 손을 쥐어짜며 말했다.

"왜 위인들 가운데 한 사람의 이름도 대지 않은 거니? 적어도 열 명 넘게 알고 있잖아. 넌 너무 진지해, 너무." 선생님이 불만스럽게 말했다.

"모르겠어요……."

"좋아, 상관없어." 선생님이 좀 더 담담하게 말했다. "이런저런 주제에 대해 의견이 없다고 해서 괴로워할 건 없다. 네가 무언가가 아니라고 해서, 또는 무언가라고 해서 괴로워하지도 마. 내 생각엔 적어도 네가 이 조언 만은 받아들일 것 같구나. 그러고는 익숙해지겠지: 네 느낌, 아까 네가 세상에서 제일 좋아하는 것에 대해서 가졌던 느낌말이야. 그건 위인들에 대해서 정확한 의견을 갖지 않은 대가로 얻은 걸 수도 있어. 무언가를 갖기 위해선 다른 걸 포기해야 하니까." 그가 잠시 쉬었다 말했다. "그게 마음에 걸리니?"

주아나는 검은 머리를 옆으로 기울이고, 눈을 크게 뜨고서 잠시 생각했다.

"하지만 가장 높이 있는 걸 가지면," 그녀가 천천히 말했다. "그 아래에 있는 것들은 이미 다 가진 게 아닌가요?"

선생님은 고개를 저었다.

"아니." 그가 말했다. "아니, 꼭 그렇지만은 않아. 어떤 사람들은 가장 높이 있는 걸 갖고도 삶이 끝날 때……," ─그는 그녀를 흘끗 곁눈질했다─ "동정인 채로 죽어가는 기분을 느끼기도 하지. 그러니까, 그건 높고 낮고의 문제가 아닐지도 몰라. 성질이 다른 거지. 이해하겠니?"

그래, 그녀는 그의 말들을, 그 말들이 아우르는 모든 것들을 이해하고 있었다. 그럼에도 그 말들은 숨겨진 다른 문을 가지고 있는 듯했고, 그 문을 통해야 그 말들의 진정한 의미에 이를 수 있을 것 같다는 느낌이 들었다.

"그러니까 그것들은 선생님이 말씀하신 것 이상이라는 거죠." 주아나가 그의 설명을 마무리했다.

선생님은, 설명에 앞서, 갑자기 테이블 너머로 한

손을 내밀었다. 주아나는 기쁨으로 전율하며, 얼굴을 붉히면서, 그에게 손을 주었다.

"뭐예요?" 그녀가 부드럽게 말했다. 그녀는 마치 바람에 시달리고 지친 한 포기 연약한 풀처럼 그 남자를 사랑했다.

그는 대답하지 않았지만, 그의 눈빛은 강렬했으며, 연민을 담고 있었다. "뭐예요?" 그녀가 갑자기 겁에 질려 물었다.

"저한테 무슨 일이 일어날까요?"

"모르지." 그는 잠시 침묵한 후 대답했다. "어쩌면 넌 어느 시점에 행복해질 수도 있어. 난 이해할 수 없을 행복, 부러워하는 사람이 거의 없는 행복. 그걸 행복이라고 부를 수 있는지조차 모르겠지만. 어쩌면 넌 너와 함께 느낌을 나눌 수 있는 사람을 영원히 찾을 수 없을지도 몰라, 마치⋯⋯."

선생님의 부인이 방으로 들어왔다. 키가 컸고, 윤기 흐르는 짧은 구릿빛 머리칼을 가진, 거의 미인이라고 할 수 있는 여자였다. 무엇보다도 그녀의 높고 차분한 허벅지들은 맹목적으로 움직이면서도 무서울 정도로 자신감에 차 있었다. '그녀'가 들어오기 전에 선생님은 무슨 말을 하려고 했을까, 하고 주아나는 생각했다. '너와 함께 느낌을 나눌 수 있는 사람…… 마치…… 나처럼?' 하아, 저 여자. 주아나는 분노에 찬 눈을 내리깔고 그 여자를 흘끗 훔쳐보았다. 선생님은 다시 멀어져 있었다. 그는 손을 거두고, 입술을 아래로 늘어뜨린 채, 주아나가 자기 아내의 표현대로 '작은 친구'에 지나지 않는다는 듯 무심한 태도를 보였다.

부인은 걸음을 옮겼고, 그 길고, 흰, 밀랍 같으면서도 기묘하게 매력적인 손을 남편의 어깨에 얹었다. 주아나는, 침을 삼키기도 어려운 고통 속에서, 그 두 존재의 아름다운 대비를 보았다. 그의 머리칼은 아직 검었고, 몸은 사람보다 큰 동물의 그것처럼 거대했다.

"지금 저녁 먹을래?" 부인이 물었다.

선생님은 연필을 손가락 사이에 끼우고 장난을 치고 있었다.

"아, 일찍 나갈 거야."

부인은 주아나에게 미소를 보낸 후 천천히 나갔다.

여전히 불안정한 상태 속에서, 주아나는 다시금 그 여자가 방을 가로지르면서 선생님은 남자고 주아나 자신은 아직 '젊은 숙녀'조차 되지 못했다는 점을 분명히 했다고 생각했다. 저 하얀 여자가 얼마나 악의적인

지, 앞선 대화를 모조리 파괴하는 법을 얼마나 잘 알고 있는지, 그도, 아아, 그도 깨달았을까?

"선생님, 오늘밤에도 가르치세요?" 주아나가 대화를 이어 가기 위해 머뭇거리며 물었다. 그녀의 얼굴이 빨개졌다. 그녀가 입 밖으로 꺼낸 말들은 너무 하얬고, 너무 주제넘었고⋯⋯ 목소리의 억양조차 그의 아내가 질문을 던졌을 때와는 달랐으니, 아름답고 차분하게, 저녁 일찍 먹을래?

"응, 그러려고." 선생님은 그렇게 대답하고 테이블 위 서류들을 차곡차곡 정리했다.

주아나는 나가려고 일어섰다가 갑자기, 스스로 의식하기도 전에, 도로 앉았다. 그녀는 테이블에 엎어져 눈을 가리고 울음을 터뜨렸다. 그녀의 주위에는 정적이 감돌았고, 집 안에 있는 누군가의 느리고 희미한 발자국 소리가 들렸다. 긴 순간이 지난 후에야 머리에 가볍고 부드러운 무게가 느껴졌다. 손, 그의 손. 그녀는 공허한 심장 소리를 들으며 숨을 멈췄다. 그녀는 오롯이 자신의 머리칼에만 집중했다. 기묘하고 열성적인 손가락들 아래에서, 지금 다른 무엇보다 더 살아 있는, 거대한, 긴장한, 두터운 머리칼. 그의 다른 손이 그녀의 턱을 들어 올렸고, 그녀는 떨면서, 순종적으로 그의 시선을 받아들였다.

"왜 그래?" 그가 미소 지으며 물었다. "우리 대화 때문에?"

그녀는 말을 할 수가 없어서 고개를 저었다.

"그럼, 왜 그러니?" 그가 엄격한 목소리로 끈덕지게 물었다.

"그냥, 제가 못생겨서요." 그녀는 순순히 대답했다. 목소리가 목에 걸려 제대로 나오지 않았다.

그는 깜짝 놀랐다. 놀라서 눈을 크게 뜨고 그녀를 뚫어지게 보았다.

"이런," 잠시 후 그가 웃으려고 애쓰며 말했다. "내가 어린 소녀와 이야기하고 있다는 걸 깜빡 잊었구나……. 네가 못생겼다고 누가 그래?" 그는 다시 웃었다. "일어나."

그녀는 자신의 무릎이 늘 그랬던 것처럼 희끄무레하고 거칠거칠하다는 걸 의식하며 죄어드는 가슴을 안고 일어섰다.

"아직 좀 볼품이 없긴 하지, 그건 사실이야, 하지만 전부 다 나아질 테니 걱정 마라." 그가 말했다.

그녀는 마지막 눈물 너머로 그를 보았다. 그에게 어떻게 설명한단 말인가? 그녀는 위로받고 싶었던 게 아니었다. 선생님은 그녀의 마음을 이해하지 못했고…… 그는 눈썹을 추켜든 채 그녀의 시선을 받았다.

뭐? 뭐? 그는 못마땅한 기색이었다.

그녀는 숨을 죽였다.

"전 기다릴 수 있어요."

선생님도 몇 초 동안 숨을 멈췄다. 그가 갑자기 냉랭해
진 목소리로 물었다.

"뭘 기다려?"
"제가 예뻐질 때까지요. '그 여자'처럼."

문득 그는 자기 탓이라는 생각이 들었다. 마치 따귀를
맞은 기분이었다. 주아나에게 너무 가까이 몸을 기울
이고, 그러고서도 무사히 빠져나갈 수 있으리란 생각
으로, 그녀의 젊음이 지닌 약속, 그 여리고 열정적인 줄
기를 탐한, 그래 탐한—부정하지 마, 부정하지 마—자
신의 탓이었다. 미처 억누를 사이도 없이—그는 테이
블 아래서 두 주먹을 꽉 쥐었다—이런 생각이 떠올랐
다: 다가오는 노령 특유의 이기심과 야만적인 허기.
오, 그런 생각을 한 자신은 얼마나 혐오스러운 자인가.
'그 여자', 그의 아내가 더 예쁜가? '다른 여자'도 예뻤
다. '오늘밤의 여자'도. 하지만 어떤 여자가 그런 모호한

몸을, 그 불안한 다리와 아직 생기지 않은 가슴을―기적이란: 아직 태어나지 않았다는 것, 그는 현기증을 느끼며 몽롱한 눈빛으로 생각했다―지니고 있는가, 어떤 여자가 그토록 맑고 신선한 물 같은가? 다가오는 노령의 허기. 그는 공포에 질리고 분노로 채워진 채 비겁하게 뒤로 물러났다.

그의 아내가 다시 들어왔다. 그녀는 저녁 시간을 위해 옷을 갈아입었고, 그 강인한 몸은 이제 푸른색 천의 제한을 받고 있었다. 그녀의 남편이 그녀를 오랫동안 응시했는데, 표정이 애매하고 좀 멍해 보였다. 그의 시선을 받은 그녀는 진지하고 수수께끼 같은 얼굴에 희미한 미소를 얹었다. 주아나는 그녀의 빛나는 피부 앞에서 작고 까매지며 움츠러들었다. 조금 전의 장면이 너무도 수치스러워서 자신이 우스꽝스러울 정도로 하찮게 느껴졌다.

"이만 가 볼게요." 그녀가 말했다.

부인이 이해한다는 듯, 이해한다는 듯 주아나를 똑바로 쳐다보았다―아니면 그건 주아나의 상상이었을까? 그러고 나서 부인은 고개를 들었고, 그 맑고 차분한 눈빛에는 승리감이, 그리고 어쩌면 약간의 친화력이 담겨 있었다.

"주아나, 언제 또 올 거니? 너의 선생님과 토론하
러 더 자주 와야지……."

'너의 선생님과.' 그녀는 친밀감을 가지고 장난치는 것
처럼 말했고, 그녀는 희고 매끄러웠다. 그녀는 비참하
지 않았고, 아무것도 몰랐고, 버림받지 않았고, 주아나
처럼, 주아나처럼 무릎이 더럽지도 않았다! 자리에서
일어선 주아나는 자기 치마가 짧다는 걸, 블라우스가
작고 머뭇거리는 가슴에 달라붙어 있다는 걸 알아차렸
다. 달아나자. 해변으로 달려가, 모래밭에 엎드려, 얼
굴을 감추고, 바다의 소리를 듣자.

주아나는 그 여자의 부드러운 손, 그리고 남자치
고도 큰 그의 손과 악수했다.

"책 가져가고 싶지 않니?"

주아나는 돌아서서 그를 보았다. 그의 표정을 보았다.
아, 그 표정에서 발견한 것이 그녀의 마음속에서 환히
빛났다. 악수와도 같은 표정, 그녀가 해변을 갈망한다
는 걸 안다는 표정. 그런데 왜 이리도 약하고, 왜 이리
도 기운이 없을까? 이게 다 무슨 일일까? 몇 시간 전에
사람들이 그녀를 독사라고 불렀고, 선생님은 급히 떠

났고, 그의 아내는 기다리고 있고…… 무슨 일이 일어
나고 있는 걸까? 모든 것들이 서서히 멀어져 갔다…….
갑자기 주위를 둘러싼 것들이 비명을 지르며 그녀의 의
식 속에서 선명하게 부각되었고, 그 모든 세세한 부분
들이 확대되면서 거대한 물결이 되어 사람들을 삼켰
고…… 그녀 자신의 발도 둥둥 떠다녔다. 그녀가 무수한
오후들을 보냈던 그 방은 오케스트라가 연주하는 크레
센도처럼 반짝거리며, 조용히, 그녀의 흐트러진 정신
을 응징하고 있었다. 주아나는 문득 그 조용한 방이 지
닌 예기치 못한 힘을 발견했다. 그 방은 기묘하고 조용
했으며, 아무도 발을 들인 적이 없는 것처럼, 하나의 추
억인 것처럼, 부재했다. 지금까지 숨어 있던 사물들이
주아나에게 다가와, 그녀를 에워싸고, 해질녘의 어스
름 속에서 빛났다. 그녀는 당혹감에 휩싸인 채 반짝이
는 크리스털 캐비닛 위에 놓인 누드 조각상을 보았고,
그 조각상은 하나의 동작을 마친 후처럼 점차 가늘어지
는 선들을 지니고 있었다. 움직이지 않는 우아한 의자
들의 침묵이 그녀의 뇌에 대고 말하며 그녀의 뇌를 천
천히 비웠다…… 그녀는 바깥에서 나는 급한 발소리
를 들었고, 자신을 응시하는 커다랗고 진지한 여자와
등이 구부정하고 강인한 남자를 보았다. 저들은 나에
게 무엇을 기대하는 걸까? 그녀는 흠칫 놀라며 궁금해

야생의 심장 가까이

했다. 손에 든 책의 딱딱한 표지가 느껴졌다. 그녀와 손 사이에 심연이 가로놓이기라도 한 것처럼 먼, 아주 먼 느낌이었다. 그 다음엔 뭐지? 왜 모든 살아 있는 것들은 그녀에게 할 말이 있는 걸까? 왜, 왜? 그리고 이렇게 늘 그녀의 진을 빼는 그것들은 대체 뭘 요구하는 걸까? 소용돌이처럼 빠른 현기증에 머리가 핑 돌고, 다리가 풀렸다. 그녀는 그들 앞에 선 채로, 몇 분간, 말없이, 그 집을 느끼고 있었는데, 왜 사람들은 그녀의 이해할 수 없는 행동에 완전히 놀라지 않을까? 아, 그녀가 무슨 짓이든 벌일 수 있다고 예상하는 것이다, 독사니까, 이상한 일들까지도, 독사니까, 오 그 고통, 아픈 행복. 그녀 앞에 선 두 사람은 그림자들 속에서 두드러졌고, 오직 선생님의 눈빛에만 약간의 놀라움이 어려 있었다.

"어지러워서요." 주아나는 그들에게 낮은 목소리로 말했고, 크리스털 캐비닛은 계속해서 성자처럼 빛나고 있었다.

주아나는 말을 마치기가 무섭게, 여전히 시야가 흐린 상태에서, 선생님 부인의 거의 눈에 띄지 않을 만큼 미세한 움직임을 감지했다. 그들은 서로를 응시했고, 그 여자의 비열하고 열렬하며 굴욕적인 면에 대한 암시가 주어졌고, 그것은 주아나에게 하나의 깨달음을 안겼다. 너무 놀라는 바람에 입을 열 수가 없었다……

그날의 두 번째 현기증이었다! 그래, 그날의 두 번째 현기증이었다! 나팔 같은……. 그녀는 맹렬히 그들을 응시했다. 난 이 집에서 나갈 거야, 흥분해서 외쳤다. 방이 점점 더 좁혀들었고, 그녀는 시시각각 그 남자와 아내의 분노를 일깨울 터였다! 쏟아지는 비처럼, 쏟아지는 비처럼…….

모래밭에서 그녀의 발이 무겁게 빠졌다가 올라왔다. 이미 밤이었고, 검은 바다는 불안하게 일렁였다. 파도들이 해변에서 서로를 먹어치웠다. 그녀의 머리에 둥지를 튼 바람이 짧은 앞머리를 미친 듯 펄럭이게 만들었다. 주아나는 이제 현기증이 나지 않았다. 야수의 팔이 그녀의 가슴을 누르고 있었다. 기분 좋은 무게였다. 뭔가가 곧 올 거라고, 그녀는 재빨리 생각했다. 하루에 두 번이나 현기증을 겪다니! 아침에 침대에서 일어났을 때, 그리고 지금……. 나는 점점 더 살아나고 있어, 그녀는 희미하게 깨달았다. 달리기 시작했다. 갑자기 더 자유로워지고, 모든 것들에게 더 많은 화가 났으며, 의기양양한 기분이 들었다. 하지만, 그건 분노가 아니라, 사랑이었다. 너무도 강력한 사랑이어서 그 열정은 증오의 힘으로밖에 억제되지 않았다. 이제 난 혼자 있는 독사야. 그녀는 선생님과의 관계가 진짜로 끝났음을, 그런 대화를 나눈 뒤에 그를 다시 찾아갈 수는 없

야생의 심장 가까이

음을 상기했다……. 그는 저 먼 곳에 있는 것처럼 느껴
졌다. 그녀의 기억 속에서 충격과 낯설음으로만 남아
있는 장소에. 홀로…….

숙모와 삼촌은 이미 식탁에 있었다. 하지만 그들
중 누구에게 이런 말을 할 수 있을까, 나는 점점 더 강
해지고 있다고, 난 자라고 있다고, 난 여자가 다 됐다
고. 그들에겐 말할 수 없었다. 누구에게도 말할 수 없었
다. 왜냐하면 나는 그들에게 뭔가를 물어볼 수조차 없
으니까: 말해 줘요, 사물들은 어떻게 작동하죠? 그럼,
나도 모른다, 라는 대답을 듣게 되리라. 선생님이 그녀
에게 대답했던 것처럼. 선생님이 그녀의 앞에, 그녀에
게로 몸을 기울인 마지막 순간의 모습으로 다시 나타났
는데, 놀라서였는지 화가 나서였는지는 확실히 알 수
없었지만, 그는 물러나고 있었다, 그래, 물러나고 있었
다. 그녀는 그의 대답이 별로 중요하지 않다고 느꼈다.
중요한 건 그녀의 질문이 받아들여졌다는 것, 존재할
수 있다는 것이었다. 숙모라면 놀라서 이렇게 대답했
으리라: 무슨 사물들? 설령 그녀의 질문을 이해했더라
도 분명 이렇게 말했으리라: 이렇게 작동하지, 이렇게
저렇게. 이제 주아나는 존재하는 것들에 대해 누구와
이야기해야 할까? 사람들이 다른 것들, 그저 있을 뿐인
것들에 대해 이야기하듯 자연스럽게 존재에 관한 대화

를 나눌 상대 말이다. 존재하는 것들과 그저 있을 뿐인 다른 것들……. 그녀는 예상치 못한 새로운 생각으로 스스로를 놀라게 했는데, 그 생각은 그 순간부터 살아 나아갈 터였다. 무덤 위에 핀 꽃처럼. 그것은 살아갈 거고, 살아갈 거고, 다른 생각들도 태어나서 살 것이며 그녀 자신도 더욱 살아 있을 것이다. 행복이 맹렬히 그녀의 심장을 꿰뚫고 그녀의 몸을 환히 밝혔다. 그녀는 유리잔을 꽉 쥐고서 눈을 감고 물을 마셨다. 마치 포도주인 것처럼. 핏빛의 영광스러운 포도주, 하느님의 피. 그래, 그녀는 둘 중 누구에게도 세상 만물이 서서히 변하고 있음을 설명하지 않을 작정이었다……. 그녀는 마침내 잠자리에 들 결심을 하고 등불을 끈 사람처럼 자신의 미소를 거두었다. 이제 그 어떤 살아 있는 것도 그녀의 내면으로 들어와 합쳐질 수 없었다. 그녀가 사람들과 관계하는 방식은 그녀 자신과 관계하는 방식과 점점 더 달라졌다. 어린 시절의 다정함은 얼마 남아 있지 않았고, 그나마도 사라져 가고 있었다. 넘치는 샘물이 바깥을 향해 흐르는 일은 멈추었고, 이제 그녀가 낯선 이들의 발걸음에 제공하는 건 색깔 없는 마른 모래뿐이었다. 그래도 그녀는 앞으로 걸었다. 사람들이 해변을 걷듯, 바람이 얼굴을 어루만지고 머리칼을 뒤로 날리는 가운데, 늘 앞으로 걸었다.

그게 그날의 두 번째 현기증을 불러일으킨 이유라는, 그런 이야기를 그녀가 어떻게 사람들과 나눌 수 있었겠는가? 누군가에게 비밀을 털어놓고 싶어 안달이 나 있다고 해도 그럴 방도가 없었다. 그녀의 인생에는, 아마도, 선생님 같은 말을 해 줄 사람은 더는 없을 것이다: 너는 살고 너는 죽는단다. 그들 모두가 잊어버렸고, 그들 모두가 아는 건 노는 법뿐이었다. 숙모는 집, 요리, 남편, 결혼한 딸, 손님들과 놀았다. 삼촌은 돈, 일, 농장, 체스, 신문과 놀았다. 주아나는 그들을 분석하려는 노력을 기울였고, 이 작업을 통해 그들을 파괴할 수 있으리라 직감했다. 그래, 그들이 서로를 좋아하는 방법은 아득히 오래된 것이었다. 장난감들을 가지고 노느라 바쁜 그들은, 간간이, 상대가 아직 존재하는지 확인이라도 하듯, 흘긋 불안한 시선을 던질 뿐이었다. 그 다음엔 다시 미지근한 거리를 유지했고, 이따금 감기나 생일이 그 거리를 좁혀 주었다. 그들은 분명 함께 잠들었을 것이다. 주아나는 그 생각 안에 담긴 악의에 기쁨을 느끼지는 않았다.

숙모가 침묵 속에서 그녀에게 빵 접시를 건넸다. 삼촌은 자신의 접시에서 시선을 들지 않았다.

음식은 이 집의 중요한 관심사 중 하나라고, 주아나는 생각을 이어 갔다. 식사 시간이 되면 삼촌은 두 팔

을 식탁에 무겁게 올려놓고는, 심장 질환 때문에 조금
헐떡거리며 음식을 먹었다. 입가에 부스러기를 묻힌
채 씹는 동작을 했고, 고정된 지점을 멍하니 응시하면
서 음식이 그의 몸 안에서 일으키는 여러 감각에 주의
를 집중했다. 숙모는 의자 밑의 두 발을 엇갈려 포갰고,
미간을 찡그렸고, 포크를 한 입씩 가져갈 때마다 새로
살아나는 호기심을 동반한 채 음식을 섭취한 그 얼굴
은 점점 젊음을 되찾고 표정이 풍부해졌다. 그런데 그
들은 왜 오늘은 식탁에 편안히 앉아 있지 못하는 걸까?
누가 죽었거나 자고 있기라도 하듯, 포크와 나이프 소
리를 안 내려고 저토록 조심하는 이유가 뭘까? 나 때문
이라고, 주아나는 판단을 내렸다.

　　그날 밤, 지저분한 겉면 때문에 흐려진 샹들리에
의 불빛이 비치는 어두운 식탁에는 정적도 한 자리를
차지하고 앉아 있었다. 주아나는 이따금 동작을 멈추
고 두 입의 씹는 소리와 가볍고 신경질적인 시곗바늘
소리에 귀 기울였다. 그러다 보면 숙모가 시선을 들었
다. 고개를 든 그녀는 손에 포크를 쥔 채로 얼어붙어,
걱정 속에서, 겸허하게 기다렸다. 주아나는 의기양양
하게 시선을 돌리고, 깊은 행복에 젖어 고개를 숙였다.
그 행복감은 목구멍 속의 고통스러운 응어리, 억눌린
흐느낌과 이해할 수 없는 방식으로 뒤섞였다.

"아르만다는 안 왔어요?" 주아나의 목소리가 시곗바늘 소리에 활기를 주었고, 식탁에 갑작스럽고 빠른 움직임을 일으켰다.

숙모와 삼촌이 은밀하게 서로를 흘끗 보았다. 주아나가 요란한 한숨을 쉬었다: 그러니까 저들은 나를 두려워하는 거야, 그렇지?

"아르만다 남편이 오늘은 당직이 아니거든. 그래서 저녁 먹으러 안 왔어." 이윽고 대답한 숙모는 갑자기 만족하더니 식사를 이어 갔다. 삼촌의 썹는 동작이 빨라졌다. 침묵은 먼 바다의 웅얼거림을 다 지우지 못한 채로 돌아왔다. 그렇다는 건, 그들이 용기를 얻지 못했다는 얘기다.

"나 언제 기숙학교로 떠나요?" 주아나가 물었다.

숙모가 손에 들고 있던 수프 그릇을 떨어뜨렸고, 그 검고 냉소적인 국물은 식탁에 빠르게 퍼져 나갔다. 삼촌이 곤란한 표정으로 포크와 나이프를 접시에 내려놓았다.

"그걸 네가 어떻게 알고……." 그가 당황해서 말을 더듬었다.

주아나가 문가에서 엿들은 것이다…….

축축하게 젖은 식탁보에서 마치 불길의 잔해 같은 김이 모락모락 올라왔다. 숙모는 돌이킬 수 없는 상황에 직면한 것처럼 넋을 잃고는 꼼짝도 없이 앉아서, 엎질러진 채 빠르게 식어 가는 수프를 바라보았다.

물은 장님에 귀머거리지만 벙어리는 아니어서, 밝은 에나멜 욕조와 만나면 쾌활하게 반짝이고 보글거린다. 실내는 숨 막히게 답답하다. 뜨거운 수증기와 뿌연 김이 서린 거울, 젖어 있는 벽면 타일에 비친 벌거벗은 젊은 여자의 그림자.

소녀는 육체적인 행복감에 조용히 웃는다. 매끄럽고 가느다란 다리, 물 밖으로 살짝 나온 작은 가슴. 그녀는 자신을 거의 모른다. 아직 성장이 끝나지 않았고, 이제 겨우 어린 시절에서 벗어났다. 한쪽 다리를 뻗어 올린 그녀는 저 멀리에 있는 발을 바라보고, 그것을 마치 연약한 날개처럼 부드럽게, 천천히 움직인다. 두 팔을 머리 위로, 반그늘 속에 숨은 천장을 향해 들고, 눈을 감는다. 아무런 느낌도 없고, 그저 움직임만이 있을 뿐이다. 길게 뻗은 젖은 몸이 어스름 속에서 빛난다—팽팽하게 긴장된, 미세하게 떨리는 선. 팔을 내린 그녀는 다시금, 하얗고 안전하게, 응축한다. 그녀는 조용히 웃으며 머리를 뒤로 기대더니 긴 목을 이리 저리 움직인다—풀은 언제나 싱싱하고, 누군가 그녀에게 키스할 것이며, 작고 보드라운 토끼들은 눈을 감고 옹기

종기 모여 있다―. 그녀는 다시 웃는다. 물소리처럼 살랑거리는 웃음소리. 그녀는 자신의 허리를, 엉덩이를, 삶을 어루만진다.

　　욕조가 바다라도 되는 양 그녀는 물속으로 가라앉는다. 따스한 세계가 말없이, 조용히 그녀를 에워싼다. 작은 물방울들이 둥둥 떠 가다가 에나멜 욕조에 부딪히며 소멸한다. 젊은 여인은 물이 몸을 무겁게 눌러오는 걸 느끼고는, 누가 어깨를 가볍게 두드리기라도 한 것처럼 잠시 멈춘다. 그녀의 느낌에 맞추어 부드럽게 밀려드는 물결. 무슨 일이지? 그녀는 진지한 존재가 되고, 동공이 크고 깊어진다. 거의 숨을 쉬지 않는다. 무슨 일이지? 사물들의 말없는 눈이 수증기 사이에서 계속 반짝인다. 행복을 느꼈던 그 몸 위에 물이, 물이 있다. 아니, 아니…… 왜? 존재들은 물 같은 세계에서 탄생한다. 그녀는 벗어나려고 애쓰며 꿈틀거린다. "모든 것." 그녀는 무언가를 포기하듯, 이해할 수 없는 자신을 면밀히 살펴보듯, 천천히 말한다. 모든 것. 이 말은 평화다. 하나의 의식처럼 엄숙하고 불가해한 평화. 물이 그녀의 몸을 덮는다. 하지만 무슨 일이지? 그녀는 낮은 목소리로 웅얼거리며, 따스한, 녹은 음절들을 뱉는다.

　　욕실은 희미하고, 거의 죽어 있다. 물체들과 벽면은 모두 무너져 버렸다. 수증기의 덩굴손에 물러지고 희석되었다. 물이 약간 식으면서 그녀는 두려움과 불편함에 진저리친다.

　욕조에서 나온 그녀는 무엇을 느껴야 할지 모르는 이방인이 되었다. 그녀 주위엔 아무것도 없고, 그녀는 아무것도 인식하지 못한다. 가벼워지고 슬퍼진 그녀는 오랜 시간에 걸쳐 서두름 없이 천천히 움직인다. 추위가 얼음장 같은 발로 그녀의 등을 타고 달리지만, 놀고 싶은 마음이 없는 그녀는 상처받은 불행한 몸통을 웅크린다. 그녀는 굴욕적이고 초라하며 사랑이 없는 몸의 물기를 닦고, 미지근한 품과도 같은 가운으로 감싼다. 자기 안에 고립된 채, 보고 싶지 않아서, 아아, 보고 싶지 않아서, 그녀는 미끄러지듯 복도를 지난다—그 길게 뻗은 붉고 검고 신중한 목구멍을 지나 본질 속으로, 모든 것 속으로 떨어질 것이다. 모든 것, 모든 것, 그녀는 신기한 듯 되풀이한다. 침실 창문들을 닫는다—아무것도 보지도, 듣지도, 느끼지도 않는다. 어둠 속에 떠 있는 조용한 침대 속에서, 마치 잃어버린 자궁에 들어간 듯 잔뜩 웅크리고서, 잊는다. 모든 것이 모호하고, 가볍고, 조용하다.

　그녀의 뒤에는 기숙학교의 기숙사 침대들이 일렬로 놓여 있었다. 그리고 앞에는 창문이 밤을 향해 열려 있었다.

나는 비 위에 있는 기적을 발견했어, 하고 주아나는 생각했다. 굵다랗고, 진지하며, 반짝거리는 별들로 쪼개진 기적. 고정된 경고 같은: 등대 같은. 그것들은 무엇을 말하려 하는 걸까? 나는 그들이 품은 비밀을 감지한다. 그 반짝임은 내 안에서 흐르는 신비, 광범위하고 필사적이며 낭만적인 음조로 흐느끼는 무감각한 신비다. 신이시여, 적어도 그것들과는 소통할 수 있게 해 주세요. 그것들에 입 맞추며 갈망을 만족시킬 수 있게 해 주세요. 그들의 빛을 제 입술로 느끼고, 그 빛이 제 몸 안에서 빛나게 해 주세요. 그리하여 내 몸이 동트기 직전의 순간처럼 투명하고 시원하고 촉촉한 상태로 반짝이게 해 주세요. 왜 나는 이런 이상한 갈망들에 사로잡히는 걸까? 비와 별들, 이 차갑고 진한 혼합물이 나를 깨우더니, 물이 흐르고 심연의 냄새가 나는 나의 숲, 내 초록빛 어두운 숲에 난 문들을 열었다. 그러고는 밤과 나를 하나 되게 만들었다. 여기, 창가의 공기는 더 잔잔하다. 별들, 별들, 나는 기도한다. 그 말[2]이 나의 이 사이에서 연약한 파편들로 쪼개진다. 내 안에서는 비가 내리지 않기에, 나는 별이 되고 싶다. 나

---

[2] '별들'을 뜻하는 단어는 'estrelas'다. st 부분에서 소리는 작게 터져 쪼개진다.

를 조금만 정화하면 비 뒤에 숨은 저 존재들을 무더기로 가질 수 있으리라. 지금, 솟구친 영감이 온몸을 들쑤신다. 한 순간만 지나면 그것은 영감을 넘어선 무언가가 되어야 할 것이고, 그러면 나는 공기를 너무 많이 마신 것 같은 지금의 질식할 듯한 행복감 대신에 선명한 무기력함을 느끼게 될 것이다. 영감 이상의 것을 갖게 되고, 그 너머를 향해 움직이고, 존재 그 자체를 소유하게 될 때마다 그렇게 느낄 것이다. 그렇게 진짜 별이 되는 거야. 그곳을 향해 이끄는 건 광기, 광기다. 하지만 그게 진실이다. 지금 내가 아직도 기숙사에, 다른 여학생들이 침대 속에서 세상모르고 잠들어 있는 그곳에 있는 것처럼 보인다 한들 무슨 상관인가? 무엇이 진짜인지가 무슨 상관인가? 사실 나는 동물처럼 벌거벗고서 내 침대 옆에 무릎 꿇고 있으며, 내 영혼은 처녀의 몸만이 할 수 있는 방식으로 절망하고 있다. 침대가 천천히 사라지고, 벽들은 뒤로 물러나다 좌절 속에서 무너져 내린다. 그리고 이 세상 속의 나는 초원의 한 마리 사슴처럼 자유롭고 가냘프다. 나는 산들바람처럼 부드럽게 일어나, 잠에 취한 채 꽃 같은 머리를 들고, 가벼운 발걸음으로 세상과 시간과 신 너머에 있는 들판을 가로지른다. 나는 아직은 가능하지 않은 땅, 아아, 마치 구름 같은, 아직 가능하지 않은 땅으로 풍덩 뛰어들었다가 솟아오른다. 아직은 어떻게 상상해야 할지조차 모르겠지만, 앞으로 생겨나게 될 그 땅으로, 나는 걷고, 미끄럼을 타며, 계속 나아간다……. 늘, 멈추지 않고, 끝에 이르고 싶은 지친 갈망을 딴 데로 돌리면서. ―어딘가에서 하늘에 높이 뜬, 희고 조용한 달을 본 적이 있던가? 바람에 펄럭이는 검푸른 옷. 깃발 없이, 공중에 묵묵히 똑바로 솟은 깃대……. 모든 것이 한밤중을 기다리고 있다……. ―나는 자신을 속이고 있으니, 이제 돌아가야만 한다. 나는 별들을 깨물고 싶어 하는 내 소망을 미친 생각이라고 여기지는 않지만, 분명 지금껏 존재해 왔던 건 바로 이 지상이며, 최초의 진실은 바로 이 지상과 육신 속에 있기 때문이다. 만약 별들의 반짝임이 나를 아프게 한다면, 그 머나먼 소통이 가능해진다면, 그건 거의 별과 같은 어떤 것이 내 안에서 떨리고 있기 때문일 것이다. 나는 몸으로 돌아온다. 나의 몸으로. 거울 깊은 곳에서 문득 자신을 발견할 때, 나는 경악한다. 내가 한계를 가졌다는 걸, 내가 도려내지고 규정된다는 걸 믿기가 어렵다. 나는 허공에 흩어져, 다른 피조물들 속에서 생각하고, 내 너머에 있는 것들 속에서 살고 있다고 느낀다. 내가 거울 속의 나를 발견하고 겁에 질리는 건 내가 못생기거나 아름답다고 생각해서가 아니다. 이질적인 나를 발견하기 때문이다. 한동안 자신을 본 적이 없는 나는 자신이 인간임을 거의 잊어버린다. 나는 나 자신의 과거를 곧잘 잊어버리고, 그렇게 그저 살아만 있는 그 무엇이 됨으로써 목적과 양심으로부터 자유로워진 자신을 발견하게 된다. 나는 흐릿한 거울을 바라보면서 내 안에 내가 아는 것 외에도 너무 많은 것이, 늘 침묵을 지키는 너무 많은 것이 있음을 알게 되고, 거기에도 놀란다. 왜 말을 안 하지? 내 블라우스 안쪽의 이 굴곡은 무사히 살고 있을까? 왜 말을 안 하지? 나의 입, 다소 어린애 같으며, 제 운명을 확신하는 그것은, 내 정신이 이렇게나 산만한 와중에도 자기다움을 유지하고 있다. 이런 발견들을 뒤따라가다 보면 이따금 자신에 대한 사랑이 찾아온다. 거울을 가만히 응시하다가, 나를 바라보고 있는 것들에 대한 이해가 담긴 미소를 짓는 것이다. 내 몸에게 질문을 던질 때, 탐식할 때, 잠을 잘 때, 야외에서 긴 산책을 할 때. 하나의 구절이 채 완성되기 전에, 하나의 거울 같은 시선이, 또 다른 비밀들 그러니까 나를 무한하게 만드는 것들을 향해 나를 이끈다. 그것은 나를 놀라게 하고, 거기에 매혹된 나는 우물 바닥으로 몸을 던져 그 모든 원천들과 몽유병을 침묵시킨 뒤 그것들과는 다른 경로를 택한다—매 순간을 분석하면서, 시간이나 공간으로 이루어진 각 사물의 핵심을 지각하면서. 나는 그 각각

야생의 심장 가까이

의 순간을 소유하고, 거의 알아차릴 수 없을 만큼 가늘지만 튼튼한 실 가닥과 같은 그것들을 내 의식에 연결한다. 이게 삶일까? 만약 그렇다 하더라도 그것은 나를 따돌릴 것이다. 그것을 붙잡는 또 다른 방법은 살아가는 것이리라. 하지만 꿈들은 나를 무의식의 늪에 빠뜨리는 현실보다 더 완전하다. 그렇다면 중요한 건 뭘까? 사는 것? 아니면 자신이 살아 있음을 아는 것? —몹시도 순수한 말들, 작은 크리스털 방울들. 나는 촉촉이 반짝이는 형상이 내 안에서 뒹구는 것을 느낀다. 하지만 내가 말하고 싶은 것, 내가 말해야 하는 것은 어디 있을까? 내게 영감을 달라. 나는 거의 모든 것을 갖고 있으니, 나는 본질을 기다리는 틀을 갖고 있으니, 그런데 겨우 그게 내 전부라고? —자신을 어떻게 해야 하는지 모르는 사람은 무엇을 해야 할까? 몸과 영혼을 유익케 하기 위해 자기 자신을 몸과 영혼으로 나누어 써야 할까? 아니면 자기 내면의 힘을 저 바깥의 힘으로 치환해야 할까? 아니면 어떤 해결책이, 하나의 결과처럼, 자신에게서 생겨나기를 기다려야 할까? 나는 아직도 형상의 내부에 대해서는 말할 수 없고, 내가 소유한 모든 것은 내 안 아주 깊숙한 곳에 있다. 어느 날, 마침내 소리 내어 말하고 난 뒤에도, 나는 여전히 삶을 의탁할 무언가를 가질 수 있을까? 어쩌면 그 말들이 죄다 삶에 못 미치거나 그 너머로 넘어가서 바닥에 떨어져 버리는 건 아닐까? —나는 생물의 형상을 한 모든 것들을 밀어내려고 애쓴다. 삶 그 자체를 발견하기 위해 스스로를 고립시키려 한다. 하지만 산만하고 위안을 주는 놀이에 지나치게 의존하다 보니, 그 놀이에서 벗어나기만 하면 매정하게 버려진 나 자신을 발견하고 만다. 내 뒤의 문을 닫는 순간, 나는 곧바로 모든 걸 놓아 버린다. 존재했던 모든 것들이 나에게서 멀어져 내 머나먼 물속으로 무심히 뛰어든다. 나는 그 소리를, 낙하를 듣는다. 행복해지고 평온해진 나는 나 자신을 기다린다. 나 자신이 천천히 솟아올라 내 눈앞에 진정으로 나타나기를 기다린다. 나는 도망침으로써 자신을 구하려들지 않는다. 대신에 홀로 내버려진 자신을, 빛과 그림자가 조용한 유령들처럼 머무는 무無차원의 좁은 방으로 내던져진 자신을 찾아낸다. 나는 내 안에서 내가 찾는 정적을 발견한다. 하지만 그 안에서 나는 모든 인간들과 나 자신의 기억으로부터 완전히 사라지고, 그 인상을 하나의 확신으로 가공한다. 육체적인 고독이라는 확신. 만약 내가—아마도 그다지 선명하지 못할—비명을 지른다면, 내 목소리는 세상의 벽들로부터 내 것과 똑같은, 무심한 메아리를 돌려받으리라. 대상들을 체험하지 않고서는 삶을 발견하지 못하리라, 그렇지 않은가? 하지

만 내가 추락한 곳은 하얗고 무한한 고독 속이며, 나는
여전히 폐쇄된 산들 사이에 끼어 있다. 끼어 있다, 끼
어 있다. 상상력은 어디에 있는 거지? 나는 보이지 않
는 길을 걷는다. 감금, 자유. 이런 말들이 떠오른다. 하
지만 그것들은 진실이 아니고, 그저 대체 불가능한 것
들일 뿐이라는 느낌이 든다. 자유만으로는 충분치 않
다. 내가 갈망하는 것은 아직 이름을 갖지 못했다―따
라서 나는 태엽을 감은 장난감이며, 그 장난감은 태엽
이 다 풀렸을 때 그 자신만의 무언가를, 더 심오한 삶
을, 발견하지 못할 것이다. 그 발견은 오직 작은 원천들
을, 샘들을 들여다볼 때에만 이룰 수 있는 건지도 모른
다. 그걸 담담하게 인정하자. 그렇지 않으면 나는 갈증
으로 죽을 것이다. 어쩌면 나는 맑고 드넓은 물보다는
쉽게 접할 수 있는 작은 물들과 더 잘 어울리는 존재인
지도 모른다. 그리고 어쩌면, 또 다른 샘을 구하려는 나
의 갈망은, 먹기 위해 사냥하는 사람의 표정을 내 얼굴
위에 가져다 놓는 이 열렬함은, 어쩌면 그저 하나의 관
념에 불과한 건지도 모른다. 하지만 어떤 순간들―충
족을 통해서, 맹목적인 삶을 통해서, 오르간 음악처럼
강렬하고 평온한 행복을 통해서만 가끔씩 도달할 수 있
는 희귀한 순간들―은 내가 자신에게 주어진 여정을
완수할 수 있는 사람이라고, 그리고 그 여정은 그저 하

나의 관념이 아니라 내 온 존재가 추구하는 갈망이라고 말해 주고 있잖아? 아니, 그 점을 차치하더라도, 그 관념은 진실이잖아! 나는 운다. 이런 순간들은 희귀하다. 어제, 수업 중에, 갑자기, 뜬금없이 이런 생각이 들었다: 움직임이 형상을 설명한다. 완벽에 관한 명확한 개념, 내가 느낀 갑작스러운 자유……. 그날, 삼촌의 농장에서, 강에 빠졌을 때. 그전까지 나는 닫혀 있었고 불투명했다. 하지만, 일어섰을 땐, 그 물에서 태어난 기분이 들었다. 젖은 옷이 몸에 달라붙었고, 반짝이는 머리칼을 축 늘어뜨린 채 물에서 나왔다. 내 안의 무언가가 꿈틀거렸다. 물론 그건 그저 내 몸이었다. 하지만 달콤한 기적 속에서 모든 것이 투명해졌는데, 분명 내 영혼도 그리 되었을 것이다. 그 순간 나는 진심으로 나의 내면에 몰입했고, 거기에 정적이 있었다. 나는 내 정적이 그 시골의 정적의 일부라는 걸 알 수 있었다. 나는 버림받은 기분을 느끼지 않았다. 나는 말을 타다가 떨어진 거였는데, 그 말이 강가에서 기다리고 있었다. 나는 말에 올라 벌써 그림자가 지면서 선선해진 언덕을 나는 듯 달려 내려갔다. 고삐를 꽉 쥐고 그 짐승의 고동치는 따스한 목을 손으로 쓰다듬었다. 속도를 늦추어 천천히 달리며 여름 하늘처럼 높고 맑은 내 안의 행복에 귀 기울였다. 아직 물이 뚝뚝 떨어지는 두 팔을 어루만졌

야생의 심장 가까이

다. 내 곁에서 살아 있는 말은 내 몸의 연장 같았다. 우리 둘 다 두근거림과 새로움을 들이마셨다. 마지막 햇빛을 받아 따스해진 들판에 거무스름한 색이 내려앉았고, 가벼운 산들바람이 천천히 불었다. 내가 행복했다는 걸, 지금 그 누구보다 행복하다는 걸 잊어선 안 돼, 라고 나는 생각했다. 하지만 잊었다. 나는 늘 잊었다.

　　나는 대성당에 앉아 산만하고 모호한 상태로 뭔가를 기다리고 있었다. 나는 억눌린 상태로 조각상들의 차가운 자줏빛 향기를 호흡하고 있었다. 그런데, 갑자기, 무슨 일이 일어나고 있는 건지 이해할 사이도 없이, 마치 대재앙처럼, 투명하게 전율하는 소리들이 보이지 않는 오르간으로부터 쏟아져 나왔다. 멜로디도 없고, 거의 음악이라고 할 수조차 없는, 그저 진동에 가까운 소리였다. 교회의 긴 벽들과 높은 아치 천장이 그 소리를 받더니 더 낭랑하고 적나라하고 강렬한 메아리를 돌려주었다. 그 소리들은 내 안으로 파고들었고, 내 안에서 종횡무진 움직였고, 신경들을 전율로 채웠고, 뇌를 소리로 채웠다. 나는 생각이 아니라 음악을 생각하고 있었다. 그 찬송가의 무게에 마비된 나는 좌석에서 미끄러져 내려와 완전히 무력해진 상태로, 기도도 없이 무릎을 꿇었다. 오르간 소리는 시작할 때 그랬던 것처럼 갑작스럽게 그쳤으니, 마치 영감이 번득일 때 같았다. 나는 계속해서 조용히 숨을 쉬었고, 내 몸은 공중에 따스하고 반투명한 웅웅거림으로 남은 마지막 소리 속에서 여전히 진동하고 있었다. 그 순간은 너무 완벽해서, 나는 두렵지 않았고 무언가에 감사하지도 않았으며, 신이라는 관념에 이끌리지도 않았다. 나는 이제 죽고 싶다고, 내 안에서 해방된, 고통 이상의 무언가가 외쳤다. 이 다음에 이어질 순간은 더 낮고 공허할 터였다. 나는 위로 오르고 싶었으니, 오직 하나의 끝과도 같은 죽음만이 내리막 없는 절정을 안겨 줄 터였다. 주위의 사람들이 일어나 움직이고 있었다. 나는 일어나서, 연약하고 창백한 모습으로, 출구로 걸어갔다.

야생의 심장 가까이

그 목소리를 가진 여자와 주아나

주아나는 그 여자의 목소리를 들을 때까지는 그녀에게 큰 관심을 두지 않았다. 그런데 높낮이가 없는 그 낮고 굴곡진 억양이 호기심을 자극했다. 주아나는 그 여자를 자세히 보았다. 그 여자는 주아나가 아직 겪어 보지 못한 무언가를 체험한 게 분명했다. 주아나는 삶과 너무 거리가 먼 그 억양을 이해할 수 없었다.

주아나는 결혼한 지 몇 개월 안 되었을 때 자신이 남편을 돌아보며 무언가를 물었던 기억을 떠올렸다. 그들은 외출 중이었다. 주아나는 말을 하다가 갑자기 뚝 끊어서 오타비우를 놀라게 만들었다. 미간에 잡힌 주름과 놀라움을 담은 응시. 아, 그녀는 미혼이었을 때 너무 자주 들었던, 그리고 들을 때마다 좀 당황스러웠던 그런 목소리를 내는 자신을 발견했던 것이다. 자기 남자 옆에 있는 젊은 여자의 목소리. 오타비우를 향한 자신의 목소리는 이렇게 울렸다: 날카롭고, 공허하며, 위로 솟구치는, 동일하고 분명한 음조들로 이루어진 목소리. 뭔가 미완성의 느낌을 주는, 황홀한, 좀 물린 듯한 목소리. 비명을 내지르려 하는…… 화창한 날들, 맑고 건조한, 중성적인 목소리와 나날들, 야외 미사의 성가대 소년들. 그리고 무언가를 잃어버린, 가벼운 절망을 향한……. 그 신혼의 음색은 역사를 지니고 있었다. 그 소리의 주인은 발견할 수 없을 만큼 연약한, 목소리들만의 역사. 하지만 이 목소리의 주인은 그것을 알아차렸던 것이다.

그날 이후로, 주아나는 목소리들을 느꼈다. 그녀는 그 목소리들을 이해하거나 이해하지 못했다. 삶을 마감할 때, 그녀가 들었던 각각의 음색은 그녀 자신의 추억이 되어 기억의 표면에 떠오르고, 그때 그녀는 이렇게 말하리라: 그동안 얼마나 많은 목소리들을…….

주아나는 그 여자에게 몸을 기울였다. 집을 보러 다니다가 만나게 된 여자였는데, 남편을 동반하지 않고 혼자 나온 덕분에 그 여자를 더 자유롭게 관찰할 수 있었다. 그리고 거기에는, 그래, 거기에는 그녀가 예상하지 못했던 게 있었다. 멈춤이었다. 하지만 그 여자는 주아나를 쳐다보지도 않았다. 주아나는 오타비우의 머리를 빌려 생각하며, 그라면 저 크고 창백하고 차분한 코를 가진 여자를 그저 천박하게 여겼으리라 짐작했다. 그 여자는 세를 내놓은 집의 장단점들을 설명하며, 조바심이나 관심이 담기지 않은 시선을 땅과 창문, 풍경에 두었다. 그 깨끗한 몸, 검은 머리. 크고, 강인한. 그리고 목소리, 세속적인 목소리. 어느 물체에도 부딪히지 않는 목소리, 그 여자의 목구멍에 이르기 전에 지하에서 긴 여행을 해 온 듯 조용하고 먼 목소리.

"결혼하셨어요?" 주아나가 그 여자를 살펴보며 물었다.

"과부예요. 아들 하나 있고." 그러고는 그 지역 임대료에 대한 노래를 뽑아냈다.

"안되겠어요, 우리에게 맞는 집이 아닌 것 같아요. 부부가 살기엔 너무 커요." 주아나가 황급히, 좀 퉁명스럽게 말했다. "그렇지만," 그녀는 열성을 숨기며 상냥하게 말을 이었다. "가끔 찾아와서 이야기를 나눠도 될까요?"

그 여자는 놀라지 않았다. 그녀는 어머니 노릇과 굼뜬 동작으로 인해 두꺼워진 허리를 한 손으로 어루만졌다.

"그럴 수는 없을 것 같네요⋯⋯. 내일 아들 집에 가

요. 아들은 결혼했어요. 난 떠나요……."

그녀는 활기도, 감정도 없는 미소를 지었다. 그저: 난
떠나요. 저 여자는 어디에 관심이 있을까? 주아나는 궁
금증이 일었다. 어쩌면 애인이 있을지도…….

"혼자 사세요, 부인?" 주아나가 물었다.

"막내 여동생이 애덕회 수녀가 됐어요. 저는 다른
여동생이랑 살아요."

"집에 남자 없이 사는 게 슬프지 않아요?" 주아나가 물
었다.

"그렇게 생각해요?" 여자가 대꾸했다.

"부인 생각을 물은 거예요. 제 생각이 아니라. 전
결혼했어요." 주아나는 대화에 친밀감을 부여하려고
애쓰며 덧붙였다.

"아니, 슬프지 않아요." 여자는 그러면서 색깔 없는
미소를 지었다. "그럼, 집이 마음에 안 든다니, 실례지
만 이제 내 볼일을 봐야겠네요. 창가에서 바람 좀 쐬기
전에 빨래할 게 좀 있어서."

주아나는 무안한 마음으로 발길을 옮겼다. 분명
지적 장애가 있는 듯한……. 하지만 그 목소리는 어떤

야생의 심장 가까이

가? 오후 내내 그 목소리를 떨쳐 낼 수가 없었다. 그녀의 상상력은 그 여자의 미소와 그 크고 조용한 몸을 찾으려 줄달음쳤다. 그 여자에게는 역사가 없음을, 주아나는 천천히 깨달았다. 그 여자에게 어떤 일들이 일어났다고 해도, 그 일들은 그녀가 아니었고, 그녀의 진정한 존재와 뒤섞이지도 않았으니까. 중요한 건 그녀가─과거, 현재, 미래를 아울러서─살아 있다는 사실이었다. 이것이 이야기의 배경이었다. 이따금 그 배경은 희미해지는 듯했고, 눈이 감겼고, 거의 존재하지 않을 정도가 되었다. 하지만 잠깐의 멈춤, 짧은 정적만 있으면 그것은 눈앞에 크게 떠올랐고, 눈이 뜨였고, 빛이 비쳤고, 돌 사이를 흐르는 물처럼 끊임없이 졸졸 흐르는 소리가 들려 왔다. 더 설명할 필요가 있을까? 분명, 주아나의 바깥에 있는 것들이 그녀의 내부에서 뭔가를 일으키긴 했다. 그녀는 환멸에 젖곤 했고, 기이한 폐렴을 앓기도 했다. 그것들은 그녀에게서 뭔가를 일으켰다. 하지만 그런 일들은 그녀의 중심에서부터 들려오는 졸졸거리는 소리를 조금 키우거나 줄이는 정도에 불과했다. 하루가 끝날 때 그날 있었던 사실들과 그 사실들의 세부적인 요소 하나하나가 그녀를 장악하지 못했다면, 또는 만약 그녀가 그저 자기 몸 안을 쉼 없이 흘러 다니는 생명일 뿐이라면, 굳이 그런 작은 사실들에 대해 이야기할 필요가 있을까?

그녀의 질문들은 대답을 찾아 초조하게 돌아다니는 법이 없었다—주아나는 계속해서 깨달아 갔다. 그것들은 죽은 채 태어났고, 미소를 지었고, 갈망도 희망도 없이 쌓여 갔다. 그녀는 자기 바깥에 대해서는 어떤 움직임도 시도하지 않았다.

그녀는 오랜 세월 창가를 지키면서 지나가는 것들과 멈춰 있는 것들을 바라보았다. 하지만 사실 그렇게 바라보는 때보다 자기 안의 생명을 듣는 때가 더 많았다. 그녀는 여린 아이의 숨소리 같은 그 소리에, 갓 자라난 식물 같은 그 사랑스러운 빛깔에 매료되었다. 그때 그녀는 자신이 존재하고 있다는 사실에 싫증 내지 않았고 충분히 만족스러워 했으니, 이따금 엄청나게 행복해질 때면 슬픔이 담요의 그림자처럼 자신을 덮어 해질녘처럼 서늘하고 조용하게 만드는 걸 느낄 정도였다. 그녀는 아무것도 기대하지 않았다. 그녀는 자기 자신 안에 있었다. 목적 그 자체 속에.

어느 날 그녀는 둘로 쪼개졌고, 점점 불안해져서, 자신을 찾으러 나서기 시작했다. 그녀는 남자들과 여자들이 만나는 여러 장소에 갔다. 모두가 말했다: 다행히 걔가 정신을 차렸어, 인생은 짧은 거야, 그러니까 최대한 활용해야지, 걔는 생기라곤 없었는데 이제 대단

한 인물이 됐어. 그녀가 너무 불행해서 삶을 찾아 나서야만 했다는 건 아무도 알지 못했다. 그러다 그녀는 남자를 만나 그를 사랑하게 되었고, 사랑은 그녀의 피와 신비를 진하게 만들었다. 그녀는 아들을 낳았고, 남편은 그녀를 임신시킨 후 죽었다. 그녀는 꿋꿋하게 잘 살았다. 자신을 단단히 추스르고 더 이상 다른 사람들을 찾지 않았다. 다시금 홀로 앉아 있을 창가를 발견했다. 그러자 이제, 그 어느 때보다 더, 이보다 더 행복하거나 더 완전한 존재가 되었던 적이 없었다는 생각이 들었다. 그녀를 얕보던 많은 이들은 그녀가 약하다고 믿었지만 말이다. 그녀는 정신력이 무척 강했기에 매 끼니를 잘 먹었으며, 과도한 쾌락을 누리지도 않았다. 누가 무슨 말을 하건, 무슨 사건이 일어나건 그녀에겐 중요치 않았다. 모든 것들이 그녀를 미끄러져 지나가 그녀의 내부가 아닌 저 바깥에 있는 물들 속에 빠졌다.

무수히 많은 똑같은 날들을 지루함 없이 살아오던 그녀는 어느 날 자신과 다른 자신을 발견했다. 그녀는 피곤했다. 이리저리 서성였다. 그녀 자신도 자기가 무얼 원하는지 몰랐다. 그녀는 입을 다문 채 조용히 노래하기 시작했다. 그러다 싫증이 나서 사물들에 대해 생각하기 시작했다. 하지만 온전히 생각할 수가 없었다. 그녀 안의 무언가가 멈추려 하고 있었다. 그녀는 기다렸지만 아무것도 그녀에게서 그녀에게로 오지 않았다. 그녀는 서서히 슬픔에 젖었고 그 슬픔은 충분하지 못해서 두 배로 슬퍼졌다. 며칠을 계속 서성이자 그녀의 발자국 소리는 땅에 떨어지는 낙엽 소리처럼 들렸다. 그녀의 마음에 회색빛이 깔렸고, 그녀는 자기 안에서 어떤 반영 외에는 아무것도 볼 수 없었다. 마치 똑똑 떨어지는 흰 방울 같은, 그 반영은 이제 느리고 굼떠진 그녀의 옛 리듬이 남긴 것이었다. 그렇게 그녀는 자신이 고갈된 걸 알았고, 처음으로 고통받았다. 자신이 진짜 둘로 쪼개졌기 때문이었다. 쪼개진 두 부분은 서로를 마주했고, 그녀를 응시했으며, 쪼개져 나간 상대가 더 이상 줄 수 없는 것들을 소망했다. 사실 그녀는 늘 둘이었다. 그녀가 존재한다는 걸 어렴풋이 아는 하나와, 실제로 심오하게 존재하는 하나. 단지 그때까지는 그 둘이 함께 작용하면서 구분할 수 없었던 것뿐이었다. 이제 그녀의 존재를 인식하는 한쪽이 단독으로 작용하고 있었으니, 그건 그 여자가 불행하고 지적인 사람이라는 뜻이었다. 그녀는 무언가를 지어내려고, 생각을 해 보려고, 주의를 딴 데로 돌리려고 필사적인 노력을 기울였다. 소용없었다. 그녀는 오로지 사는 법밖에 몰랐다.

그녀는 죽어 가기 시작했다. 자신이 부재할 때까지, 그래서 밤 속으로 추락하고 차분해지고 어두워지

120   야생의 심장 가까이

고 서늘해질 때까지. 그러다 조용히 죽었다. 마치 유령 같았다. 그녀는 죽었기에 더 이상 알려진 건 없다. 그저 그녀 역시 마지막에 가서는 여느 사물이나 생명체만큼 행복했으리라 짐작할 수 있을 뿐이다. 그녀는 삶 혹은 죽음이라는 본질을 위해 태어났으니, 그 사이의 모든 것들은 그녀에게 고통이었다. 그녀의 존재는 너무도 완전한 데다 진실과 단단히 연결되어 있어서, 아마도 그녀는—진정 그녀에게 생각하는 습관이 있었다면—포기하고 죽을 때가 되었을 때 이런 생각을 했을 것이다: 나는 존재한 적이 없었어. 그녀가 어떻게 되었는지 또한 알려지지 않았다. 그렇게도 훌륭한 삶을 살았으니 그만큼 훌륭한 죽음을 맞이했으리라. 이제 그녀가 흙의 알갱이가 되었음은 의심의 여지가 없다. 그녀는 내내 하늘을 올려다본다. 가끔 비가 내리면 그녀는 자신의 흙 속에서 통통해진다. 그 다음엔 열기가 그녀를 바짝 말리고, 바람이 그녀를 흩어 놓는다. 이제 그녀는 영원하다.

깊은 상념에서 깨어난 주아나는 자신이 그 여자를, 알 수 없는 어조가 담긴 목소리로 자신에게 이야기하며 미소 짓던 그 반쯤 죽은 존재를 시샘하고 있음을 깨달았다. 무엇보다도, 그 여자는 삶을 이해한다. 삶을 이해하지 못할 만큼 지적이지 못하니까. 논리적 사고

가 무슨 소용인가……. 설령 도중에 미쳐 버리지 않고 삶을 이해하게 된다 해도 그 앎을 지식으로 보존하기란 불가능하다. 삶을 완전하게 소유하고 표현하는 유일한 방법은 그 앎을 하나의 태도, 삶의 태도로 삼는 것이다. 그리고 그 태도는 그 목소리를 가진 여자의 토대를 이루는 그것과 그리 다르지 않을 것이다. 할 수 있는 게 너무 적었다.

주아나는 조바심이 나서 머리를 획 움직였다. 연필을 집어 들고 종이에 의식적으로 단호하게 써 내려갔다: '스스로를 부정하는 성격이 그 자신을 더 완전하게 실현한다.' 참일까, 거짓일까? 어쨌든, 주아나는 삶으로 충만한 그 여자 위에 자신의 차갑고 지적인 생각들을 드리움으로써 나름의 복수를 한 셈이었다.

야생의 심장 가까이

"데 프로푼디스.3)" 주아나는 그 관념이 더 명료해지기를, 생각의 배아인 그 가볍고 빛나는 공 모양의 덩어리가 안개 속에서 솟아오르기를 기다렸다. "데 프로푼디스." 그녀는 그것이 미지의 물속으로 영원히 빠져 버릴 듯이 균형을 잃고 흔들거리는 걸 느꼈다. 또는, 이따금, 구름을 헤치고 나와서는 소심하게 커져 가더니 거의 완전한 모습을 드러내고…… 그리곤 침묵.

주아나는 눈을 감고 느긋하게 휴식을 취했다. 눈을 떴을 때는 작은 충격을 받았다. 길고 심오한 몇 초 동안, 그녀는 그 순간의 삶이 이미 살아온 삶과 앞으로

---

3) De Profundis, 시편 130장의 첫 부분으로, 가톨릭 성경에서는 '깊은 곳에서'로 번역되어 있다.

살아갈 삶이 뒤섞인 것임을, 그리고 그 모두가 하나로 합쳐져 영원이 되었음을 알아차렸다. 기묘해, 기묘해. 9시의 오렌지색 빛, 그 막간의 느낌, 저 멀리서 고음만을 고집하는 피아노 소리. 그녀의 심장은 아침의 열기에 맞서 빠르게 뛰었고, 흉포하고 위협적인 만물의 배후에는 감지할 수 없을 정도로 둔탁하게 고동치는 정적이 있었다. 모든 것이 사라져 갔다. 피아노는 고음을 고집하기를 멈추더니, 잠시 쉰 후 중간 음의 명료하고 쉬운 멜로디로 기분 좋게 돌아왔다. 이제 곧 그녀는 자신이 이 아침에 받은 인상이 진짜였는지, 아니면 그저 하나의 관념에 지나지 않았는지 구별할 수 없을 터였다. 그녀는 그걸 알아내기 위해 정신을 바짝 차렸고…… 갑작스런 피로 때문에 잠시 혼란스러워졌다. 긴장을 풀고 느긋한 얼굴이 된 그녀는 자기 자신을 향한 애정이 물결처럼 일렁이는 걸 느꼈다. 그 연유는 알 수 없었지만, 어쨌든 그건 거의 감사라고도 할 수 있는 감정이었다. 한순간 그녀는 이미 삶을 다 살고 종말에 이른 듯한 기분을 느꼈다. 그리고 바로 다음 순간이 찾아오자 이제까지의 모든 것들이 마치 하나의 빈 공간처럼 공허해졌고, 멀리서 다가오는 삶이 내는 소음이 희미하게 들려왔으며, 거품을 문 그 짙고 거칠고 높은 파도가 하늘을 가로질러 가까이, 더 가까이 밀려들어…… 그녀를 덮

야생의 심장 가까이

치고, 덮치고, 집어삼키고 질식시키고…….

　그녀는 창가로 가서 두 팔을 내밀었고, 산들바람이 불어와 자신을 어루만져 주기를 헛되이 기다렸다. 그렇게 오랫동안 자신을 잊었다. 얼굴 근육을 수축시켜 귀를 반쯤 닫고, 눈을 감아 빛이 거의 들어오지 못하게 하고, 머리는 앞으로 내밀었다. 그렇게 조금씩 진짜로 자신을 고립시킬 수 있었다. 의식을 조금 꺼 버린 채로, 회색의 미지근한 공기 속으로 깊이 침잠한 기분을 느끼며…… 그녀는 거울 앞에 서서, 증오로 얼얼해진 눈을 한 채, 이를 악물고 물었다. "이제 어쩔 거야?"

　작고 이글거리는 자신의 얼굴을 의식하지 않을 수 없었다. 잠시 거기 정신이 팔려서 분노를 잊어버렸다. 이렇듯 작은 일들은 늘 그녀를 본래의 격렬한 흐름에서 이탈시켰다. 그녀는 너무도 나약했으니, 그 때문에 자신을 증오했을까? 아니. 자신이 죽음에 이를 때까지 변치 않는 튼튼한 나무가 되어, 내적 성장은 이루지 못한 채, 그저 열매만 맺게 되었다면 스스로를 더 증오했을 것이다. 그녀는 그 이상을 원했다: 늘 새로 태어나는 것, 그동안 보고 배운 모든 것들과 단절하고, 가장 사소한 행동조차 의미를 지닌 곳에서, 마치 처음 숨을 쉬듯 공기를 마실 수 있는 새로운 영역에서 시작하는 것. 그녀는 자신 안에서 삶이 뜨거운 용암처럼 부글거리며 진하게, 천천히 흐르는 걸 느꼈다. 어쩌면 그녀는 자신을 사랑하는지도 몰랐다……. 만일 그녀가 생각을 조금 더 멀리 펼친다면…… 별안간 멀리서 온 날카로운 나팔 소리가 밤의 장막을 찢으면서 넓고 푸른 초원이 펼쳐지고…… 신경질적인 흰 말들이 목과 다리를 반항하듯 움직이며 강들과 산들과 계곡들을 나는 듯 가로지르고……. 그런 생각을 하자 사막 한가운데 숨겨진 서늘하고 습한 동굴에서 나온 시원한 공기가 몸 안에서 돌고 있는 듯한 기분이 들었다.

하지만 그녀는 곧 수직으로 추락하며 자신에게 돌아왔다. 그녀는 팔과 다리를 확인했다. 거기 그녀가 있었다. 거기 그녀가 있었다. 하지만 그녀는 자기 정신을 흐트러트릴 만한 것들을 찾아야겠다고 생각했다. 그 생각은 냉혹하고 냉소적이었지만, 무엇보다 절박한 것이었다. 왜냐하면 그녀는 죽어 가고 있지 않은가? 그녀는 소리 내어 웃고는 그 웃음이 얼굴에 미친 효과를 확인하기 위해 거울을 흘끗 보았다. 아니, 얼굴은 밝아지지 않았다. 꼭 살쾡이 같아 보였다. 빨갛게 달아오른 뺨 위의 두 눈은 이글거렸고, 검은 주근깨가 점점이 박혀 있었고, 눈썹 위 갈색 머리칼은 헝클어져 있었다. 그녀는 자기 안에 있는 어둡고 의기양양한 진홍빛을 보았다. 그녀를 이토록 불타게 하는 건 무엇일까? 권태……

그래, 하지만 그 모든 것들에도 불구하고 그 아래에는 불이 있었다. 그 불은 심지어 그것이 죽음을 뜻할 때에도 거기 있었다. 어쩌면 이게 삶의 기쁨인지도 몰랐다.

또 다시 불안감에 사로잡혔다. 순수하고 비이성적인 불안. 아, 어쩌면 나가서 좀 걸어야 하는지도 몰라, 어쩌면……. 그녀는 잠시 눈을 감고 논리 없는 문장이나 몸짓의 탄생을 허용했다. 늘 그랬듯, 이런 일은 믿음 속에서 이루어졌다. 그녀의 내면 깊은 곳에, 용암 아래에, 이미 끝을 향하고 있는 갈망이 존재한다는 믿음. 그녀는 잠에 빠져들 때처럼 특별한 기술을 써서 의식의 문을 닫았고, 자유롭게 행동하거나 말할 수 있도록 스스로를 풀어 주었고, 그러다 이따금은 자신의 손이 따귀를 갈기는 바람에 깜짝 놀라곤 했다―그 몸짓을 알아차리는 순간은 실행이 이루어진 뒤였으니까. 가끔 자신의 입에서 이상하고 미친 듯한 말들이 나오는 걸 듣기도 했다. 그녀는 그 말들을 이해하지는 못했지만, 그것들 덕에 더 가벼워지고 해방된 기분을 느꼈다. 그녀는 눈을 감고 실험을 되풀이했다.

침묵과 포기의 순간이 지난 후, 그녀 안의 깊은 곳으로부터 그것이 솟아올랐다. 처음엔 머뭇거리며 희미하게, 그러다 더 강하고 고통스러워지며: 깊은 곳에서 당신께 부르짖습니다……. 깊은 곳에서 당신께 부르짖습니다……. 그녀는 잠시 더 움직이지 않고 그대로 있었다. 얼굴이 아이를 낳은 것처럼 지쳤고, 축 늘어졌고, 표정을 잃었다. 그녀는 서서히 새로 태어났다. 천천히 눈을 뜨고 햇빛으로 돌아갔다. 연약한 상태에서 가볍게 호흡하며, 병에서 회복 중인 환자가 처음 바람을 쐬듯 행복해했다.

그러자 자신이 사실상 기도를 올린 거나 다름없다는 생각이 들기 시작했다. 아니, 자신이 아니었다. 그녀 이상의 존재, 그녀가 더 이상 인식할 수 없는 존재가 기도를 올렸다. 하지만 난 기도할 생각이 없었어, 그녀는 다시 작게 되뇌었다. 그녀는 기도가 자신을 구해 줄 거라는 걸 알고 있었기에 기도하고 싶지 않았다. 고통을 무디게 만드는 모르핀 같은 구제책. 모르핀처럼 효과를 보려면 계속 복용량을 늘려야 하는 구제책. 아니, 그녀는 고통을 발견하고, 견디고, 그 안에 있는 신비를 다 파헤칠 수 있도록 완전히 소유하기를 원했지, 비겁하게 기도를 올리고 싶지는 않았다. 아직 그 정도로 완전히 지치진 않았다. 그리고 설령 기도를 올린다고 해도…… 그랬다간 결국 그녀는 수녀원에 들어가게 될 터였다. 모르핀으로는 도저히 달랠 수 없는 갈망을 지녔으니까. 그리고 그건 최후의 수치이자 악이 될 터였다. 그러나 자기 바깥에 있는 신을 찾지 않으면 결국 자연스러운 경로에 따라 스스로를 신격화하고, 자신의 고통을 탐색하고, 자신의 과거를 사랑하고, 자기가 떠올린 생각들 속에서 피난처와 따스함을 찾게 될 터였다. 예술 작품이 되기를 열망하며 태어났지만 결국 흥작기의 반쯤 상한 음식 노릇을 하게 되는 생각들 속에서. 아니면 아예 고통 속에 자리를 잡고 그 속에서 자신을 체계화할 위험도 있었는데, 그것 역시 악이요 신경 안정제가 될 터였다.

그럼 어떻게 해야 할까? 그런 흐름을 막고, 그녀와 그녀 자신 사이에 있는 틈새를 허용하고, 그럼으로써 훗날 아무런 위험 없이 새롭고 순수한 자신을 다시 발견할 수 있도록 하려면, 어떻게 해야 할까?

어떻게 해야 할까?

일부러 강하게 누른 획일적인 음계들이 피아노를 공격하고 있었다. 연습, 그녀는 생각했다. 연습…… 그래, 그녀는 즐거워하며 생각했다…… 안 될 게 뭐야? 사랑을 해 보는 게 어때? 살아 보는 게 어때?

사람들이 없는 땅에서 펼쳐지는 순수한 음악, 오타비우는 골똘히 생각했다. 아직 형용사가 없는 움직임들. 눈멀고 귀먹은 나무들 속에서 아무런 목격자도 없이 태어나서 날다가 죽고 다시 태어나는 작은 곤충들, 그 안에서 맥동하는 원시적인 생명처럼 무의식적인 움직임들. 음악이 소용돌이치며 펼쳐진다. 새벽과 강렬한 낮과 밤은 끊이지 않고 반복되는 음표가 되어 그 교향곡 안에서 살아간다. 변형이라는 교향곡. 사물이나 공간, 시간에 의해 지지되지 않는 그 음악은 삶과 죽음의 색깔을 지녔다. 즐거움과 고통으로부터 단절된 관념들 속에 담긴 삶과 죽음. 그것들은 인간적인 특징과는 완전히 동떨어져 있기에 정적 속으로 섞여들 수 있었다. 정적, 왜냐하면 이 음악은 불가피한 필연이고, 유일한 가능성이며, 물질을 가장 생생하게 투영해 내는 수단이기 때문이다. 마찬가지 이유로 당신은 그 음악을 듣지 못한다. 그것은 당신의 감각이 어떤 물질과 부딪히기 전까지는 그것을 지각하거나 이해하지 못하는 것과 마찬가지다.

그렇다면, 하고 그는 생각했다. 눈을 감고, 진흙으로 가득한 강처럼 탁하게 느릿느릿 흘러나오는 나 자신의 음악을 듣자. 비겁함은 미지근하고, 나는 27년간의 생각을 통해 갖게 된 영웅의 무기들을 내려놓고서 그 비겁함에 자신을 맡긴다. 이 순간, 나는 무엇인가? 땅에 떨어진 납작하고 조용한 낙엽이다. 돌개바람에도 흔들리지 않는다. 스스로를 일깨우지 않으려고 숨도 거의 쉬지 않는다. 하지만 왜, 무엇보다도 왜, 나는 적당한 단어들을 골라 써 가면서 이미지들 속에서 위안을 구하려 들지 않는가? 나는 그저 팔짱을 낀 사람일 뿐인데 왜 스스로를 죽은 낙엽이라고 부르는가?

다시금, 부질없는 논리를 펼치던 그에게 추락할 때의 느낌 같은 피로가 덮쳤다. 기도, 기도. 하느님 앞에 무릎 꿇고 애원하자. 무엇을? 죄 사함을. 그건 너무도 많은 의미를 지닌 광범위한 말이다. 그는 죄도 없었다.─아닌가? 무슨 죄? 그는 자신에게 죄가 있음을 알았지만, 방금 떠오른 생각을 그대로 이어 갔다─그는 죄가 없었지만 죄 사함 받기를 간절히 원했다. 신께서 크고 굵은 손가락들을 그의 이마 위에 놓아 주시기를. 또한 선한 아버지로서, 세상 만물로 이루어지셨으며 또한 그 모든 걸 아우르시는 아버지로서, 훗날 그에게 '그래, 하지만 나는 너를 용서하지 않았다!' 라고 말하게 될 만한 오점을 단 하나도 내어 주지 않으실 분으로서, 축복을 내려 주시기를. 그러면 그를 향한 세상의 조용한 비난은 그칠 터였다.

그런데 그는 무슨 생각을 하고 있었던가? 혼자서 움직이지도 않고 얼마나 오래 놀고 있었던 걸까? 그는 어떤 몸짓을 했다.

사촌 이자벨이 들어왔다. "축복, 축복, 축복 받았나니." 그녀가 말했다. 근시인 그 눈은 떠나고 싶어 안

달하고 있었다. 그녀는 피아노 앞에 앉아서야 이방인 같은 태도를 버렸다. 오타비우는 어렸을 때 그랬던 것처럼 움찔했다. 그러자 그녀는 미소를 지었고, 자애로워지면서 날카로운 태도를 버렸고, 무던하고 평안한 모습이 되었다. 피아노 앞에 앉은 그녀의 늙은 입술에는 분가루가 묻어 있었다. 그녀는 쇼팽, 쇼팽, 특히 그의 모든 왈츠들을 연주했다.

"손가락이 굳었어." 그녀는 외워서 연주할 수 있음을 자랑스러워하며 그렇게 말하곤 했다. 그러더니 갑자기 교태를 부리며 마치 카바레 댄서처럼 고개를 뒤로 젖혔다. 그럴 때면 오타비우는 얼굴을 붉혔다. 창녀, 그 말을 떠올린 그는 즉시 고통스런 몸짓으로 그 단어를 지워 버렸다. 어떻게 감히 그런 생각을? 예전에 배앓이를 하던 그를 다정하게 내려다보던 그녀의 얼굴이 떠올랐다. 나는 그래서 그녀를 혐오해. 그는 종종 이런 식으로 아무런 논리 없이 생각을 이어 가곤 했다. 게다가 그런 생각은 늘 자신을 앞섰기에, 후회해 봐야 이미 늦은 경우가 많았다. 창녀라니, 자신을 채찍으로 때리는 기분이었다. 뉘우치고는 있지만, 결국 또 다시 죄를 지은 것이다. 그런 날들이 얼마나 많았던가. 어렸을 때, 잠에 빠져들기 직전에, 그는 불현듯 사촌 이자벨의 존재를 자각하곤 했었다. 침대에 있는, 잠들지 못하고 아마도 앉아 있을, 회색 머리칼을 한 갈래로 모아 땋은, 두터운 잠옷을 조신한 여자들처럼 꼼꼼히 여민 모습. 그는 산酸처럼 몸에 퍼지는 가책을 느꼈다. 하지만 그녀를 사랑할 수는 없었으므로, 그는 더욱더 그녀를 증오하게 되었다.

이제 그녀는 과거처럼 한 음에서 다음 음으로 부드럽게 넘어갈 수 없었다. 각각의 음표는 거친 당김음으로 연결되었고, 왈츠 곡들은 구멍이 숭숭 뚫린 채 약하게 멈칫거리며 흘러나왔다. 이따금 낡은 시계의 느리고 공허한 종소리가 곡의 구절들을 불규칙한 길이로 쪼갰고, 그러면 오타비우는 잔뜩 긴장한 상태로 다음 종소리를 기다리곤 했다. 그 소리는 모든 것들을 달콤한 광기에 물든 조용한 춤 속으로 가라앉혔고, 언제나처럼 차갑게 미소 지으며 가차 없이 음악을 잘라 냈다. 그러고는 그를 붙잡아—아무런 도움도 구할 수 없는, 진공과도 같은 그 자신의 내부를 향해—내던졌다. 그는 사촌의 꼿꼿한 등과 손—피아노의 누런 건반 위를 뛰어다니는 두 마리의 검은 동물—을 지켜보았다. 그녀는 그를 돌아보며, 완전한 희열에서 나온 말을 가볍게 건넸다. 마치 꽃을 던지듯.

"무슨 일이니? 더 즐거운 곡을 칠 건데……."

오타비우

그렇게 천진하고도 심란한 무도회 왈츠들이 이어졌다. 그 곡들은 그가 처음 듣는 것이었지만, 신기하게도 그의 기억 속에 있는 해묵은 소절들과 연결되었다.

"그건 안 돼, 사촌, 그건 안 돼……."

이건 코미디였다. 그는 두려움에 빠졌다. 용서를 구해야 했다. 앞으로도 그녀의 음악을 듣고 넋이 나가는 일은 없을 거라고, 또 자신은 이미 어렸을 때부터 그녀를 견딜 수가 없었다고, 그는 빌어야 했다. 오래전 그녀가 '병을 예방하는 차'를 준비하고 있을 때, 또 그가 공부를 열심히 하면 아주 예쁜 곡을 연주해 주겠다고 약속했을 때, 그때 그녀에게서 풍기던 오래된 누더기와 퀴퀴한 장신구의 냄새. 그는 그녀가 잿빛 피부에 흰 분칠을 하고, 비극적인 고투를 벌이고 있는 힘줄을 둥근 목선 밖으로 훤히 드러내는 옷을 입고서 집을 나서던 모습을 기억했다. 굽이 낮은 소녀용 구두, 섬뜩하리만큼 대담한 방식으로 지팡이처럼 사용하던 우산. 그는 용서를 구해야 했으니, 그녀가 결국 죽게 되기를 소망—아니야, 아니야!—했기 때문이었다. 그는 몸서리를 치며 땀을 흘리기 시작했다. 하지만 그건 내 잘못이 아니야! 오, 무언가로부터 떠나 버린 것도, 민법 관련 책을 쓰겠

다는 계획을 세운 것도, 저 끔찍하고도 혐오스러울 정
도로 친밀한 인간 세계에서 벗어난 것도…….

"자 이제 '봄의 속삭임'……." 사촌 이자벨이 말했다.

그래, 그래. 난 봄을 원해……. 주님 도와주세요.
질식할 것 같아. 그 우스꽝스런 봄은 더욱더 봄답고 흥
겨웠다.

"이 곡은 푸른 장미 같아." 그를 향해 반쯤 몸을 돌
린 그녀가 약간 악의적인 미소를 머금은 채 말했다. 그
녀의 메마르고 주름진 얼굴에 돌연 사막의 물줄기가 나
타났다. 그 축 늘어진 귀에서 두 개의 작디작은 보석이
떨리고 있었다. 섬광처럼 반짝이는 두 개의, 작은, 젖은
방울들. 아, 그것들은 지나치게 신선하고 육감적이었
다……. 이 늙은 여자에겐 돈이 있었다. 하지만 그녀가
이 달랑거리는 귀걸이를 단 이유를, 그는 결코 알지 못
할 터였다: 그녀는 직접 그 보석을 사서 귀걸이에 박아
넣고는 억센 흰머리 아래에 매달고 다녔다. 마치 두 개
의 유령처럼.

이 곡은 푸른 장미 같아, 그녀는 그 말을 이해할
수 있는 건 자기뿐이라는 사실을 잘 알면서도 그렇게
말했다. 그는 경험을 통해 이럴 때 자기가 해야 할 일을
알고 있었다. 먼저 그녀에게 그게 무슨 뜻인지 물은 다
음, 그가 아랫입술을 깨물고 있는 동안 그녀가 "아, 넌

몰라도 돼." 라고 대답하는 기쁨을 누리게 만들어 주어
야 했다.

하지만 이번엔 그 흥미진진한 게임이 펼쳐지지 않
았다. 그는 실망한 그녀를 쳐다보지 않으려고 시선을
피했다. 그는 자리에서 일어나 약혼자의 방 문을 노크
하러 갔다.

그녀는 창가에서 바느질을 하고 있었다. 그는 문
을 닫은 후 열쇠로 잠그고서 그녀 옆에 무릎을 꿇었다.
그녀의 가슴에 머리를 기대고, 그 따스하고 달콤한 올
드로즈 향을 다시금 들이마셨다. 그녀는 자신의 가슴
속 강물이 흐르는 소리에 귀 기울이고 있는 것처럼, 멍
하니, 거의 신비롭다고 할 만한 미소를 머금고 있었다.

"오타비우, 오타비우." 그녀가 다정하고 먼 목소리
로 말했다.

이 집에 사는 사람들은 아무도 살아 있지 않다고,
그의 노처녀 사촌도, 리디아도, 하인들도 다 마찬가지
라고, 오타비우는 생각했다. 그렇지 않아, 그가 자신에
게 대꾸했다: 죽은 사람은 오직 그뿐이었다. 하지만 그
는 계속해서 생각했다: 유령들, 유령들. 그들의 목소리
는 멀게 느껴졌다. 기대도 행복도 담기지 않은.

"리디아," 그가 말했다. "날 용서해 줘."

"뭐에 대해서?" 그녀가 조심스럽게 놀라며 물었다.

"모든 것."

막연히 그에게 동조해야만 할 것 같았던 그녀는 침묵을
지켰다. 오타비우, 오타비우. 다른 사람들과 이야기하
는 게 훨씬 더 쉬웠다. 그를 몹시도 간절히 원하지 않았
다면, 그의 이 모든 몰이해를 견디기가 얼마나 힘들었
을까. 그들은 키스할 때만, 아니면 오타비우가 지금처
럼 그녀의 가슴에 머리를 기댈 때만 서로를 이해했다.
하지만 인생은 길다, 그녀는 그런 생각을 하자 더럭 겁
이 났다. 그의 얼굴을 바라보면서도 그에게 손이 닿지
않는 순간들이 있으리라. 그리고 그 다음엔…… 침묵이
끼어들고 말 것이다. 그는 늘 그녀와 떨어져 있을 테고,
몇몇 두드러지는 순간에만—생명력이 넘칠 때, 아니
면 죽음의 위협이 있을 때—소통하게 되리라. 하지만
그걸로는 충분하지 않았다, 충분하지 않았다……. 바로
그런 순간들 이외의 시간을 살아 내기 위해 함께 살아
야 한다고, 그녀는 겁에 질린 채, 애써 논리적으로 생각
했다. 그녀는 오타비우에겐 꼭 필요한 말들만 할 수 있
을 것이다. 그가 바쁜 신이라도 되는 것처럼 말이다. 그
녀에게 너무도 큰 즐거움을 안겨 주는 한가하고 목적
없는 수다를 늘어놓다 보면, 그의 조바심을, 아니면 과
도한 인내심을 발휘하는 그 영웅적인 얼굴을 보게 될

것이다. 오타비우, 오타비우……. 어쩌지? 그의 접근에
는 마법적인 힘이 깃들어 있었다. 그 힘은 그녀를 진정
살아 있는 존재로 만들어 주어서, 그럴 때면 온몸의 모
든 줄기에 피가 힘차게 돌았다. 그때가 아니면 그는 그
녀를 자극하지 않았다. 그는 그녀를 잠들게 했다. 마치
간단히, 조용히, 그녀를 완전케 하려는 듯이.

그녀는 자신의 운명에 대해 깊이 생각해 봐야 부
질없음을 알았다. 그녀는 오타비우가 자신을 원했던
순간부터, 그들이 사촌의 쾌활한 시선 아래 놓여 있던
어린 시절부터 오타비우를 사랑했다. 그리고 언제나
그를 사랑할 터였다. 그녀의 발걸음은 오직 하나의 길
로만 그녀를 인도할 것이기에 다른 길을 택해 봐야 소
용이 없었다. 그가 그녀에게 상처를 줄 때조차도, 그녀
는 그를 도피처로 삼았다. 그녀는 너무도 약했다. 자신
의 약함을 깨달았을 때, 그녀는 고통스러워하지 않고
기뻐했다: 오타비우에 대한 지지가 바로 이 약함에서
나온다는 걸, 막연히, 스스로에게 설명하지 않고도 알
수 있었던 것이다. 그녀는 그가 고통받고 있음을, 그가
살아 있되 병든 무언가를 영혼에 품고 있음을, 그녀 자
신의 존재 안에 잠재된 모든 수동성을 끌어모아야만 그
를 도울 수 있음을 직감했다.

가끔 그녀는 희미하게 저항했다: 인생은 길

야생의 심장 가까이

다……. 그녀는 놀라움이라곤 없이 한 남자에게 전적으로 헌신하며 하루하루를 보내게 될까 봐 두려웠다. 자신의 모닥불을 위해 아내의 모든 힘들을 거리낌 없이 사용하며, 자신이 아닌 모든 것들을 평온하게, 무의식적으로 희생시킬 남자. 그녀가 시도한 건 거짓 저항이었다. 무엇보다도 정말로 승리를 거둬 버릴지도 모른다는 엄청난 두려움 속에서 시도되는 해방 운동이었다. 그녀는 며칠쯤 독립적인 태도를 추구해 보았지만, 그게 잠시나마 성공할 수 있는 때는 아침뿐이었다. 잠에서 깼을 때, 아직 그를 마주하지 않았을 때까지. 하지만 그가 나타나면, 그의 존재를 감지하기만 해도, 그녀 전체가 스스로 소멸하면서 기다림에 들어갔다. 밤이 오면 그녀는 자신의 방에서 홀로, 그를 원했다. 그녀의 모든 신경들이, 모든 아픈 근육들이 그를 원했다. 그렇게 그녀는 스스로 체념했다. 체념은 달콤하고 신선했다. 그녀는 그러기 위해 태어난 사람이었다.

오타비우는 크고 못생긴 귀 뒤로 얌전하게 빗어 넘긴 그녀의 검은 머리칼을 바라보았다. 나무의 몸통처럼 굵고 단단한 그녀의 몸, 튼실하고 아름다운 손을 보았다. 그리고 다시금, 노래의 부드러운 후렴구처럼, 그는 반복해 말했다: "그녀와 나를 연결하는 건 뭘까?" 그는 리디아를 안쓰러워했다. 그는 아무런 계기 없이도, 다른 여자를 만나지 않았어도, 그녀가 유일한 여자라고 해도, 어느 시점이 되면 자신이 그녀를 떠나리라는 걸 알고 있었다. 어쩌면 당장 내일이라도. 안 될 게 뭔가?

"그거 알아?" 그가 말했다. "간밤에 당신 꿈을 꿨거든."

그녀가 온통 환해지며 눈을 떴다.

"정말? 무슨 꿈인데?"

"우리 둘이 꽃이 가득 핀 들판을 걷고 있었는데, 당신은 흰 옷을 입고 있었고, 난 당신에게 백합을 꺾어 줬지."

"정말 아름다운 꿈이네……."

"그래, 아주 아름다웠지……."

"오타비우."

"응……?"

"물어봐도 될까? 우리 언제 결혼해? 우리의 결혼을 막는 건 아무것도 없는데……. 혼수 준비 때문에 알아야겠어."

"이유가 그게 다야?"

그녀는 자신을 더 예쁘게 만들어 줄 수 있는 말을 할 기회를 얻었음을 기뻐하며 얼굴을 붉혔다. 그녀는 교태를 부려 보려는 어색한 시도를 했다.

　"그것도 있고…… 기다리고 싶지 않은 것도 있지. 너무 힘들어."
　"이해해. 하지만 나도 언제가 될지 몰라."
　"하지만 왜 바로 하면 안 돼? 당신이 결정하면 되지……. 그동안 시간이 너무 많이 흘러서……."

오타비우가 갑자기 벌떡 일어나며 말했다.

　"그거 거짓말이라는 거 알아? 내가 당신 꿈 안 꿨다는 거?"

그녀는 놀라서 창백해진 얼굴로 바라보았다.

　"농담이지……."
　"아니, 농담 아냐. 난 당신 꿈 안 꿨어."
　"그럼 누구 꿈 꿨는데?"
　"아무 꿈도 안 꿨어. 꿈 없이 잤어."

그녀는 바느질을 이어 갔다.

***

주아나는 가녀린 손으로 개의 부른 배를 쓰다듬었다. 그러다 약간 경계하며 물러났다.

"임신했어." 그녀가 말했다.

그녀의 시선에는, 또 개를 쓰다듬는 그녀의 손길에는 그녀를 발가벗기곤 하는 현실과 그녀 자신을 직접 연결시키는 무언가가 있었다. 마치 그 둘이 단일한 연속체를 이루고 있는 듯했다. 그들, 즉 여자와 개는, 사나움을 공유하며, 발가벗은 채 살아 있었다. 저 여자는 무서우리만큼 정확한 단어를 골라 말한다고, 오타비우는 생각했다. 그의 마음은 불편해졌고, 갑자기 자신이 쓸모없고 나약한 존재가 된 기분이 들었다. 그때 그녀는 처음 본 사람이었는데도.

그리고 그는 알아 갔다. 그녀에겐 그를 사로잡는 동시에 혐오감을 일으키는, 단단한 수정 같은 면이 있었다. 그녀의 걸음걸이도 그랬다. 그녀 자신은 자기 몸에 아무런 애정과 기쁨도 느끼지 않은 채, 모든 사람들의 눈앞에 마치 모욕을 주듯 차갑게 자기 몸을 내밀었던 것이다. 오타비우는 그녀의 움직임을 지켜보며 그녀가 육체적으로도 자신이 좋아할 만한 여자가 아니라고 생각했다. 그는 자기가 작은 몸을 선호한다고 무심코 결론지었다. 아니면 큰 몸, 자신의 약혼녀 같은 몸, 정적이고 조용한. 사실 그때 어떤 몸을 들먹였더라도 다 괜찮게 느껴졌을 것이다. 주아나의 몸은 스케치처럼 섬세한 선들을 지니고 있었는데, 그는 그 점도 불편했다. 그 선들은 의미로 가득했고, 백열등 같은 눈을 뜨고 있었다. 그녀는 예쁘지 않았고, 너무 말랐다. 그녀의 관능성조차도 그가 가진 것과는 종류가 다를 게 분명했다. 지나칠 정도로 빛날 터였다.

오타비우는 그녀를 처음 만난 순간부터 그녀의 세밀한 부분들까지 놓치지 않으려고 애쓰며 자신에게 말했다: 내 안에서 애정의 감정이 굳어지지 않기를. 그녀를 제대로 봐야 해. 하지만 바로 그 순간, 주아나는 자신이 관찰되고 있음을 감지하기라도 한 것처럼 그를 돌아보았다. 미소 짓는 그녀는 차가웠고, 별로 수동적이지 않았다. 그리고 그는 멍청하게 행동하고 말했으며, 혼란에 빠졌고, 황급히 그녀에게 복종했다. 그녀가 스스로를 드러내고, 그리하여 그의 권력 안에서 자기 자신을 파괴하도록 만드는 대신에 말이다. 그녀는 가장 평범한 일들에 대해서는 거의 아무것도 의식하지 못하는 듯한 태도를 보였지만, 그럼에도 그들이 맨 처음 만났을 때처럼 그를 그 자신 속으로 던져 넣었다! 그녀는 그를 그 자신의 친밀감 속으로 내던진 다음, 그를 지탱해 주고 사람들과의 소통을 더 수월하게 만들어 준 안락한 공식들을 차갑게 지워 갔다.

주아나가 그에게 말했다…….

……노인이 뚱뚱한 몸을 떨며, 반들반들한 머리통을 하고, 걸어왔다. 노인은 그녀에게 다가와, 입술을 오므린 채 눈은 동그랗게 뜨고, 어린애 말투를 흉내 내며 우는 소리를 했다.

"나 다쳤어……. 아파……. 착한 아이답게 약을 먹어
서 조금 나아졌어……."

노인은 눈알을 위로 굴렸고, 잠시 그의 비곗덩어리들이 흔들렸다. 축 늘어진 채 젖은 입술이 부드럽게 반짝거렸다. 살짝 몸을 기울인 주아나는 그의 빈 잇몸을 보았다.

"나한테 가엾다고 말 안 해 줄 거야?"

그녀가 정색을 하고 쳐다보았다. 노인은 동요하지 않았다.

"나한테 '가여운 것'이라는 말도 안 해 줄 거야?"

작은 키에, 엉덩이는 튀어나와서는, 커다란 눈으로 상대를 바라보며 과장된 경례를 붙이는 노인의 모습은 보는 사람을 당황시키고 포복절도하게 만들기에 충분했다. 그녀는 침묵을 지켰다. 그러다 천천히, 일관된 억양으로 말했다.

"가여운 것."

노인은 웃음을 짓더니 놀이가 끝났다고 생각하며 문을 향해 돌아섰다. 주아나는 노인이 테이블을 떠나자마자 그의 몸 전체가 시야에 들어오도록 약간 몸을 틀면서 눈으로 그를 쫓아갔다. 그녀의 몸은 꼿꼿하고 차가운 자세로 노인을 향했고, 눈은 맑게 열려 있었다. 그녀는 테이블을 흘끗 보며 잠시 무언가를 찾다가 작고 두꺼운 책을 집어 들었다. 노인은 문의 걸쇠를 잡는 순간에 그녀가 온힘을 다해 던진 그 책에 목덜미를 맞았다. 머리에 손을 대고 홱 돌아선 노인의 눈은 아픔과 충격으로 휘둥그레져 있었다. 주아나는 그대로 앉아 있었다. 흠, 이제 그 역겨운 태도가 사라졌군, 노인은 괴롭게만 살아야지, 하고 그녀는 생각했다. 그러곤 다정한 목소리로 크게 말했다.

"죄송해요. 저기 문 위에 작은 도마뱀이 있어서요."
그녀는 잠시 사이를 두었다가 덧붙였다. "놓쳤네요."

노인은 영문을 몰라 계속 그녀를 쳐다보았다. 그
러다 그녀의 웃는 얼굴을 보면서 막연한 공포에 사로잡
혔다.

"나중에 봐요……. 괜찮소……." 맙소사! "나중에 봐
요……."

문이 닫힌 후에도 그녀의 얼굴에는 미소가 한동안
남아 있었다. 그녀는 살짝 어깨를 으쓱했다. 그녀는 창
가로 갔다. 지치고 공허한 시선을 한 채로.

"아무래도 음악이나 들어야겠네."

"그래, 사실이야, 난 그 노인에게 책을 던졌어." 주아나
가 오타비우의 물음에 대답했다.

오타비우는 우위를 점하려고 애썼다.

"하지만 그 노인에게 그렇게 말하지 않았잖아!"
"그래, 거짓말이었어."

오타비우는 그녀를 자세히 살펴보았다. 참회나 잘못을

인정하는 흔적을 찾아보려 했지만 헛수고였다.

"더 오래, 혹은 더 잘 살아 내야만 인간을 경시할 수 있을까." 주아나는 가끔 그에게 말했다. "인간-나. 인간-개인들로 분리된 인류. 내가 그들과 맺을 수 있는 관계는 감상적인 것들뿐이야. 그래서 그들을 잊는 거지. 내가 그들을 찾아다니게 된다면, 우리가 노상 듣는 '동지애'나 '정의' 같은 상투적인 말들과 다름없는 걸 그들에게 요구하거나 부여하게 되는 거야. 그들에게 진정한 가치라는 게 있다면, 그건 그들이 삼각형의 꼭짓점이 아니라 밑변이기 때문일 거야. 그들은 사실 자체가 아니라 사실의 조건에 불과해. 그럼에도 그들은 우리의 정신적, 정서적 공간을 모조리 장악해 버려. 왜냐하면 그들은 자신이 본질을 거스르고 있다는 걸 깨닫지 못하니까. 그건 치명적인 문제야. 우리 삶의 모든 게 어차피 다 난장판이라는 걸 감안하더라도 그래. 이 상태에서는 증오가 사랑이 되고, 그 사랑이라는 것도 사실은 사랑을 추구하는 것에 지나지 않아. 기독교에서처럼 이론으로밖에 다다를 수 없는 추구."

오, 나 좀 살려 줘, 오타비우가 소리쳤다. 그녀는 멈추고 싶었지만 그의 존재가 주는 흥분과 피로감에 정신이 날카로워지는 바람에 말이 쉴 새 없이 쏟아져 나왔다.

오타비우   *147*

"인간을 경시하는 건 어려워." 그녀가 계속해서 말했다. "이 실패한 반란 ― 사춘기 ― 의 분위기로부터, 또 나와 마찬가지로 무력한 노력을 기울이고 있는 타인들과의 결속으로부터 도망치기는 어려워. 하지만 순수한 관계를 맺을 수 있다면 얼마나 좋을까. 거짓으로 승화된 사랑에서 자유로운, 사랑하지 못하는 것에 대한 두려움에서 자유로운…… 사랑받지 못하는 것에 대한 두려움보다 더 나쁜, 사랑하지 못하는 것에 대한 두려움……."

오, 나 좀 살려 줘, 주아나는 오타비우의 침묵 속에서 그런 외침을 들었다. 그래도 그녀는 생각나는 대로 지껄이는 게, 무턱대고 추론을 발전시키고 그저 그걸 따라가는 게 좋았다. 이따금 그녀는 순전히 재미로 생각을 지어내곤 했다 ― 만일 바위가 떨어진다면, 바위는 존재하는 것이고, 그것이 떨어지도록 만든 힘이 있었다는 것이고, 그것이 떨어지기 전의 장소와 떨어진 후의 장소, 떨어지면서 지나간 공간이 있었다는 것이고…… 나는 그 어떤 것도 사실의 본질에서 벗어날 수 없다고 생각해, 그 사실만이 지닌 고유의 신비를 제외하고는 ―. 하지만 그때 그녀는 거기에 더해 말까지 하고 있었다. 그건 그녀가 자신을 남에게 주는 방법을 몰랐기 때문이기도 했지만, 무엇보다도 그렇게 하면 오타비우가 자신을 껴안아 줌으로써 평화를 가져다줄 수도 있음을—이해하지는 못한 채로—직감했기 때문이었다.

"어느 날 밤에, 그냥 누워 있었는데." 그녀가 그에게 말했다. "침대 다리 하나가 무너지면서 바닥으로 떨어졌어. 안락하지 않아도 잠들 수 있을 만큼 졸린 상태가 아니어서 화를 냈는데, 문득 이런 생각이 들었어: 왜 무너지지 않은 온전한 침대여야 할까? 나는 누운 채로 바로 잠들었어……."

그녀는 예쁘지 않았다. 그녀의 정신은 가끔 그녀를 내버려 둔 채 떠나곤 했는데, 그럴 때면 초인적인 각성—오타비우가 보기엔 그랬다—을 통해서도 그것을 찾아낼 수 없었고, 그렇다고 그게 스스로 나타나게 만들 수도 없는 듯했다. 그런 순간에 드러나는 그녀의 얼굴, 그 빈약하고 뭔가가 빠진 듯한 이목구비는 자신만의 아름다움을 지니지 못했다. 그녀가 지녔던 신비 중에 남아 있는 건 피부, 칙칙하고 색깔이 쉬 변하는 크림빛 피부뿐이었다. 주아나가 정신에게서 버림받은 순간들이 길게 늘어지면서 서로 이어지면, 그는 흠칫 놀라며 그 추함을, 그리고 추함을 넘어서는 일종의 비열함과 잔인함을 바라보았다. 또 마치 부패가 진행되듯, 어떤 맹목적이고 피할 수 없는 것이 주아나의 몸을 장악하는 모습도 보았다. 그래, 그래, 어쩌면 사랑할 수 없음에 대한 그녀의 두려움 때문에 풀려난 무언가가 겉으로 드러나고 있는 건지도 몰라.

"그래, 난 알아," 주아나가 말을 이었다. "감정과 말의 분리. 이미 그 점에 대해 생각해 본 적이 있어. 가장 신기한 일은, 내가 무슨 말을 하려는 순간이 오면 내가 느끼는 걸 표현할 수 없을 뿐만 아니라, 내가 느꼈던 게 서서히 내가 말하는 걸로 변해 간다는 거야. 아니면 최소한 이렇게 말할 수는 있겠지. 나를 행동하게 만드는 건 내 느낌이 아니라 내 말들이라고. 그건 정말 확실하다고."

그녀는 아직 그들이 만난 지 얼마 안 되었을 때 그 노인과 임신한 개에 대해 이야기했고, 그때 갑자기 겁에 질린 그는 마치 고해성사를 막 끝냈을 때와 같은 기분을 느꼈다. 낯선 이에게 자신의 삶 전체를 털어놓은 듯한 기분. 무슨 삶? 내 안에서 몸부림치는, 아무것도 아닌 삶이라고, 그는 되뇌곤 했다. 그는 거창하고 책임감으로 가득한 자신을 바라보기가 두려울 때마다 그렇게 되뇌었다—그는 아무것도 아니야, 그는 아무것도 아니야, 그러니 아무것도 할 필요가 없어, 그는 마음의 눈을 감은 채 그렇게 되뇌었다—. 그는 마치 어둠 속에서밖에 느낄 수 없는 것들에 대해 주아나에게 털어놓은 듯한 기분이 들었다. 그때 무엇보다도 놀라웠던 점은, 마치 그녀가 그걸 귀 기울여 듣고 나서 웃으며 용서해 주고—신이 아니라 악마처럼—, 그에게 문을 활짝 열어 준 듯한 느낌이 들었다는 것이다.

무엇보다도 그는 그녀를 만지는 순간 알 수 있었다. 앞으로 그들 사이에 어떤 일이 일어나든, 그건 돌이킬 수 없으리라. 왜냐하면 그녀를 끌어안았을 때, 그녀가 그의 품 안에서 살아 움직였던 것이다. 마치 흐르는 물이 된 것처럼. 그토록 생기 넘치는 그녀를 본 그는 은밀한 기쁨을 느끼며 그녀에게 반해 버렸고, 그녀가 자신을 원한다면 자신은 어찌할 도리가 없을 것임을 깨달았다……. 마침내 그녀에게 키스했을 때, 그는 불현듯 자유를 느꼈고, 자기 자신에 대해 알고 있던 것들 너머에 있는 것들로부터 용서받았음을, 또한 자신을 구성하는 모든 것 아래에 누워 있는 것들로부터 용서받았음을 느꼈다…….

그때부터 그에겐 선택의 여지가 없었다. 그는 리디아에게서 주아나 쪽으로 아찔한 추락을 했다. 그걸 알면서도 그는 스스로 그녀를 사랑했다. 그건 어렵지 않았다. 한번은 그녀가 창밖을 보며 무아지경에 빠져서는 입을 벌린 채 생각에 잠겨 있었다. 그가 부르자 그녀는 부드럽고 방종한 태도로 돌아보며 말했다:

뭐……? 그녀는 그가 자신 속으로 빠져들도록, 현기증이 이는 사랑의 검은 파도 속으로 풍덩 뛰어들도록 만들었다. 오타비우는 그녀를 보고 싶지 않아서 얼굴을 돌려 버렸다.

그는 그녀를 사랑할 수 있었다. 그녀가 제공하는 새롭고 불가해한 모험에 나설 수 있었다. 하지만 그는 여전히 자기 자신을 그녀에게 힘껏 떠밀었던 순간의 첫인상에 매달려 있었다. 그는 여자로서 굴복한 그녀를 원하진 않았다……. 그는 그녀의 냉정함과 당당함이 필요했다. 그것과 함께라면, 그는 어렸을 때처럼 안전한 보호 속에서 거의 의기양양하게 이렇게 말할 수 있을 터였다: 그건 내 탓이 아냐…….

그들은 결혼할 것이고, 그들은 시시각각으로 서로를 보게 될 것이며, 그녀가 그보다 상대에게 더 많이 빠져들 수도 있었다. 그리고 그보다 더 강인해서, 그에게 두려워하지 말라고 가르치게 될 수도 있었다. 사랑하지 않음에 대한 두려움조차 갖지 말라고……. 그는 그녀와 함께 살기 위해서가 아니라 그녀로부터 그 자신이 계속 살아가도 된다는 허락을 얻기 위해 그녀를 원했다. 그 자신을 넘어서서, 그의 과거를 넘어서서, 그가 비겁하게 저질렀으며 또한 비겁하게도 여전히 애착을 갖고 있는 사소한 악행들을 넘어서서 살 수 있도록. 오타비우는 주아나의 곁에서라면 계속 죄를 지을 수 있을 것 같았다.

오타비우가 키스하면서 그녀의 두 손을 잡아 그녀의 가슴에 댔을 때, 주아나는 머리가 어질어질해질 때까지 가슴에서 솟구친, 마치 비명과도 같은 그 격렬한 감각을 어떤 생각으로 장식해야 할지 몰랐고, 처음엔 분노에 차서 입술을 깨물었다. 눈은 흐리고 몸은 고통스러운 상태로, 그녀는 그를 보지 않으면서 그를 쳐다봤다. 그들은 작별 인사를 해야 했다. 그녀는 매정하게 몸을 뺐고, 뒤도 돌아보지 않으며 떠났고, 그를 그리워하지도 않았다.

방에 들어간 그녀는 옷을 벗고 침대에 누웠지만 잠들지 못했다. 몸이 무겁고, 마치 낯선 사람처럼 자신과 분리되어 존재하는 듯했다. 몸이 불타오르며 고동치는 게 느껴졌다. 그녀는 전등을 끄고 눈을 감고서, 도망치려고 애쓰며 잠을 청했다. 하지만 그녀는 여러 시간 동안 계속해서 자신을 면밀히 관찰했고, 마치 술에 취한 짐승처럼 무겁고 진하게 혈관 속을 흐르는 자신의 피를 감시했다. 그러면서 그때까지 자신을 모르고 있었던 것처럼 거기에 대해 생각했다. 그녀의 가냘픈 형상, 사춘기 소녀 같은 섬세한 선들, 그것들이 열리면서 그녀는 충만해진 상태로 억눌린 숨을 쉬었다.

새벽에 바다에서 불어온 산들바람이 침대를 어루만지고 커튼을 물결치게 했다. 주아나는 살며시 긴장을 풀었다. 밤의 끝자락이 지닌 시원함이 그녀의 아픈 몸을 어루만졌다. 피로가 서서히 밀려들었고 갑자기 녹초가 된 그녀는 깊은 잠에 빠져들었다.

늦잠을 잔 그녀는 활기차게 깨어났다. 몸의 세포 하나하나가 활짝 피어난 듯했다. 모든 에너지가 기적적으로 깨어나 싸울 준비를 했다. 오타비우 생각이 나자, 그녀는 공기가 자신에게 해를 끼치기라도 할 것처럼 조심스럽게 호흡했다. 며칠 동안 그를 만나지도 않았고 만나려 하지도 않았다. 사실 그를 피한 거였다. 마치 그가 없어도 되는 것처럼.

그녀는 너무도 육체적이었으므로 순수한 정신이 될 수 있었다. 그녀는 형태 없는 상태가 되어 사건들과 시간들의 틈바구니를 순간의 가벼움으로 빠져나갔다. 거의 먹지 않았고 잠은 베일처럼 얇았다. 밤에는 놀라는 일 없이 몇 차례나 깨었고, 생각하기 전에 미소 지을 준비를 마쳤다. 그녀는 자세도 바꿀 필요 없이 그저 눈만 감으면 다시 잠들 수 있었다. 그녀는 거울 속의 자신을 많이 보았고, 허영심 없이 자신을 사랑했다. 그 맑은 피부와 선명한 입술은 그녀로 하여금 자신의 영상에서 소심하게 등을 돌리도록 만들었으니, 그 여자의 신선

야생의 심장 가까이

하고 촉촉한, 정말로 부드럽고도 선명한, 자신감에 찬 모습을 응시할 힘이 없었던 것이다.

그 다음엔 행복이 멈췄다.

충만함은 고통스러워졌고 무거워졌으니, 주아나는 비가 내리기 직전의 구름이었다. 그녀는 공기를 들일 공간이 남아 있지 않은 양 힘겹게 호흡했다. 이런 변화에 당황한 그녀는 초조하게 서성였다. 어떻게?—그녀는 이런 의문을 품으며 자신이 순진해 빠졌다고 느꼈다. 거기에는 두 가지 면이 있었던 걸까? 나를 끔찍이도 행복하게 해 주었던 바로 그 이유 때문에 이렇게 고통받고 있는 걸까?

그날 그녀는 불편한 피해자인 자신의 아픈 몸을 이끌고 하루를 보냈다. 가벼움은 사라지고 비참함과 피로가 그 자리를 대신 차지했다. 갈증을 달래기 위해 물에 뛰어든 동물처럼, 물리도록 만족한 상태였다. 그럼에도 아직 물을 주어야 할 건조하고 목마른 땅이 남아 있는 것처럼 초조하고 불안했다. 무엇보다도 그녀는 뭔가를 이해하지 못하는 상태로, 혼자, 망연자실해 있다는 점이 고통스러워웠다. 그녀는 창유리에 이마를 기댄 후에야—거리는 조용하고, 땅거미가 지고 있었고, 세상은 거기 바깥에 있었다—, 자신의 얼굴이 젖어 있음을 깨달았다. 그게 해결책이라도 되는 양, 그녀는

마음껏 울었다. 얼굴 근육 하나 수축시키지 않았는데
도 굵은 눈물이 흘렀다. 그녀는 헤아릴 수 없이 많이 울
었다. 그 후에는 본래의 아주 작고, 시들고, 초라한 모
습으로 돌아간 듯한 기분이 들었다. 평온한 공허감이
찾아왔다. 그녀는 준비를 마쳤다.

그 다음에 그에게로 갔다. 새로운 영광과 새로운
고통은 더욱 강렬했고 더욱 견디기 힘들었다.

그녀는 결혼했다.

사랑은 그녀가 그 존재만 알고 있었을 뿐 받아들
인 적도, 느낀 적도 없었던 모든 케케묵은 진실들을 확
인해 주었다. 세상은 그녀의 발아래서 돈다는 것, 인간
에게는 두 가지 성별이 있다는 것, 갈망과 만족은 연결
되어 있다는 것, 동물적인 사랑, 빗물은 바다를 향한다
는 것, 아이들은 자라나는 존재들이라는 것, 땅 속의 싹
이 식물이 된다는 것. 그녀는 더 이상 부정할 수 없었
다……. 무엇을? 그녀는 애태우며 생각했다. 사물들의
빛나는 중심, 모든 것들의 기반이 되는 확증, 그녀가 이
해하지 못하는 것들의 기저에 존재하는 조화.

그녀는 새 아침의 기분 좋은 활기를 느끼며 일어
났다. 그녀의 행복감은 물에 비친 해의 그림자처럼 맑
았다. 각각의 사건이 그녀의 몸 안에서 떨리고 흔들렸
는데, 그건 마치 수정으로 만든 작은 바늘들이 산산이

흩어지는 모습 같았다. 그 짧고 심오한 순간들이 지난 후, 그녀는 오랫동안 이해하고, 받아들이고, 모든 것들을 체념한 채 평온하게 살았다. 진정한 세계의 일부가 된 느낌이었고 묘하게 인류와 거리를 둔 듯했다. 비록 이 무렵의 그녀는 용케도 사람들에게 살아 숨 쉬는 동지애가 담긴 손을 내밀 수는 있었지만 말이다. 그들은 그녀에게 자신의 고민을 털어놓았고, 그녀는 그걸 듣지도, 생각하지도, 대답하지도 않았지만 선한 시선을 쏘아 주었다. 그 응시는 마치 임산부의 그것과 같아, 환히 빛나고 신비로웠다.

그럼 무슨 일이 일어나고 있었나? 그녀는 모든 기억들에서 벗어나 기적적인 삶을 살고 있었다. 과거 전체가 자욱한 안개로 뒤덮였다. 현재 역시 엷은 안개였다. 그녀를 견고한 현실에서 분리시키고 현실에 닿지 못하도록 막아 주는 상쾌하고 시원한 안개. 만일 그녀가 기도를 했다면, 만일 그녀가 생각을 했다면, 그건 그저 사랑을 위해 만들어진 육체를 갖고 있음에 감사하기 위한 것이었다. 그녀가 깊이 빠져든 애정만이 유일한 진실이 되었다. 아직 그 어떤 표정에도 의지할 수 없다는 듯 가볍고 모호했던 그녀의 얼굴은 다른 불투명하고 안전한 얼굴들 사이를 떠다녔다. 그녀의 육체와 영혼은 각자의 한계를 벗어나 한데 뒤섞였다. 그러고는 부

드럽고 확실한 형태가 없는, 그저 단순히 살아 있을 뿐
인 물질처럼 모호하고 느리게 움직이는 혼돈 속으로 녹
아들었다. 그것은 완벽한 거듭남이며 창조였다.

그녀는 세상에 너무도 깊이 연결되어 있었고 또
너무도 강한 확신—무엇에 대한? 무엇에 대한?—을
지녔기에 속마음을 드러내지 않고도 거짓을 말할 수 있
었다. 그러다 보니 가끔은 이런 생각이 들기도 했다.

"이런 세상에, 내가 사랑보다 이걸 더 중요하게 여
    기고 있는 거 아니야?"

그녀는 새로운 상태에 조금씩 적응하면서 숨 쉬는 것
에, 사는 것에 익숙해져 갔다. 내면에서는 조금씩 나이
를 먹었고, 눈을 뜨면 다시 조각상이 되었다. 더 이상
유연하지 않고 분명한 형태를 지닌 것. 저 멀리서 불안
이 되살아나고 있었다. 밤에, 이불 속에서, 어떤 움직임
이나 예기치 못한 생각이 그녀 자신을 일깨웠다. 그런
때면 약간 놀라 눈을 크게 뜨고 안락한 행복 속에 빠져
든 자신의 몸을 지각했다. 그녀는 고통받고 있지 않았
다. 하지만 그녀는 지금껏 어디에 있었던 걸까?

"주아나……. 주아나……." 그녀는 부드럽게 자신
을 불렀다. 그러면 그녀의 몸은 천천히, 조용히, 겨우

대답했다: "주아나."

　하루하루가 빠르게 지나갔고, 그녀는 자신을 더 발견하기를 갈망했다. 이제 그녀는 강하게 자신을 불렀으며, 숨 쉬는 것만으로는 만족하지 않았다. 행복이 그녀를 지우고, 또 지웠다……. 벌써 자신을 다시 느끼고픈 마음이 들었다. 설령 고통이 함께 하더라도. 하지만 그녀는 깊이, 더 깊이 가라앉기만 했다. 내일, 내일 나 자신을 볼 거야, 하면서 미뤘다. 하지만 새 날은 그녀의 신경은 거의 건드리지도 않은 채 그저 여름 오후처럼 가볍게 그녀의 표면을 스쳐 지나갈 뿐이었다.

　단 한 가지 익숙해지지 않은 건 잠뿐이었다. 잠은 하나의 모험이었다. 그것은 그녀의 생활이 머물던 편안한 명확성으로부터 어둠을 가로지르며 추락하는 일이었다. 매일 밤, 늘 똑같은, 어둡고 서늘한 신비 속으로. 죽었다가 새로 태어나는.

　이랬다가는 난 결코 인생의 지침을 가질 수 없을 거야. 결혼하고 몇 개월이 지났을 무렵, 그녀는 생각했다. 하나의 진실에서 다음 진실로 미끄러져 갈 거고, 늘 처음 걸 잊어버릴 거고, 늘 만족하지 못하겠지. 그녀의 인생은 완전한 작은 삶들, 서로 단절된 온전하고 폐쇄적인 고리들로 이루어져 있었다. 다만 그 각각의 삶 끝에서 죽음을 맞이하고 무기물이나 하등동물 같은 다른 단계에서 삶을 재시작하지는 않았다. 똑같은 인간 단계에서 근본적인 특징만 달리 바꾼 채 다시 시작했다. 아니면, 근본적인 건 영원히 똑같고 부수적인 특징들만 달라졌던 걸까?

그동안 행복이나 불행은 늘 부질없었다. 심지어 사랑했던 것들조차 그랬다. 행복하지 않음, 혹은 불행은 너무 강력해서 그녀를 물질적으로 구성하는 원소들을 변형시켜 버렸으며, 진실을 향한 여정이 늘 그래야 하듯 그녀에게 단 하나의 길만을 제시했다. 난 계속해서 삶의 고리들을 열고 닫으며, 그것들을 내던지고, 시들고, 과거로 가득 채워진 채, 새로 시작한다. 그것들은 어째서 하나의 덩어리로 합쳐져 인생의 바닥짐이 되어 주지 않고 저렇게 각자 외따로 존재하고 있을까? 그것들은 각자인 채로도 너무 온전했다. 하나하나의 순간들은 너무도 강렬했고, 붉었고, 단단히 응축되어 있어서 존재하기 위해 과거나 미래를 필요로 하지 않았다. 그것들은 경험에 속하지 않는 지식을 가져다주었다—지각이라기보다는 감각에 가까운 직접적인 지식. 거기서 발견되는 진실은 너무도 진실해서, 그것을 받아들이는 사람이 아니라 그것을 유발한 사실 안에서만 존재했다. 너무도 진실하고, 너무도 치명적이어서 자신의 모체 주위를 공전하기만 하는 것이다. 삶의 한 순

야생의 심장 가까이

간이 끝나면 그에 상응하는 진실 또한 고갈된다. 나는 진실을 직접 만들어 낸 다음, 그렇게 제작한 진실을 다른 순간들 속에 삽입해 이전과 똑같은 영감을 이끌어 낼 수는 없다. 따라서 아무것도 나를 구속하지 못할 것이다.

그러나 그녀의 이 짧은 영광을 정당화하는 일, 그 일이 지닌 가치라고는 겨우 그녀에게 추론의 즐거움을 선사하는 것뿐이었는지도 모른다. 이를테면: 만일 바위가 떨어진다면, 바위는 존재하는 것이고, 그것이 떨어지기 전의 장소와……. 그녀는 너무 자주 틀렸다.

제
2
부

결혼

주아나의 머릿속에, 계단 꼭대기에 서 있었던 기억이,
불시에, 예고도 없이 떠올랐다. 그녀는 실제로 자신이
계단 꼭대기에 서서 많은 사람들이 새틴 옷을 입고 커
다란 부채를 든 채 분주히 움직이는 모습을 내려다본
적이 있었는지 알지 못했다. 사실 그녀에게 그런 경험
이 있었을 리 없었다. 예를 들어 그 부채들은 그녀의 기
억 속에서 일관성을 갖지 못했다. 부채들에 대해 생각
해 보려고 애를 쓰면, 그녀가 실제로 보게 되는 것은 부
채들이 아니었다. 그건 멀리서 키스를 보내듯 오므린
입술들이 조심스럽게 속삭이는 프랑스어의 바다 속에
서 이리저리 헤엄치는 밝은 얼룩들이었다. 부채는 부
채로 시작되었다가 프랑스어로 끝났다. 말도 안 되었
다. 그러니까 거짓말이었다.

야생의 심장 가까이

그런데도 그 인상은 계속 나아가기를 원했다. 마치 중요한 건 계단과 부채들 너머에 놓여 있다는 듯이. 그녀는 그 느낌을 찾아내기 위해 잠시 동작을 멈추고 눈동자만 빠르게 움직였다. 아, 그래. 그녀는 대리석 계단을 내려갔고, 발바닥으로는 미끄러짐에 대한 차가운 공포를, 손으로는 뜨거운 땀을, 허리로는 그녀를 단단히 졸라매어 저 위로 끌어올릴 작은 기중기에 연결된 것 같은 끈을 느꼈다. 이어서 새 옷감의 냄새, 그리고 그녀를 꿰뚫고 지나가는, 한 남자의 호기심에 찬 빛나는 시선. 그 시선이 어둠 속에서 버튼을 누르기라도 한 것처럼 그녀의 몸이 환히 빛났다. 길고 온전한 근육들이 그녀를 가로지르고 있었다. 생각들이 이 윤기 흐르는 밧줄들을 따라 내려가, 닭처럼 부드러운 살이 있는 발목에 이르러, 그곳에서 떨렸다.

그녀는 넓고 위험이 없는 맨 아래 계단에 멈추어, 반들거리는 차가운 난간에 손바닥을 가볍게 얹었다. 그리고 이유 모를 갑작스런 행복감을 느꼈다. 거의 고통스럽기까지 한 그 행복감은 심장에 나른함을 가져다주었다. 마치 그녀의 심장이 밀가루 반죽이고 누군가 거기 손가락을 박고서 부드럽게 치대기라도 하듯이. 왜? 그녀는 거부의 몸짓으로 살짝 손을 들었다. 알고 싶지 않았다. 하지만 이미 그 질문은 이미 이루어졌고,

그에 대한 응답은 터무니없이 이루어졌으니, 반들거리는 난간이 저 높은 곳에서부터 솜씨 좋게 펼쳐져 내려왔던 것이다. 마치 축제 때 반짝이는 색종이 테이프처럼. 다만 축제는 아니었다. 무도회장에는 정적이 감돌았고 모든 것들이 그 정적 속에서 드러났다. 거울에 비친 등불들의 젖은 영상들, 간간이 가느다란 빛줄기들을 통해 샹들리에와 소통하는 숙녀들의 브로치와 신사들의 허리띠 버클.

그녀는 그렇게 펼쳐진 배경을 점점 더 이해해 갔다. 남자들과 여자들 사이에 분명한 공간은 없었고, 모든 것들이 느릿느릿 하나로 합쳐졌다. 보이지 않는 히터에서 습하고 자극적인 증기가 올라왔다. 다시 심장이 조금 아파 왔고, 그녀는 콧등에 주름을 잡으며 미소 지었다. 호흡이 약해졌다.

휴식을 위한 잠깐의 멈춤이 있었다. 그녀는 천천히 현실을 되찾기 시작했다. 그녀의 노력과는 반대로, 몸은 다시 무감각해졌다. 오랫동안 살아 있었던 것처럼 불투명해지고 강인해졌다. 침실을 알아볼 수 있었다. 얄궂게 물결치는 커튼, 완고하게 꼼짝도 하지 않는, 쓸모없는 침대. 그녀는 불안 속에서 다시 자신을 계단 꼭대기로 옮겨 놓았고, 다시 아래로 내려갔다. 계단을 내려가는 자신이 보였지만 더는 다리가 떨리지 않았고

야생의 심장 가까이

손에 땀도 나지 않았다. 그렇게, 이제 자신이 기억을 비웠음을 알 수 있었다.

그녀는 거기, 책장 옆에서 기다렸다. 책을 가지러 갔는데…… 무슨 책이었지? 그녀는 별 관심 없이 이마를 찡그렸다. 뭐였지? 그녀는 무슨 책을 가지러 갔었는지에 대한 생각이 담겨 있던 이마 한가운데에 이제 구멍만이 남은 것 같은 느낌을 즐겨 보려고 애썼다.

그녀는 문 쪽으로 몸을 기울이고, 눈을 감고, 큰소리로 물었다.

"오타비우, 뭘 가져오라고 했지?"

"민법에 대한 책." 그는 그렇게 대답하고는, 다시 노트로 주의를 돌리기 전에 그녀를 향해 놀란 시선을 흘끗 던졌다.

그녀는 멍하니, 서두름 없는 움직임으로 책을 가져다주었다. 그는 고개도 들지 않은 채 손을 내밀고 그 책을 기다리고 있었다. 그녀는 그의 앞에서 약간의 거리를 두고 잠시 망설였다. 하지만 오타비우는 그녀가 멈춘 걸 알아채지 못했고, 그녀는 어깨를 살짝 움직여 그의 손에 책을 놓았다.

그녀는 금세 일어설 것처럼 근처 의자에 불편하게

걸터앉았다. 하지만 아무 일도 일어나지 않자 천천히 등받이에 기대며 공허한 눈으로, 아무 생각 없이, 스스로를 놓아 버렸다.

오타비우는 여전히 민법에 빠진 채, 책의 한 행을 오래 들여다보기도 하고 초조하게 손톱을 깨물며 몇 페이지를 휙휙 넘기기도 했다. 그러다 다시 멈추어, 혀로 이 끝을 훑으며 한 손으로 눈썹 털을 살짝 잡아당겼다. 어떤 단어에서 멈춘 그는 손을 허공에 둔 채 죽은 물고기처럼 입을 벌리고 있었다. 그러더니 갑자기 책을 밀어냈다. 그는 탐욕스럽게 번득이는 눈으로 노트에 무언가를 휘갈겨 쓰다가, 잠시 멈추어 요란하게 숨을 쉬고, 손마디로 이를 탁탁 쳐서 그녀를 흠칫 놀라게 했다.

정말 동물 같다니까, 하고 그녀는 생각했다. 그는 쓰던 걸 멈추더니 그녀가 무언가를 던지기라도 한 것처럼 깜짝 놀라서 쳐다봤다. 그녀는 계속해서 힘없이 그를 바라보았고, 오타비우는 자신이 혼자가 아니라는 생각에 안절부절못하며 앉아 있었다. 그는 수줍음과 짜증이 담긴 미소를 지으며 테이블 너머로 그녀에게 손을 뻗었다. 그녀는 앞으로 몸을 기울여 자신의 손을 내주었다. 오타비우는 미소 지으며 그 손을 재빨리 꼭 쥔 다음, 그녀가 미처 팔을 뺄 사이도 없이, 다시 맹렬히 노트에 열중하면서 거기 얼굴을 박다시피하고 글씨를 썼다.

　이제 느끼는 건 이 사람이야, 하고 주아나는 생각
했다. 갑자기, 어쩌면 질투 때문에, 아무 생각 없이, 그
녀는 그에 대한 폭력적인 증오에 사로잡혀 두 손으로
의자 팔걸이를 꽉 잡고 이를 악물었다. 활기를 되찾은
심장이 미친 듯 고동쳤다. 그녀는 남편이 자신의 날카
로운 시선을 느낄까 두려워 억지로 눈빛을 위장하고 감
정을 억눌렀다.

　그의 탓이야, 그녀는 차갑게 생각하며 새로 밀려
들 분노의 물결을 예상했다. 그의 탓이야, 그의 탓이야.
그가 곁에 있는 것, 그리고 그녀 자신이 그 사실을 아는
것, 그것이 그녀의 자유를 빼앗았다. 이제 드물게만, 거
기서 잠깐씩 벗어날 때만, 그녀는 느낄 수 있었다. 그
래, 그의 탓이었다. 왜 진즉 그걸 깨닫지 못했을까? 그
녀는 의기양양하게 스스로에게 질문을 던졌다. 그는
그녀의 모든 걸 훔쳤다. 모든 걸. 그래도 성이 안 찬 그
녀는 눈을 감고 더 강렬하게 생각했다. 모든 걸! 그러
자 기분이 나아졌고, 더 명료하게 생각할 수 있었다.

　그를 만나기 전, 그녀는 늘 두 손을 내밀었으니,
불시에 받아들인 것들이 얼마나, 오, 얼마나 많았던가!
한 줄기 빛처럼, 작은 빛들의 소나기처럼 너무도 불시
에……. 이제 그녀의 시간은 모두 그에게 주어졌고, 작

은 얼음조각들로 쪼개졌다. 그녀는 그것들이 녹기 전에 재빨리 마셔 버려야 했다. 그러고는 전속력으로 달리라며 자신을 채찍질하는 것이다: 왜냐하면 이 시간만이 자유니까! 어서, 빨리 생각해, 어서, 빨리 너 자신을 찾아, 어서…… 끝났어! 이제는—얼음조각들이 든 쟁반은 나중에야 다시 나타난다. 그때 당신은 거기에 있다. 이미 뚝뚝 떨어지기 시작한 물방울들을 홀린 듯 바라보며.

그러다 그가 왔다. 그녀는 무거운 한숨과 함께 마침내 휴식을 취했다.—하지만 그녀는 휴식을 원하지 않았다!—그녀의 몸에서는 우리에 갇힌 야수처럼 길들여진 피가 속도를 늦추어 흘렀다.

계단 꼭대기에 있는 책장으로 책을 가지러 갔을 때가 떠올랐다.—무슨 책이었지? 아, 민법—너무도 자발적인 기억, 너무도 자유로웠고, 심지어 상상에 의해 만들어지기도 했던……. 그 순간 그녀는 얼마나 새로웠던지. 맑은 물이 그녀의 안팎으로 흘러 다녔었다. 그녀는 그 느낌이 그리웠고, 다시 느끼고 싶었다. 그녀는 무언가를 찾아 초조하게 이리저리 둘러보았다. 하지만 모든 것들이 오래전의 모습 그대로였다. 오래되었다. 난 그를 떠날 거야. 그건 처음 든 생각이었다. 전에는 해 본 적이 없는 생각. 그녀는 눈을 뜨고 자신을 주시했

야생의 심장 가까이

다. 그녀는 이 생각이 어떤 결과를 불러일으킬 수 있음을 알았다. 적어도 과거에는, 새로 태어나기 위해 꼭 거창한 결심을 할 필요도 없었다. 그저 작은 생각, 미미한 환상만으로 충분했었다. 난 그를 떠날 거야, 그녀는 다시 되뇌었고, 이번엔 그 생각에서 가느다란 실들이 뻗어 나와 그녀에게 연결되었다. 이제부터 그 생각은 그녀 안에 머물 거였고, 그 실들은 점점 더 두꺼워져서 뿌리를 형성할 터였다.

실제로 그를 떠나게 될 때까지, 그녀는 얼마나 자주 스스로에게 그러자고 말해야 할까? 그녀는 앞으로 수없이 겪게 될 작은 분투에, 종말이 올 때까지 이어질 저항과 굴복에 벌써 지친 기분이 들었다. 그녀의 내면에서 빠르고 초조한 움직임이 일었고, 그것은 보이지 않을 정도로 살짝 손을 드는 동작으로 표출되었다. 오타비우는 그녀를 흘끗 보고는 몽유병자처럼 계속 글씨를 썼다. 참 예민해, 하고 그녀는 생각했다. 그러고는 떠나는 일에 대한 생각을 이어 갔다: 왜 미루는 거지? 그래, 왜 미루는 거야? 그녀는 자신에게 물었다. 그녀의 질문은 확고했으며 진지한 대답을 요구했다. 그녀는 의자에 앉은 채 몸을 똑바로 펴고 자신의 대답을 들을 준비를 하듯 정중한 자세를 취했다.

그때 오타비우가 요란한 한숨을 내쉬며 책과 노트

를 탁 덮더니, 과장된 동작으로 그것들을 홱 던져 버리고는 긴 다리를 의자에서 멀리 쭉 뻗었다. 그녀는 놀라고 기분이 상해서 그를 쳐다보았다. 그래서…… 그녀는 빈정거리는 태도로 생각했다. 하지만 어떻게 생각을 이어 가야 할지 몰라 그를 바라보며 기다렸다.

그가 익살맞게 엄숙한 태도로 말했다.

"좋아. 거기 숙녀께서는 이리 와서 이 용맹한 가슴
에 머리를 기대 주시겠소? 내가 그대의 머리를 필
요로 하오."

그녀는 단지 그를 만족시켜 주기 위해 웃었다. 하지만 웃다 보니 좀 우스꽝스럽다는 생각이 들었다. 그녀는 그대로 앉아서 생각을 이어 가려고 애썼다: 그러니까, 그는……. 그녀는 입술을 통해 경멸과 승리를 드러냈다. 마치 예상했던 증거를 입수했을 때처럼. 그러니까, 그는…… 그런 거였나? 그녀는 오타비우가 자신의 입장을 알아주기를, 의자에서 꼼짝도 하지 않겠다는 자신의 결심을 이해해 주기를 바랐다. 하지만 그는 언제나처럼 아무것도 알아주지 않았으며, 그가 반드시 그녀를 바라보아야 할 순간마다 딴 데 정신이 팔려 있었다. 지금, 이 순간, 그는 테이블에 아무렇게나 던져 놓은 책과 노트를 정돈해야겠다는 생각을 해냈다. 그는 주아나에게 시선조차 주지 않았다. 그녀가 다가올 거라고 확신했던 걸까? 그녀는 그의 심각한 착각에 대해, 또 그가 상상조차 하지 못할 발상들을 수없이 떠올렸던 자신에 대해 생각하며 사악한 웃음을 지었다. 그래, 왜 미루는 거지?

그가 시선을 들었다. 그녀가 자기한테 오기까지 시간이 너무 오래 걸리고 있다는 사실에 조금 놀란 듯했다. 그녀는 아직 의자에 앉아 있었고, 두 사람은 멀리서 서로를 응시했다. 그는 흥미가 동했다.

"자," 그가 성의 없이 말했다. "나의 용맹한……"

주아나는 몸짓으로 그의 입을 막았다. 그녀는 갑자기 자신을 침범한 연민을 견딜 수가 없었고, 또 한편으로는 그녀 자신이 너무도 선명해진 데다가 말할 결심마저 마친 마당에 그의 표현이 너무 우스꽝스럽게 느껴졌던 것이다. 그는 그녀의 움직임에 아무런 반응도 보이지 않았고, 그녀는 가슴속에서 감상적으로 일기 시작한, 울고 싶다는 멍청한 욕구를 억누르기 위해 조심스럽게 침을 삼켜야 했다.

이제 그녀는 자신에게도 연민을 느꼈다. 그녀의 눈에 불쌍하고 어린애 같은 두 사람이 함께 있는 게 보였다. 그들 둘 다 죽게 될 것이다. 손마디로 자신의 이를 톡톡 치는, 너무도 활기찬 동작을 보였던 바로 그 남자. 그리고 그녀 자신으로 말할 것 같으면, 계단 꼭대기에 서서 온힘을 다해 느끼기를 원했던 사람. 모든 순간 속에서, 또 그 순간들 사이의 모든 틈새 속에서 그녀를 괴롭혀 왔던 근본적인 문제들이 이제 그들 둘을 의미로 가득 채웠다. 그녀가 웨이터에게 팁을 줄 때, 저 웨이터는 자기가 죽게 될 거라는 걸 모르고 있다는 사실을 떠올리고는 필요 이상의 액수를 건넨 적이 얼마나 많았던가.

그녀는 불가사의한 눈빛으로, 진지하고도 다정하게 그를 보았다. 이제 그녀는 미래의 죽은 두 사람에 대해 생각하며 감동을 느끼려고 애쓰고 있었다.

그녀는 그의 가슴에 머리를 기댔고, 거기서는 심장이 뛰고 있었다. 그녀는 생각했다: 하지만 그렇긴 해도, 죽음에도 불구하고, 난 언젠가 그를 떠날 거야. 그녀는 자신이 그를 떠나기 전에 마음이 흔들리면 어떤 생각이 자신을 찾아와 힘을 북돋워 줄지 잘 알고 있었다: "나는 가질 수 있는 모든 걸 취했어. 나는 그를 증오하지도, 경멸하지도 않아. 설령 그를 사랑한다 해도, 왜 그에게로 가야 하지? 난 내 자신을 내가 좋아하는 것들만큼 좋아하지 않아. 난 내가 원하는 것들을 나 자신보

야생의 심장 가까이

다 더 사랑해." 아, 물론 그녀는 진실이 자신이 생각하는 쪽의 반대편에 놓여 있을 수 있다는 것도 알고 있었다. 그녀는 머리에 힘을 빼고 오타비우의 흰 셔츠에 이마를 기댔다. 서서히, 아주 미묘하게, 죽음에 대한 생각이 사라졌다. 이제 그녀에겐 더 이상 비웃을 만한 일이 없었다. 그녀의 심장은 부드러웠다. 이 모든 걸 의식하지 못하는 오타비우가 규칙적인 심장박동을 유지하며 자신만의 치명적인 길을 따라가고 있음을, 그녀는 귀를 통해 알 수 있었다. 그 바다.

'미루자, 그냥 미뤄.' 주아나는 생각을 멈추기 전에 그렇게 생각했다. 왜냐하면 마지막 얼음 조각이 녹았고, 이제 그녀는 슬프게도 행복한 여자가 되었으니까.

선생님에게로 도망치다

주아나는 또렷이 기억하고 있었다: 그녀는 결혼식 며칠 전에 선생님을 만나러 갔었다.

갑자기 선생님을 꼭 만나야겠다는 생각이 들었다. 떠나기 전에 그를 확실하고 냉철하게 느끼고 싶었다. 왠지 결혼을 통해 과거의 모든 삶을 배반하게 될 것 같은 기분이 들어서였다. 그녀는 다시 선생님을 만나 그의 지지를 얻고 싶었다. 선생님을 찾아가야겠다는 생각이 들자 어딘가 안심이 되었다.

선생님은 분명 그녀에게 정확한 말을 해 줄 터였다. 무슨 말? 아냐, 그녀는 자신의 물음에 수수께끼 같은 대답을 했다. 선생님에게서 자신이 전혀 몰랐던 완전히 새로운 말을 듣기 전에, 믿음과 희망을 구하려는 이 갑작스런 갈망으로부터 자신을 지키고 싶었던 것이다. 전에도 그런 적이 있었다: 어린 시절, 처음으로 서커스 구경을 갔을 때였다. 그녀는 서커스에 갈 준비를 하면서 최고의 순간들을 보냈다. 그러다 정해진 순간이 올 때까지 식탁 위 최고의 요리를 감추어 두는 돔형 덮개처럼 둥글고 거대한 천막이 하얗게 빛나는 넓은 들판 가까이에 이르자, 하녀의 손을 잡고 걷던 그녀는 돌아서서 도망치고 싶은 기분을 느꼈다. 두려움과 불안, 떨리는 기쁨을 주체할 수가 없었던 것이다. 네 아버지께서 팝콘 사 먹을 돈을 주셨다고 하녀가 말했을 때, 주아나는 당혹스러워하며 주위를 두리번거렸다. 마치 온 세상이 오후의 태양 아래에서 미쳐 버렸다고 생각한 듯했다.

주아나는 선생님이 병에 걸렸고, 그의 아내가 떠났다는 걸 알고 있었다. 그는 나이가 들었지만, 살이 더 올라 있었고, 눈이 반짝거렸다. 그녀는 처음엔 두렵기도 했다. 그들이 마지막으로 공유한 장면, 그러니까 자신이 겁에 질려 사춘기를 향해 도망쳤던 그때의 만남 때문이었다. 그 일 때문에, 이제 먼지가 광택을 뒤덮어 버린 이 이상하고 기만적인 방에서의 재회는 불편하고 힘겨운 일이 될 수도 있었다.

선생님은 침착하고 멍한 태도로 그녀를 맞이했다. 눈 아래 드리운 다크서클이 그를 낡은 사진처럼 보이게 했다. 그는 주아나에게 이것저것 물었지만, 그녀가 대답을 시작하자마자 마치 자신의 의무를 마치기라도 한양 듣기를 멈췄다. 그는 몇 차례나 말을 하다가 뚝 끊고는 시계와 그의 약이 놓인 작은 테이블로 주의를 돌렸다. 그녀는 실내를 둘러보았다. 어슴푸레한 어둠이 습기를 머금은 채 헐떡이고 있었다. 선생님은 지하실을 지배하는 크고 거세된 고양이 같았다.

"이제 창문을 열어도 돼." 그가 말했다. "알다시피, 약간의 어둠과 많은 공기는 몸 전체에 득이 돼. 몸이 생기를 얻지. 마치 방치된 아이처럼. 그런 아이들은 모든 걸 받아들이게 되면 갑자기 반응을 보이면서 다시 피어나거든. 가끔은 다른 아이들보다 더 활짝."

주아나가 창문과 문 들을 열어젖히자 기세등등한 돌풍의 모습을 한 차가운 공기가 들어왔다. 햇살이 선생님 뒤쪽에 난 문을 통해 조금 비쳐들었다. 그는 잠옷의 목깃을 풀고 바람에 몸을 노출시켰다.

"바로 이거야." 그가 선언했다.

주아나는 그를 바라보며 그가 햇빛 속의 뚱뚱한 노인에 지나지 않음을 깨달았다. 점점 숱이 줄어가는 그의 머리칼은 산들바람에 맞서지 못했고, 커다란 몸은 의자 위에 그저 걸쳐져 있을 뿐이었다. 그리고 그 미소, 맙소사, 미소.

야생의 심장 가까이

시계가 세 시를 알리자 그는 갑자기 동요하며 말을 끊더니, 열렬하고도 진지한 표정으로 약병에 든 물약 스무 방울을 신중하게 세면서 물 잔에 떨어뜨렸다. 그러고는 잔을 눈높이로 들더니 입술을 꾹 오므린 채 골똘히 관찰했다. 그는 그 검은 액체를 두려움 없이 마신 뒤, 씁쓸한 얼굴에—그녀로선 설명할 수 없는—희미한 미소를 머금으며 잔을 바라보았다. 그는 그것을 테이블에 내려놓고, 박수를 쳐서 하인을 불렀다. 하인은 멍한 표정의 야윈 소년이었다. 그는 침묵 속에서 하인이 돌아오기를 기다렸는데, 멀리서 나는 소리를 들으려는 듯 기민한 눈빛이었다. 그는 하인에게서 깨끗이 씻은 잔을 돌려받아 면밀히 검사한 다음 받침 접시에 엎어놓은 후에야 가벼운 한숨을 토했다.

"그런데, 우리가 무슨 이야기를 하고 있었지?"

그녀는 자기가 하는 말에 주의를 기울이지 않고 그를 관찰하며 대화를 이어 갔다. 그의 얼굴에는 아내가 떠났음을 드러내 주는 흔적이 없었다. 순간, 주아나는 마음의 눈을 통해 거의 늘 조용했던 그 형체를 목격했다. 자신이 두려워하고 증오했던, 그 무표정하고 탁월한 얼굴. 그 여자는 여전히 주아나에게 혐오감을 불러일으켰지만, 주아나는 그때뿐 아니라 어쩌면 늘 자신이 그 여자와 하나였던 듯한, 마치 두 사람이 어떤 은밀하고 사악한 것을 공유해 온 듯한 기분을 줄곧 느껴왔음을 새삼 깨달았다.

그의 모습에서는 아내가 떠났음을 드러내 주는 흔적이 없었다. 오히려 그는 마침내 평안을 얻은 것 같은 태도와 눈빛을 지니고 있었으며, 그건 곧 주아나가 일찍이 그에게서 본 적이 없었던 안정된 상태를 뜻했다. 그녀는 비가 내리면서 수심을 헤아릴 수 없을 정도로 불어난 물을 바라볼 때처럼 혼란스러운 마음으로 그를 면밀히 관찰했다. 그녀는 그의 말을 들으려고, 그의 명석함을 변하지 않는 좌표로 삼으려고 여기 온 것이다!

"강인한 자의 고통이 병자의 고통보다 크죠." 그녀가 그의 말을 끌어내기 위해 미끼를 던졌다.

그는 시선조차 들지 않았다. 그녀의 말은 어리석고 소심하게 허공에 떠 있었다. 난 계속 나아갈 거야. 어떤 상황에서도 우스꽝스러워진 기분을 느끼지 않는 게 내 본성이니까. 나는 늘 기회를 잡고, 모든 무대로 걸어 나가잖아. 반면에, 몹시도 상처받기 쉬운 미적 가치관을 지닌 오타비우는 날카로운 웃음만으로도 무너지고 비참해지지. 지금 내 말을 들었다면 불안해하거나 미소를 지었겠지. 오타비우가 벌써 그녀의 마음속에 들어앉아서 생각을 하고 있었던 걸까? 벌써 그녀는 자기 남자의 말에 귀 기울이고 기다리는, 그런 여자가 된 걸까? 그녀는 무언가를 포기하고 있었고……. 그녀는 자신을 구하고 싶었다. 선생님의 말을 듣고, 그를 뒤흔들고 싶었다. 지금 그녀 앞에 있는 노인은 자신이 그녀에게 해 주었던 모든 말들을 기억하지 못하는 걸까? '자신에게 죄를 짓는 건…….'

"병자는 세상을 상상하고, 건강한 자는 세상을 갖죠." 주아나가 계속해서 말했다. "병자는 자신이 허약하다는 이유만으로 세상을 가질 수 없다고 생각하고, 건강한 자는 자신의 힘이 쓸모없다고 느끼죠."

그래, 그래, 그가 수줍게 고개를 끄덕였다. 그녀는 마음이 불편했다. 그리고 그 이유는 자신의 이야기가 중단되는 걸 원치 않기 때문임을 깨달았다. 어쨌든 그녀는 끝까지 말을 이었다. 그녀의 생기 없는 목소리가 너무도 오래 전에 있었던 생각을 되뇌었다.

"그래서 고통을 겪은 시인들의 시는 달콤하고 다정하죠. 반대로 불우한 삶을 산 적이 없는 시인들의 시는 고통으로 불타오르고, 저항적이죠."

"그렇지." 선생님이 아까 풀었던 잠옷 목깃을 여미며

말했다.

그녀는 굴욕과 당혹감을 느끼며 그의 검고 주름진 목을 보았다. 그래, 그는 시계에서 주의를 돌리지 않은 채 가끔 대답했다. 이런 그에게 어떻게 결혼한다는 말을 할 수 있겠는가?

네 시에 똑같은 의식이 반복되었다. 이번엔 아이가 선생님의 발길질을 아슬아슬하게 피했는데, 그건 약병을 떨어뜨릴 뻔해서였다. 발길질이 실패하면서 선생님의 슬리퍼가 날아가자 누렇게 오그라든 발톱이 달린 맨발이 드러났다. 하인 아이는 그 슬리퍼를 집어 들더니, 선생님에게 가까이 가기가 두려웠는지, 웃으면서 주아나에게 던져 주었다. 잔이 치워진 후, 주아나는 그의 병에 대해 처음으로, 조심스럽게, 부끄러워하며, 천천히 말을 꺼냈다. 그들은 각자의 개인적인 체험에 대해 친밀하게 이야기를 나눠 본 적이 없었고, 늘 그들 바깥에 있는 것들을 통해서만 서로를 이해해 왔기 때문이었다.

그녀는 더 애쓸 필요가 없었다……. 그는 이야기의 주도권을 잡더니 그것을 천천히 어루만지면서, 서두르지 않고, 기쁨 속에서, 자세히 설명했다. 그는 처음엔 그녀가 자신의 세계로 들어올 수 있으리라 믿지 않았기 때문에 다소 의무적이고 수수께끼 같은 태도를 보였다.

야생의 심장 가까이

하지만 잠시 후에는 그녀의 존재를 잊더니, 부드러운 열정에 차서, 솔직하게 말하기 시작했다.

"의사 말로는 아직 나아지지 않고 있대. 하지만 난 회복될 거야. 내가 의사들보다 잘 알지." 그 다음엔 이렇게 덧붙였다. "어쨌든 내가 당사자니까……."

그녀는 그가 행복하다는 걸 마침내 깨닫고 놀라움을 느꼈다…….

다섯 시가 다 되어갔다. 그녀는 그녀가 어서 가 주기를 바라는 선생님의 열망을 느낄 수 있었다. 하지만 그런 식으로 떠날 수는 없었기에 다시 용기를 냈다. 그녀는 그의 눈을 잔인하리만치 똑바로 바라보았다. 그는 처음엔 무관심하고 미지근한 눈으로 그녀의 시선을 맞받더니 즉시 분노와 짜증을 보이며 물러섰다.

작은 가족

오타비우는 글을 쓰기 전에 테이블 위의 종이들을 꼼꼼하게 정리하고 옷매무새를 가다듬곤 했다. 그는 작은 몸짓들, 낡은 옷과도 같은 그 오랜 습관들을 좋아했고, 그 안에서 진지하고 안전하게 움직였다. 학창 시절 이후로 그는 늘 이런 식으로 작업 준비를 해 왔다. 테이블 앞에 자리를 잡고서 그 위를 정리하고 나면 그의 의식은 주위 사물들을 새삼 의식하면서 다시 깨어났고—거창한 관념들에 빠져선 안 돼, 나도 하나의 사물이니까—, 그는 자신을 끈질기게 따라다니며 생각의 흐름을 막는 집요한 이미지나 관념에서 벗어나기 위해 자신의 펜에게 조금 더 제멋대로 움직일 수 있는 자유를 부여했다.

그런 이유로, 다른 사람들 앞에서 일하는 건 고역

이었다. 그런 작은 의식들을 수행하다 조롱당할까 봐 두려웠기 때문이었다. 하지만 그 의식들은 미신만큼이나 큰 힘이 되었기에 도저히 포기할 수가 없었다. 마치 살아가기 위해 스스로를 허용과 금기, 공식과 양보로 둘러싸는 것과 같았다. 그는 자신이 익힌 대로, 그렇게 해야 모든 게 더 수월해졌다. 그가 주아나에게 매료된 동시에 두려움을 느낀 건 그녀가 누리는 자유 때문이었다. 그녀는 자신이 전혀 써먹을 일이 없는 몇몇 대상을 갑자기 사랑하곤 했고, 그 외의 존재들은 의식조차 하지 않았다. 하지만 오타비우는 존재하는 것들 앞에서 의무를 느꼈다. 주아나가 언젠가 말했듯이, 그는 누군가에게 소유되어야만 했다…… "당신은 돈을 참 친밀하게도 대해……" 언젠가 그가 레스토랑에서 식사비를 치르고 있을 때 주아나가 농담을 던졌다. 그녀가 웨이터 앞에서, 분명 비꼬는 투로, 갑자기 허를 찌르는 바람에 딴 데 정신이 팔려 있던 그는 손에 들고 있던 지폐와 동전을 바닥에 떨어뜨리고 말았다. 그 빈정거림이 이어지진 않았지만─주아나는 진실을 말할 때 웃지 않는다─그 후로 그는 말다툼을 벌일 채비를 해 두었다: 돈은 쓰기 위해 모으는 거지, 그럼 어떻게 하라는 거야? 그는 수치스럽고 화가 났다. 그 주장은 주아나의 말에 대한 응답이 되지 못하는 것 같았다.

진실은 이렇다. 만일 그에게 돈이 없다면, 만일 그가 '관습적인 것들'을 갖고 있지 않다면, 질서를 사랑하지 않는다면, 법률 잡지가 존재하지 않는다면, 민법에 관한 책을 쓰겠다는 막연한 계획이 없다면, 리디아가 주아나와 분리되지 않았다면, 만일 주아나가 여자가 아니고 그가 남자가 아니라면, 만일…… 오, 세상에, 만일 모든 게…… 그럴 때 그는 어떻게 할까? 아니, '어떻게 할까'가 아니라, 누구에게 말을 걸고 어떻게 움직여야 할까? 그런 장애물들의 틈새로 빠져나가는 건 불가능했다. 그것들을 바라보지 않고서는, 그것들을 필요로 하지 않고서는…….

그는 작업 규칙을 위반하고—양보하고—완전한 준비를 갖추기 전에 연필과 종이를 집어 들었다. 하지만 그는 그런 자신을 용서했다. 언젠가 유용하게 써먹을 수도 있는 이 성찰을 놓치고 싶지 않았던 것이다: "특정한 대상들을 보기 위해서는 어느 정도 눈이 멀 필요가 있다. 어쩌면 이것은 예술가의 특징일 수도 있다. 그 누구라도, 진실이 이끄는 바에 따라 안전하게 추론함으로써 자기 자신을 넘어선 것들을 알 수 있다. 하지만 특정한 대상들은 불을 밝힌 상태에서는 보이지 않는다. 그것들은 어둠 속에서 인광을 발한다."—그는 조금 생각했다. 그런 다음, 이미 양보가 너무 길어지고 있었음에도, 다음과 같이 휘갈겨 썼다:"지성과 천재성의 차이는 지식의 양이 아니라 그 질에 기인한다. 천재성은 지적인 힘의 크기보다는 그 힘이 나타나는 형태에 달린 문제다. 따라서 우리는 천재보다 더 지성적일 수 있다. 하지만 천재는 남성이다. 이〈천재는 남성이다〉라는 말은 유치하다. 스피노자의 발견이 적용될 수 있는지 확인할 것."—이건 그의 생각일까? 그에게 떠오르는 모든 생각은 금세 익숙하게 느껴져서, 혹시 남의 걸 훔친 건 아닐까 하는 두려움을 동반했다.

　이제 정리해. 연필을 내려놓고 강박에서 벗어나라고. 그는 자신에게 말했다. 하나, 둘, 셋! 나는 이 도시 북서부의 대나무숲 한가운데에 있는 것처럼 고통에 대해 한탄한다. 나는 자신이 원하는 걸 하고 있다. 아무도 나에게『신곡』을 쓰라고 하지 않는다. 있는 그대로의 자신 외엔 달리 될 것이 없으며, 나머지는 불필요한 장식일 뿐이니, 그런 것들은 사촌 이자벨이 내 베개에 입체적으로 수놓았던 천사와 꽃처럼 불편하다. 내가 생각에 잠겨 있을 때면 그녀는 멍청한 자줏빛 구름처럼 다가와 무슨 생각을 하고 있느냐고 물었다. 무슨 생각인지 말해 봐, 나한테 말해 봐, 뭐야, 네 번 더, 뭐야, 뭐야, 뭐야, 뭐야. 그렇게, 그렇게, 그걸 피하지 마:"뭐야? 너 아직 살아 있어? 아직 죽지 않았어?"그래, 그

래, 그거야, 나 자신을 피하지 마, 나의 글씨를 피하지 마, 글씨가 얼마나 가볍고 끔찍한지, 거미줄 같지, 내 결점들을 피하지 마, 내 결점들, 너를 사랑해, 내 장점들은 너무 적다, 다른 남자들처럼, 내 결점들, 내 부정적인 면은 심연처럼 오목하고 아름답다. 내가 아닌 것이 지상에 거대한 구멍을 남길 것이다. 나는 실수들을 키우지 않고, 주아나는 실수를 하지 않는다. 그게 차이점이다. 이봐, 이봐, 청년, 무슨 말이라도 해 봐요. 여자들이 나를 본다, 여자들, 여자들, 내 입, 나는 다시 콧수염을 기르고, 여자들은 위대한 사랑과 행복으로 까무러치고, 그것들은 자두와 건포도로 가득 채워져 있다. 나는 돈을—내가 모은 돈을—내지 않고 그들을 모두 사들이니, 그들 중 하나가 길에서 과일 껍데기를 밟고 미끄러지면, 그저 창피해하는 것밖엔 달리 어쩔 도리가 없다. 아무것도 잃어버리지 않았고, 아무것도 창조되지 않았다. 그 점을 느낀 남자, 그러니까 그저 이해만 한 것이 아니라 숭상한 남자는 진실로 신을 믿는 자처럼 행복했으리라. 처음엔 좀 마음이 아프지만, 그 다음엔 익숙해진다. 이 페이지를 쓰고 있는 남자는 어느 날 태어났다. 지금은 정확히 아침 일곱 시를 조금 지났다. 창문 너머의 바깥엔 안개가 끼었다. 열린 창문, 위대한 상징. 주아나는 이렇게 말하리라: 난 너무도 세상 안에

속한 기분이 들어서, 마치 생각을 하고 있는 게 아니라 새로운 호흡법을 이용하고 있는 것처럼 느껴져. 잘 가. 여긴 세상이고, 나는 나고, 세상엔 비가 내리고, 그건 거짓말이고, 나는 지식노동자이고, 주아나는 침실에서 자고, 누군가는 지금 깨어 있을 것이고, 주아나는 이렇게 말하리라: 누군가 다른 사람이 죽어가고, 누군가 다른 사람이 음악을 듣고, 누군가가 욕실로 들어갔고, 그게 세상이야. 나는 모두를 건드릴 것이고, 그들 모두가 나로 인해 감동하도록 만들 것이다. 나는 벌거벗은, 차가운 여자와 살고 있다, 그걸 피하지 마, 그걸 피하지 마, 내 눈을 똑바로 들여다보는 사람, 그걸 피하지 마, 나를 지켜보는 사람, 그건 거짓말, 거짓말이고, 하지만 진실이지. 이제 그녀는 누워서 자고 있어. 잠에 패배한 거지, 패배, 패배. 그녀는 흰 잠옷을 입은 가녀린 새. 나는 모두를 감동시킬 거고, 내 실수들을 키우지 않겠지만, 그것들 모두가 나를 키워 주기를.

그는 상체를 똑바로 펴고, 머리칼을 가다듬고, 진지해졌다. 이제 일을 할 것이다. 마치 모두가 자신을 지켜보며 만족스럽게 고개를 끄덕이고 있는 것처럼, 찬성의 뜻으로 눈을 감고 이렇게 말하는 것처럼: 그래, 맞아, 아주 좋아. 실재하는 인간은 그의 신경을 긁었지만, 또한 그 자신도 스스로 혼란스러워지고 초조해졌다. 왜냐하면 '모두가' 그를 지켜보고 있었으니까. 그는 가벼운 기침을 했다. 그리고 잉크병을 조심스럽게 밀어 놓은 다음 쓰기 시작했다. "스스로 창조한 것들에게 적응하려 하는 인간들의 헛된 시도, 그것이 현대의 비극이다."

그는 조금 물러나 노트를 바라보며 잠옷 매무새를 가다듬었다. "인간 존재의 기반은 상상력에 너무 깊이 잠겨 있다—또다시 주아나—. 따라서 그들이 만들어 낸 세계 전체는 유용성이나 필요에 부합하는 목적을 지닌 계획의 결과라는 요소가 아니라, 창조의 아름다움으로부터 정당성을 발견한다. 이런 이유로 우리는 인간을 기존의 관념 및 제도 들과 결합시키려는 방안—예를 들면, 너무도 어려운 교육—들이 늘어나는 모습을 보게 되고, 또 인간 자신이 그렇게 스스로 만든 세계 바깥에 영영 머무는 것도 보게 된다. 인간이 집을 짓는 건 그 안에 들어가서 살기 위해서라기보다는 그것을 밖에서 바라보기 위함이다. 왜냐하면 모든 것이 영감의 길을 따라 가고 있기 때문이다. 결정론은 결말에 관한 것이 아니다. 결정론의 범위는 그보다 좁아서, 그것은 오직 원인에 대해서만 말한다. 놀고, 지어내고, 개미를 따라 개미탑으로 가고, 물에 석회를 섞어 그 결과를 확인하는 것. 이것이 당신이 어렸을 때부터 커서

야생의 심장 가까이

까지 하는 일이다. 우리가 고도의 실용주의와 물질주의에 도달했다고 생각하는 건 착각이다. 사실 실용주의—진정으로 주어진 목적을 향한 계획—는 이해이고, 안정이고, 행복이며, 인간이 해낼 수 있는 적응 가운데 가장 커다란 승리에 해당하는 것이다. 하지만 현실에 직면한 내가 보기에는, '무엇을 위해' 일한다는 건 인간에게서 기대할 수 없는 완전성을 필요로 하는 것 같다. 인간의 일은 '무엇 때문에'로 시작된다. 호기심, 환상, 상상—이것들이 현대 세계를 만들어 왔다. 인간은 영감에 따라 재료들을 섞고 결합물들을 창조했다. 인간의 비극: 그런 것들을 자양분 삼아 자신을 키워가야 한다는 것. 그들은 자신이 하나의 삶 속에서 상상하고, 그러면서도 그와 분리된 다른 삶 속에서 존재할 수 있다고 믿었다. 이 다른 삶은 실제로 지속되긴 하지만, 이 삶이 상상하는 삶을 정화하는 일은 느리게 이루어진다. 그러나 고독한 인간은 어리석은 생각을 구하지 않으며, 한편으로는 진정한 삶의 평화 또한 구하지 않는다. 처벌받지 않은 자는 사고하지 못한다." 주아나는 두려움 없이 생각했는데도 아직 아무런 대가도 치르지 않았다. 결국 그녀는 미쳐버리거나 뭐 그렇게 될까? 그로선 알 수 없었다. 어쩌면 고통만 받을지도 모른다.

그는 글쓰기를 멈추고 다시 읽어 보았다. 그는 얼

마간 열정적으로 생각했다: 이 세계를 떠나지 않기 위해. 그 바깥의 세계를 직면할 필요가 없도록 하기 위해. 그저 생각하기 위해. 그저 생각하고 그것을 글로 적기 위해. 스피노자에 대한 글을 써 달라는 청탁을 받는다면 얼마나 좋을까. 자신들의 삶을 뻔뻔스럽게 과시하고 노출하는, 저 모욕적일 만큼 인간적인 사람들을 보고 상대해야만 하는 변호사 일에서 해방된다면 얼마나 좋을까.

그는 전에 독서하면서 남긴 메모들을 다시 읽었다. *순수한 과학자는 자신이 좋아하는 것을 믿기를 중단할 수는 있으되 자신이 믿는 걸 좋아하기를 중단할 수는 없다. 좋아하는 것에 대한 욕구: 인간의 특징. *잊지 말 것: '신에 대한 지적인 사랑'은 진정한 지식이며 이는 그 어떤 신비주의나 경배도 배제한다. *스피노자의 말들에서 많은 해답을 발견할 수 있다. 예를 들어, 확장—신의 방식으로 이루어지는—없는 사고는 있을 수 없으며 그 역도 성립한다는 발상은 영혼의 필멸성을 확인시켜 주지 않는가? 물론: 개별적이고 이성적인 영혼으로서의 필멸성, 토마스 아퀴나스의 천사들 같은 순수한 형상이 지닌 명백한 불가능성. 인간과 관련된 필멸성. 자연 속에서의 변태變態를 통한 불멸성. *이 세상 안에는 또 다른 창조의 여지가 없다. 재통합과 지

야생의 심장 가까이

속에 관한 기회만이 있을 뿐이다. 존재할 수 있었던 모든 것들은 이미 존재한다. 더 이상 창조될 것은 없고 다만 드러날 뿐이다. *만일 인간이 더 진보할 거라면, 그들이 자신의 삶을 둘러싼 원칙과 법칙 들을 요약하고 평가하고 확립하려고 더 많은 노력을 기울이게 될 거라면, 하물며 신이—어떤 형태의 신이라도, 심지어 여러 종교에 나오는 '의식을 가진 신'이라 할지라도—자신의 완전성이 가져다 준 결과물인 절대적 원칙들을 갖지 않을 수 있겠는가? 자유 의지를 부여받은 신은 하나의 원칙만을 가진 신보다 하등하다. 마찬가지로, 하나의 개념도 그것이 유일한 것이고 각각의 특별한 경우에 따라 바뀔 필요가 없어질 때 더욱 진실에 가까워진다. 신의 완전함은 기적의 가능성보다는 불가능성으로 더 많이 증명된다. 종교들이 인간화한 신이 일으키는 기적은 불공정한 과업이거나—수많은 사람들이 동시에 똑같은 기적을 원하니까—실수를 인정하고 바로잡는 작업이다. 기적은 친절함이나 '인격의 증거'라기보다는 실수가 있었음을 의미한다. *이해나 자유 의지는 신의 특성이 아니다, 라고 스피노자는 말한다. 이 말은 나를 더 행복하고 자유롭게 만들어 준다. 왜냐하면 의식을 지닌 신의 존재라는 관념 자체가 끔찍하리만치 불만스럽기 때문이다.

그는 노트 맨 윗부분에 스피노자의 글을 적어 놓았다: "물체들은 운동과 정지, 빠름과 느림을 통해 서로 구별되며, 그들의 본질을 통해서는 구별할 수 없다." 그는 주아나에게 그 문장을 보여 주었다. 무엇 때문에? 그는 더 이상 설명을 찾지 않고 어깨를 으쓱했다. 그녀는 호기심을 보이며 그 책을 읽고 싶어 했다.

오타비우는 손을 뻗어 그 책을 집어 들었다. 노트에서 찢은 종이 한 장이 책갈피에 끼워져 있었다. 거기에는 주아나의 불확실한 필체로 무언가 적혀 있었다. 그는 탐욕스럽게 그걸 읽었다. "말들의 아름다움: 신의 추상적 본질. 마치 바흐 음악을 듣는 것 같다." 그는 왜 그걸 쓴 게 그녀가 아니었기를 바랐을까? 주아나는 늘 그의 허를 찔렀다. 그는 수치심이 들었다. 마치 그녀가 분명 거짓말을 하고 있는데도 그녀의 말을 믿는다는 듯이 그녀를 속여야만 하는 것처럼……

주아나가 쓴 글을 읽는 건 그녀의 앞에 있는 것과 같았다. 그는 그녀를 떠올리고, 그녀의 눈을 피하면서, 딴 생각에 빠져 있는 그 희고 모호하며 가벼운 얼굴을 보았다. 그러자 돌연 커다란 비애가 그를 덮쳤다. 지금 내가 뭘 하고 있는 거지? 그는 의아해했다. 자기가 왜 그렇게 갑자기 스스로를 공격했는지 이해할 수 없었다. 아니, 오늘은 더 쓰지 말자. 그리고 이 결정은 양보에

야생의 심장 가까이

해당하기 때문에 작업 순서에 너무 신경 쓸 필요는 없다—그는 자신을 면밀히 살폈다: 만약 그가 진심으로 원했다면 작업을 더 할 수 있었을까? 그리고 그 대답은 단호했다: 아니. 그리고 그 결심은 그 자신보다 강력했기에 그는 거의 행복에 가까운 감정을 느꼈다. 오늘 누군가가 그에게 휴식의 시간을 주었다. 신은 아니었다. 신이 아닌 누군가. 매우 강한 존재.

그는 일어나서 종이들을 정리하고, 책을 치우고, 따뜻한 옷을 입고서 리디아에게 갔다. 질서의 위안. 리디아는 그를 어떻게 맞이할까? 열린 창문 앞에서, 학교에 가는 아이들을 지켜보며, 그는 갑작스런—또 어쩌면 조금은 인위적인—분노에 사로잡혀 그녀의 어깨를 움켜쥐는 자신을 보았고, 늘 똑같은 물음에 직면했다: 지금 내가 무슨 짓을 하는 거지?

"두렵지 않아?" 그는 리디아에게 소리쳤다.

리디아는 잠자코 있었다.

"당신은 당신 미래를, 우리 미래를, 나를 두려워하지 않아? 그저…… 그저 내 연인으로만 존재하고 있다는 것…… 당신이 자리할 곳은 오직 내 곁뿐이라는 것…… 그걸 알고는 있는 거야?"

리디아는 놀라서 눈물을 보이며 고개를 저었다.

"하지만 안 돼……."

그는 완력을 썼다는 사실에 희미한 부끄러움을 느끼며
그녀를 흔들어 댔다. 그는 주아나와 함께 있을 때는 조
용했다.

"내가 당신을 떠나는 게 두렵지 않아? 내가 떠나
면, 당신은 남편 없는 여자가 되는 거야. 아무것
도 없는…… 불쌍한 여자……. 어느 날 약혼자가 떠
난 후, 다른 여자와 결혼한 그 약혼자의 연인이 되
는……."
"난 당신이 떠나는 걸 원하지 않아……."
"아……."
"……하지만 난 두렵지 않아……."

그는 놀라서 그녀를 바라보았다. 그녀의 체중이 준 걸
알 수 있었다. 하지만 그녀는 여전히 건강해 보였다. 물
론 더 초조해하고, 눈물도 더 잘 보이고, 감동도 더 자
주 했지만 말이다. 그는 갑자기 웃음을 터뜨렸다.

"난 정말 당신이 어떤 사람인지 모르겠어."

리디아도 그 상황이 다 끝난 게 기뻐서 웃음을 터뜨렸
다. 그녀의 빛나는 얼굴에 위협을 느낀 그는 그녀의 눈
을 보지 않으려고 그녀를 끌어당겼다. 그리고 그들은
잠시 서로 다른 욕망들을 가득 품은 채 껴안고 있었다.
　　그리고 지금은? 리디아는 언제나처럼 그를 받아
줄 터였다. 그는 주아나에게 보낼 쪽지, 그녀의 집에 점
심을 먹으러 가지 않겠다는 쪽지를 썼다. 불쌍한 주아
나⋯⋯. 그는 자신이 원하기만 한다면 그녀에게 말해
줄 수 있었다. 그녀는 절대 알지 못하리라. 자신이 그토
록 당당한 건 스스로 의식하지 못하는 오만함 덕분이
라는 것을⋯⋯. 하지만 그는 불쾌한 진실로부터 그녀를
필사적으로 지켜 줄 것이었다. 그는 웃었고, 가슴이 뛰
었다. 어쨌든, 내일은 확실한 글을 좀 써 보리라.
　　그는 나가기 전에 거울 앞에 서서 눈을 가늘게 뜨
고 자신의 잘생긴 얼굴을, 곧은 콧날과 둥글고 두툼한
입술을 바라보았다. 하지만 결국 나는 아무 죄가 없어,
라고 그는 말했다. 심지어 태어난 것조차 죄가 아니다.
그동안 늘 의무를 믿고 끊임없는 무게를 느끼며 살아
왔다는 게 갑자기 이해가 되지 않았다. 그는 자유로웠
다⋯⋯. 가끔은 모든 게 얼마나 단순해지는지⋯⋯.

밖으로 나가서 천천히 봉봉사탕을 골랐다. 결국 아주 큰 봉지에 든 살구맛 사탕을 샀다. 첫 번째 모퉁이를 돌 때면 두 손을 주머니에 찌른 채 첫 번째 사탕을 빨고 있으리라. 그 생각을 하자 그의 두 눈에 애정이 가득 차올랐다. 안 될 게 뭐야? 그는 갑자기 화가 나서 스스로에게 물었다. 위인들은 봉봉사탕을 먹지 않는다고 누가 그랬지? 위인전 말고는 그런 소리를 하는 데가 없다. 그런데 만약 지금 이 생각들을 주아나가 알게 된다면 뭐라고 할까? 아니, 그녀는 실제로 냉소를 보인 적이 단 한 번도……. 그는 분노의 순간을 보낸 후 발걸음을 재촉했다.

그는 모퉁이를 돌기 전에 봉봉사탕 봉지를 꺼내 시궁창에 던졌다. 그리고 진흙과 뒤섞인 사탕들이 거미줄 쳐진 검은 구멍으로 굴러가는 모습을 괴롭게 지켜보았다.

그는 움츠러든 채 다시 천천히 걸었다. 바깥은 좀 추웠다. 이제 누군가는 만족하겠군, 그는 냉담하게 생각했다. 벌을 받거나 고해를 한 것처럼.

"심지어 위인들도 죽은 뒤에야 진정한 인정을 받고 추앙받는 대상이 되잖아? 왜겠어? 왜냐하면 추앙하는 사람들은 자기가 추앙하는 대상에 대해 어떤 면에서는 우월감을 느낄 필요가 있거든. 그들은 그 점을 인정할 필요가 있어. 일단⋯⋯ 확실한 우월감이 생겨나면⋯⋯ 추앙하는 사람들은⋯⋯ 어떻게든 그 상태를 유지해 내고⋯⋯ 심지어 약간의 겸허함마저 가질 수 있지⋯⋯ 연민까지도." 오타비우가 말했다.

리디아는 못생겨 보이는 순간의 그를 관찰하고 있었다. 가느다란 입술, 찡그린 이마, 멍한 시선—오타비우는 생각에 잠겨 있었다. 그리고 그녀는 이런 순간의 그를 사랑했다. 그의 못생긴 모습은 그녀를 흥분시키지도, 연민을 불러일으키지도 않았다. 그저 더욱더 그에게 연정을 품게 되고, 더욱 커다란 행복을 느끼게 될 뿐이었다. 전폭적으로 받아들이는 행복, 아름다움에 대한 기존의 관념들과는 아무 관계없는, 그녀 안의 진실하고 원초적인 것을 다른 누군가와 결합시키는 데서 느껴지는 행복. 그녀는 학창 시절의 친구들을 떠올렸다—영화, 책, 데이트, 옷과 관련해서 모르는 게 없던 그 영악한 여학생들, 조용하고 할 말이 없었던 그녀는 도저히 가까워질 수 없었던 그 젊은 숙녀들. 그들이라면 이런 순간의 오타비우를 못생겼다고 여겼으리라, 리디아는 생각했다. 그녀는 지금껏 그를 너무도 많이 받아들여 왔기에, 앞으로는 그가 더 악화되기를 갈망할 터였다. 더는 싸우지 않고 자신의 사랑을 증명할 수 있도록.

그녀는 그가 하는 말에 주의를 기울이지 않고 그를 바라보았다. 두 사람 사이에 현실의 삶 너머에 있는 곱고 가벼운 다른 삶을 엮어 내는 비밀들이 존재하고 있음을 아는 건 달콤하고 기분 좋은 일이었다. 다른 누구도, 이런 일은 떠올릴 생각조차 못했을 것이다. 언젠가 오타비우가 그녀의 눈꺼풀에 키스했는데, 그때 그가 자기 입술에 그녀의 속눈썹이 닿는 걸 느끼고 미소 지었던 일 같은 것 말이다. 신기하게도 그녀는 아무 말 없이도 모든 걸 이해할 수 있었다. 언젠가 그들이 서로를 너무도 간절히 원해서, 조용히, 진지하게, 움직이지 않았던 순간이 있었음을, 다른 누구도 모를 터였다. 이 둘 각자의 마음속에는 다른 사람들이 세심하게 살펴보지 않는 앎들이 쌓이고 있었다. 그는 어느 날 떠났다. 하지만 그건 큰 문제가 되지 않았다. 그녀는 두 사람 사이에 '비밀들'이 있음을, 그들이 돌이킬 수 없는 공모자들임을 알았다. 설령 그가 떠난다 해도, 다른 여자를 사랑하게 된다고 해도, 그 이별이나 다른 여자와의 사랑 역시 훗날 그가 그녀와 공유하게 될 소재에 불과해질 터였다. 비록 그가 그 일들에 대해서 그녀에게 아무 것도 말하지 않는다고 해도 말이다. 어떻게 되건 리디아는 그의 삶에 참여하게 될 터였다. 어떤 일들에는 반드시 대가가 따른다고, 그녀는 그를 바라보며 생각했다. 도망쳐—그래도 당신은 결코 자유로울 수 없을 거야……. 언젠가 그녀가 발이 걸려 넘어졌을 때, 그는 그녀를 안고 멍하니 머리칼을 매만져 주었다. 그녀는 그의 팔을 꼭 쥐는 것으로 고마움을 표현했다. 그들은 미소 지으며 동시에 서로를 마주보았고, 갑자기 무시무시한 행복을 느꼈다……. 그들은 눈이 부셔서 걸음을 재촉했다.

그는 그 일을 딱히 기억하지 못할 수도 있었다. 그런 일들을 기억하는 사람은 그녀였다. 사실, 그런 사건들은 말로는 기억할 수 없는, 심지어 언어의 형태를 지닌 사고로도 기억할 수 없는 특징을 지니고 있었다. 유일한 방법은 잠시 멈추었다가 다시 느끼는 것뿐이었다. 그는 잊어도 상관없었다. 하지만 그의 영혼에는 가벼운 분홍색 흔적 같은 게 남아, 그 흔적이 이 오후의 느낌을 간직해 줄 터였다. 그녀에 대해 말하자면, 그녀는 하루하루가 가져다준 기억들을 자양분으로 삼을 수 있었다. 또한 행복에의 확신, 또 목표에 다다랐다는 확신이 서서히 그녀의 몸에 차오르면서 거의 포만감에 가까운, 거의 불안할 지경인 만족감을 느끼게 했다. 그녀는 오타비우를 다시 만날 때마다 큰 감흥 없이 그를 바라보았고, 오타비우 자체는 그가 그녀에게 선사한 것들보다 못하다고 생각했다. 그녀는 그에게 자신의 행복에 대해 말하고 싶었다. 하지만 그 말이 그에게 상처를 줄 것만 같은 희미한 두려움이 엄습했다. 마치 그동안 그 몰래 다른 남자를 만났었다는 말을 하려는 것처럼. 아니면 마치 그녀 자신의 행복이―두 집, 두 여자를 위해 자신을 쪼갠―그의 행복보다 우월하다는 걸 과시할 예정인 것처럼.

그래, 그녀는 그를 바라보며 냉정하게 생각했다―마치 선천적인 특징처럼 죽을 때까지 육신과 동행하는, 파괴할 수 없는 것들이 있다. 그런 것들 중 하나는 특정한 순간들을 함께 체험한 남녀 사이에서 만들어진다.

그리고 아이가 태어나면―그녀는 벌써 불룩해지기 시작한 배를 어루만졌다―셋이 작은 가족을 이루게 될 것이다. 그녀는 언어로 생각했다: 작은 가족. 그녀가 원하는 것이었다. 그녀라는 이야기 전체를 마무리짓는 좋은 결말 같은 것. 그녀와 오타비우는 그들의 사촌 밑에서 함께 자랐다. 그녀는 오타비우와 가깝게 살아왔다. 그녀의 인생을 거쳐 간 사람은 그뿐이었다. 그녀는 남자들과 여자들에 대해 알기 전에 그에게서 남자를 발견했다. 논리에 근거하지 않은 혼란스런 생각이긴 했지만, 오타비우는 그녀에게 인류 전체를 뜻했다. 그녀는 온통 그를 통해 살았기에, 다른 사람들은 그저

야생의 심장 가까이

닫혀 있고, 이상하며, 피상적인 세계에 지나지 않았다. 그녀는 인생의 모든 단계마다 그의 가까이에 있었다. 좀 더 영악해진 그녀가 모든 것들을, 심지어 그럴 필요가 없는 것들까지도 숨기곤 했던 시기마저도. 그 다음 시기도 마찬가지였다. 그녀가 길거리에서 사람들의 시선을 받고, 급우들이 그녀의 아름답고 풍성한 머리칼에 감탄하며 그녀를 받아들였던 그 시절, 오타비우의 눈길이 그녀를 따라다녔고…… 그 확신, 다시는 지워지지 않을, 그녀가 중요한 사람이 되었다는……. 그때 그녀는 자신이 부족한 존재가 아님을, 오타비우에게 줄 것이 있음을, 그에게 인생을 바칠 방법이 있음을 이해했다……. 그녀는 그를 기다렸다. 이윽고 그녀가 그를 갖게 되었을 때, 주아나가 나타났고 그는 도망쳤다. 그녀는 계속해서 기다렸다. 그가 돌아왔다. 아이가 태어날 것이다. 그래, 하지만 아이가 태어나기 전에 그녀는 자신의 권리를 요구해야 했다. '권리를 요구한다'는 말이 그녀 안에 늘 존재하며 기다리고 있었던 듯했다. 그녀가 힘을 갖기를 기다린 것이다. 그녀는 아이가 부모 밑에서 자라기를 원했다. 그리고 그 모든 각성의 바탕에는 그녀 자신을 위한 '작은 가족'을 원하는 마음이 있었다.

그녀는 오타비우가 도통 알아들을 수 없는 말들을

늘어놓는 걸 들어 주며 희미하게 미소 지었다. 그녀 안에서 태아가 형체를 갖추기 시작하면서 그녀의 몇 가지 버릇은 사라졌고 새 버릇들이 생겼으며, 이제 몇 가지 생각들을 과감히 진행시킬 수도 있게 되었다. 그녀는 이제껏 거짓 인생을 살아온 듯한 기분이 들었다. 이 세상에 그녀라는 존재를 위한 공간이 더 넓어지기라도 한 듯, 그녀는 더 자유롭게 몸을 움직일 수 있었다. 그녀는 아이와 오타비우를 돌볼 것이다, 물론이지, 그럴 거였다······. 그녀는 안락의자에 더 편안하게 등을 기댔고, 자수가 양탄자 위로 미끄러져 떨어졌다. 그녀는 눈을 반쯤 감았고, 커진 배는 풍성해 보이고 빛이 났다. 그녀는 안녕한 느낌에 자신을 맡겼다. 요즘 들어 약간의 나른함이 자주 찾아왔다. 그녀는 임신 초기에도 입덧이 전혀 없었다. 그리고 출산 역시 그만큼 간단할 것임을, 매사 그랬듯이 간단할 것임을, 그녀는 알았다. 그녀는 아직 모양이 바뀌지 않은 옆구리에 한 손을 갖다 댔다. 어쩐지 다른 여자들을 위에서 내려다보는 듯한 기분이 들었다.

오타비우는 그 표정을 보고 깜짝 놀랐다. 멍한 상태에서 엿보이는 잔인함······. 그는 그녀를 자세히 살펴보았지만 아무것도 판독할 수 없었다. 그가 알 수 있는 건 자신이 그 희미한 미소에서 배제되었다는 것뿐이었

야생의 심장 가까이

다. 그녀의 표정은 진지했으나, 앞을 똑바로 응시하고 있는 그녀의 얼굴에는 미소가, 섬뜩한 회심의 미소가 감돌았다. 그는 겁에 질려 거의 소리치다시피 말했다.

"당신은 내 말을 듣지도 않고 있었어!"

리디아는 흠칫 놀라 앞으로 몸을 기울였다. 그녀는 다시금 그의 것이, 그의 헌신적인 여자가 되었다.

"난……."

"당신은 나를 이해조차 못 해." 그는 억눌린 듯 숨을 쉬며, 그녀를 쳐다보면서 말했다. 지난번과 똑같은 장면이 되풀이되려는 걸까? 아니, 그녀 안에 아이가 있었다. 왜 내가 아이를 갖게 된 거지? 왜 내가? 바로 내가? 이상하다……. 그는 곧 자기 자신에게 묻게 될 터였다: 내가 지금 뭘 하고 있는 거지? 아니, 아니…….
"난 당신을 이해하는 것 이상이야." 그녀가 재빨리 말했다. "당신을 사랑해……."
그는 조용히 한숨지었고, 그녀의 도피 때문에 여전히 조금 당황한 상태였다. 사실, 그렇게 도피한 그녀는 이제—임신하기 전과는 달리—완전히 돌아오지도 않았다. 그리고 그녀에게 그 왕국을 선사한 건 바로 그 자신이었다, 멍청이⋯⋯. 그래, 하지만 그녀가 아이에게서 자유로워지면, 아이에게서 자유로워지면⋯⋯. 잠시 후 평정을 되찾은 오타비우는 자신과 리디아와의 관계를 무척 잘 떠받치고 있는 방종과 무기력의 침입을 허용했다.

짙고 어두운 밤이 한가운데서 잘려 두 토막의 검은 잠
으로 쪼개졌다. 그녀는 어디 있을까? 그 두 토막 사
이, 시간도 공간도 없는 빈 틈새에 고립된 채, 그것들
을―그녀가 이미 잔 잠과 아직 자지 않은 잠을―바라
보고 있었다. 이 기간은 삶의 시간에서 배제될 터였다.

　　천장과 벽들은 모서리 없이 서로 합쳐진 채 조용
히 팔짱을 끼고 있었고, 그녀는 고치 속에 있었다. 주아
나는 아무 생각도, 감정도 없이, 하나의 사물이 다른 사
물을 보듯, 고치를 응시했다. 한쪽 다리의 움직임을 통
해 천천히, 희미하게 일어난 각성은 입 안에서 잠의 맛
과 섞인 후, 몸 전체로 퍼졌다. 달빛이 방과 침대를 창
백하게 비추었다. 한 순간, 또 다른 순간, 또 다른 순간,
또 다른 순간. 돌연, 마치 한 줄기 광선처럼 무언가가

그녀 안에서 환히 빛났고, 그녀는 얼굴 근육 하나 움직이지 않고 재빨리 말했다: 네 옆을 봐. 그녀는 짐짓 아무 관심도 없는 척 계속 천장을 보고 있었지만, 심장은 겁에 질려 쿵쾅거렸다. 네 옆을 봐. 옆에 무엇이 있는지 어렴풋이 아는 그녀는 결국 옆을 보게 되리라 생각했지만, 그러면서도 마치 그럴 의도가 없다는 듯, 침대의 나머지 부분을 의식하지 않는 듯 굴었다. 네 옆을 봐. 그러다 패배한 그녀는 무대 위에서 벌어지는 장면을 지켜보고 있는 수많은 얼굴들 앞에서 베개 위의 머리를 천천히 돌려 살짝 엿보았다. 한 남자가 있었다. 그건 자신이 예상했던 대로였음을, 그녀는 알게 되었다.

맨살이 드러난 가슴, 벌려진 팔, 십자가에 못 박힌 남자. 그녀는 머리를 이전의 위치로 다시 돌렸다. 자, 봤어. 하지만 또 금방 머리를 들어, 한쪽 팔꿈치로 받치고, 어쩌면 아무런 호기심 없이, 그러나 대답을 요구하며, 대답을 기다리며, 그를 보았다. 아니면, 저 무표정한 얼굴들이 이런 몸짓을 기대했기에 그렇게 한 것일까? 거기 한 남자가 있었다. 그는 누구지? 가볍게 생겨난 그 질문은 이미 길을 잃은 채 검은 물결 위의 가련한 잎사귀처럼 떠돌았다. 하지만 그 질문은 주아나에게서 완전히 잊히기 전에 중요성을 키워 갔고, 자신을 새롭고 긴급한 것인 양 재단장했다. 주아나는 그 모습을 보

야생의 심장 가까이

앉다. 이제 그 목소리가 그녀에게 몸을 기울이며 물었
다: 그는 누구지?

그녀는 이제 연기를 지시하는 대신 따지듯 묻고
있는 그 얼굴들의 집요함에 질리면서 인내심을 잃어 갔
다. 그는 누구지? 그녀가 대답했다. 사람, 남자. 하지만
그녀의 남자, 낯선 사람. 그녀는 그의 얼굴을 보았다.
자고 있는 아이의 지친 얼굴. 그의 입술이 벌어져 있었
다. 두꺼운 눈꺼풀 아래의 동공은 주검처럼 안쪽을 향
해 있었다. 그녀는 그의 어깨를 살짝 만졌다가 그 어떤
인상을 받기도 전에 겁에 질려 얼른 손을 뗐다. 그러고
는 잠시 그대로 멈추어 자신의 가슴 속에서 메아리치는
심장을 느꼈다. 그녀는 잠옷 매무새를 가다듬었고, 자
신이 아직 뒷걸음질 치기를 원한다면 그렇게 할 수 있
을 시간을 주었다. 하지만 그녀는 물러나지 않았다. 그
녀는 창백한 팔을 그 생물체의 팔 가까이에 놓았고, 그
다음에 따라올 생각을 미리 예견했음에도 불구하고,
마치 비명처럼 확고하고 강렬한 색깔 차이에 새삼 전
율했다. 경계가 지어진 두 개의 몸이 침대 위에 있었다.
그녀는 이번만큼은 자신이 의식적으로 비극을 향해 나
아갔다고 불평할 수 없었다. 이번에 떠오른 생각은 스
스로 주제넘게 나선 것이지 그녀가 선택한 것이 아니
었다. 그가 잠이 깨어 자신에게 몸을 기울이고 있는 그

녀를 발견한다면? 만일 그가 갑자기 눈을 뜬다면 그의
두 눈은 자신과 정면으로 마주하는 그녀의 두 눈을 발
견할 터였다. 두 개의 빛이 다른 두 개의 빛과 마주친
다……. 그녀는 얼른 물러나서 자기 안으로 움츠러들었
고, 두려움이 그녀를 가득 채웠다. 그 옛날, 어둠 속에
서 또렷이 깨어 있었던, 비가 내리지 않는 밤들에 관한,
아직 어디에도 털어놓은 적 없는 두려움. 그와 똑같은
일들을 다른 상황들 속에서 얼마나 많이 겪어야만 하
는 걸까? 그녀는 아무런 표정 없이 빛나는, 두 개의 동
판 같은 그의 눈을 상상했다. 저 잠자는 목구멍에서는
어떤 목소리가 나올까? 가구들과 벽, 그리고 주아나 자
신에게 부드럽게 와 박히는 굵은 화살 같은 목소리. 이
제 팔짱 낀 이들도 모두 먼 공간을 훑고 있었다. 끈질기
게. 시계 종소리는 그 자신이 끝내려 할 때에야 끝나니,
거기에 대해 할 수 있는 일은 없다. 아니면 시계에 돌을
던지던가. 그럼 유리 깨지는 소리, 스프링 부서지는 소
리가 지나간 뒤에 정적이 피처럼 쏟아지리라. 왜 그 남
자를 죽이지 않지? 아니, 말도 안 돼, 이 생각은 완전히
날조된 거야. 그녀는 그를 바라보았다. '그' 모든 것이,
마치 버튼을 눌렀을 때처럼—그를 건드리는 것만으로
도 충분할 것이다—시끄럽게, 기계적으로 작동하기 시
작하면서 살아 있는 움직임들과 소리들로 방 안을 가득

야생의 심장 가까이

채우게 될 것만 같은 두려움. 그녀는 자신을 고립시키는 두려움이 두려웠다. 멀리서, 스위치가 꺼진 등불 위에서, 그녀는 자신을 보았다. 언제라도 깨어날 수 있는 남자 옆, 달빛 속에서 길을 잃은 작은 존재를.

그러다 돌연 진짜 두려움이, 생물처럼 살아 있는 두려움이 밀려들었다. 그녀가 소유한 그 동물, 그녀로선 오직 사랑할 수밖에 없는 그 남자 안에 존재하는 미지의 것! 그녀의 몸 안에 있는 두려움, 피 속의 두려움! 어쩌면 그가 그녀의 목을 졸라 살해할지도…… 왜 아니겠어? ─그녀는 흠칫 놀라며 생각했다─ 대담하게 전진하는 그녀의 생각들은 마치 떨면서 움직이는 작은 빛처럼 어둠 속의 그녀를 인도했다. 저것들은 어디로 가고 있는 걸까? 그런데 오타비우가 그녀의 목을 조르지 못할 이유는 무엇인가? 둘만 있지 않은가? 만일 그가 자다가 미쳐 버린다면? 그녀는 몸서리쳤다. 자기도 모르게 다리를 움직이며 시트를 젖히고 방어 태세를 갖추고서 도망칠 준비를……. 아, 비명을 지르면 두렵지 않을 것이다. 비명과 함께 두려움은 사라지고……. 그녀의 움직임에 반응한 오타비우는 눈썹을 세웠고, 입술을 꾹 다물었다가 다시 벌렸고, 여전히 세상모른 채 잠들어 있었다! 그녀는 그를 바라보며…… 바라보며…… 기다렸다…….

아니, 그는 위험하지 않았다. 그녀는 손등으로 그의 이마를 쓸어 보았다.

정적, 여전한 정적.

어쩌면 꿈 한 조각이 현실과 뒤섞인 건지도 모른다고, 그녀는 생각했다. 그녀는 낮의 기억을 되살려 보았다. 별다른 일은 없었고, 오타비우가 점심 먹으러 오지 않겠다는 쪽지를 남긴 정도였는데, 그건 한동안 거의 규칙적으로 있어 온 일이었다. 아니면 그녀의 두려움이 환각보다 강렬했던 걸까? 이제 방은 또렷해지고 차분해졌다. 그녀는 눈을 감고 쉬었다. 다행히 악몽을 꾸는 밤은 드물었다.

그런 어리석은 생각을 하다니. 그녀는 그를 만지려고 손을 뻗었다. 그의 가슴에 손바닥을 댔다. 처음엔 손이 거의 허공에 떠 있는 것처럼 살며시 댔다가 천천히 내렸고, 점점 자신감을 얻어, 가벼운 풀로 덮인 그 널따란 들판에 손을 완전히 내맡겼다. 그녀는 눈을 뜨고 있었지만, 오로지 자기 자신과 현재의 느낌에 집중하느라 아무것도 보고 있지 않았다.

가구가 삐걱거리는 소리가 들렸고, 그림자들이 옷장을 더 꽉 붙잡았다.

한 가지 생각이 떠올랐다. 너무 멋진 생각이라 심장이 세차게 두근거렸다. 무슨 생각이냐 하면: 그에게 더 가까이 다가가, 그의 가슴 옆에 놓인 팔에 조심스럽게 머리를 들이미는 것이다. 그녀는 가만히 누워 기다렸다. 이 낯선 자의 열기가 자신의 목덜미를 통해 전해지는 게 서서히 느껴졌다. 그녀는 리드미컬하고 아득하며 진지한 심장 박동을 들었다. 그녀는 예리하게 자신을 살폈다. 이 살아 있는 존재는 그녀의 것이었다. 이 낯선 사람, 다른 세계는 그녀의 것이었다. 그녀는 멀리서, 등불 위에서 그를, 그의 벌거벗은 몸을—길 잃은 약한 존재를—보았다. 약해. 그의 드러난 선들은 얼마나 연약하고 섬세한지. 그, 이 남자. 숨겨진 원천에서 솟구친 불안감이 그녀의 온몸으로 밀려들었고, 모든 세포들을 채웠고, 그녀의 비참한 고독을 침대 아래로 밀어내 버렸다. 세상에, 세상에. 그 후, 그녀는 고통스러운 산고를 치르며, 숨을 헐떡거리며, 굴복의 부드러운 기름이 온몸에 부어지는 걸 느꼈다. 마침내, 마침내. 그는 그녀의 것이었다.

그녀는 그를 소리쳐 불러 자신을 지지해 달라고, 마음을 달래 주는 말을 해 달라고 요구하고 싶었다. 하지만 그를 깨우고 싶지 않았다. 그녀는 두려웠다. 그는 그녀가 더 높은 단계의 감정으로 올라가도록 도와주는 법을, 또 지금은 아직 사랑스러운 배아 상태에 있는 그 무언가를 실현하도록 도와주는 법을 모를 수도 있기 때문이었다. 그녀는 심지어 이 순간조차 자신이 혼자 있음을, 이 남자는 멀리서 깨어날 것임을 알았다. 그녀는 자신이 더듬거리며 첫 걸음을 떼고 있는 저 좁고 반짝이는 길을 그가—그 멍하고 미지근한 말로—가로막을 수도 있음을 알았다. 하지만 그가 그녀 안에서 일어나고 있는 일을 의식하지 못한다 해도 그녀의 애정은 줄어들지 않았고, 오히려 늘어나서 그녀의 몸과 영혼보다 더 커졌다. 마치 이 남자와의 거리를 메우려는 듯이.

주아나는 미소를 지었지만, 격렬한 갈증처럼 온몸으로 고동쳐 퍼져 나가기 시작하는 고통을 막을 수는 없었다. 사랑에 대한 갈망은 고통을 넘어 그녀를 지배했다. 빠르게 지나가는 현기증과도 같은 희미하고 가벼운 회오리 속에서 세계에 대한 인식이 다가왔다. 자기 삶의 세계, 태어나기 전 과거의 세계, 육체를 넘어선 미래의 세계. 그래, 하나의 점처럼 길을 잃은 거야, 차원 없는 점, 단 한 번, 하나의 생각. 그녀는 태어났고, 죽을 것이며, 세상은……. 그 느낌은 빠르고 깊었다: 하나의 색깔—들판처럼 고요하고 드넓은 빨강—속으로 냅다 뛰어들기. 이따금 위대한 사랑의 순간이 찾아올 때마다 그녀를 기습해 오던 그 맹렬하고 즉각적인 인식. 마치 익사하는 사람의 눈에 마지막으로 보이는 광경 같은 것.

야생의 심장 가까이

"나의⋯⋯." 그녀는 낮은 목소리로 말하기 시작했다.

하지만 말로는 다 표현할 수 없었다. 그녀는 살아 있었다. 살아 있었다. 그녀는 그를 지켜보았다. 그는 어떻게 자는가, 어떻게 존재하는가. 그를 그토록 많이 느껴 본 적이 없었다. 그와의 결혼 초기에 그녀를 매료시킨 건 자기 자신의 몸에 대한 발견들이었다. 새로 태어난 건 그녀였으며, 그녀는 그에게로 넘쳐흐르지 않고 고립된 상태를 유지했다. 그런데 이제 갑자기 깨달은 것이다. 삶이라는 충동 속에서는 사랑이 다음 순간을 갈망케 할 수 있음을⋯⋯. 그녀는 그 세계가 자신의 가슴 속에서 부드럽게 고동치는 걸 느꼈고, 모든 여자들의 여성성을 품은 듯 몸이 아파 왔다.

그녀는 자신의 내면을 들여다보며 다시 침묵으로 빠져들었다. 기억을 떠올렸다: 나는 바다 외에는 다른 터전이 없는 가벼운 물결, 나는 뒹굴고, 미끄러지고, 날고, 웃고, 주고, 잠들어, 하지만 슬프게도, 늘 내 안에, 내 안에 있지. 이런 생각은 어떻게 갖게 되었을까? 어릴 때 책에서 읽었나? 스스로 생각했나? 퍼뜩 기억이 났다: 방금 생각해 낸 것이다. 어쩌면 자신의 팔을 오타비우의 팔 옆에 두기 전에, 어쩌면 비명을 지르고 싶었던 그 순간에⋯⋯ 갈수록 모든 것들이 과거가 되었다……. 그리고 과거는 미래만큼 신비하여…….

그래……. 그녀는, 속도를 내며 달아나는 조용한 자동차처럼 빠르게, 다른 것도 보았다……. 가끔 길에서 마주치는 남자……. 조용히 그녀를 응시하는, 칼날처럼 여위고 날카로운 남자. 그녀는 그날 밤 이미 가볍게 그를 느꼈다……. 핀의 대가리처럼…… 하나의 경고처럼…… 그녀의 의식에 닿는……. 하지만 어떤 순간에 그랬지? 꿈속에서? 깨어 있을 때? 새로운 아픔과 생명력이 차올랐고, 그것들은 갇힐지도 모른다는 불안감으로 변해 그녀를 삼켜 버렸다.

"난……." 그녀가 다시 오타비우에게 말했다.

어둠이 더 짙어져서, 그녀에게 보이는 그는 그림자일 뿐이었다. 그는 잠의 밑바닥에서 더욱더 희미해지며 그녀의 손가락들 사이로 빠져나갔다. 그리고 그녀는 빈 집에서 똑딱거리는 시계 소리처럼 고독했다. 그녀는 눈을 크게 뜬 채 침대에 앉아 기다렸고, 다가오는 새벽의 한기가 그녀의 얇은 셔츠 속으로 스몄다. 그녀는 세상에서 홀로, 과도한 생명의 힘에 짓눌린 채, 육체가 감당하기엔 지나치게 높은 음정으로 진동하는 음악을 느꼈다.

하지만 해방이 찾아왔고, 주아나는 그 충격에 넋을 잃었다……. 왜냐하면, 숲속의 새벽처럼 온화하고 달콤한 영감이 탄생했고…… 그렇게 그녀는 자신이 말해야만 하는 말을 지어냈던 것이다. 그녀는 눈을 감고, 굴복한 상태로, 그 순간에 탄생한 말들을 조용히 읊조렸다. 그 누구도 들어본 적 없는, 갓 만들어져서 아직 보드라운, 연약한 새싹들. 그것들은 아직 말에 미치지 못하는, 그저 애매하고 무의미하며 따뜻한 음절이었고, 흘렀고, 합쳐졌고, 수태되어 하나의 단일한 존재로 다시 태어났다가도 또 금방 분해되고, 숨 쉬고, 숨 쉬고…….

은은한 행복과 감사로 눈시울이 촉촉해졌다. 그녀는 무언가를 말했다……. 그 말은 언어 이전의 근원, 근원 그 자체에서 나온 것이었다. 그녀는 그에게 더 가까이 다가갔고, 그에게 자신의 영혼을 주었음에도 하나의 세계를 단숨에 마셔버린 듯 완전해진 기분을 느꼈다. 마치, 그녀는 여자 같았다.

정원의 어두운 나무들이 은밀히 그 정적을 지켜보고 있었다, 그녀는 그냥 알 수 있었다, 그냥 알 수가 있었다……. 그녀는 잠들었다.

리디아

다음날 아침은 다시 첫날 같았다, 주아나는 그렇게 느
꼈다.

오타비우는 일찍 나갔고, 그녀는 그가 일부러 그
녀에게 생각할 시간을, 스스로를 관찰할 시간을 주기
라도 한 것처럼 고마워했다. 그녀는 아무것도 성급하
게 결정하고 싶지 않았다. 자신의 모든 움직임이 소중
해지고 또 그만큼 위험해질 수도 있다는 느낌이 들었던
것이다.

하지만 그 시간은 짧았다. 자신을 찾아와 달라는
리디아의 쪽지를 받은 것이다.

그 쪽지를 읽으며, 주아나는 심장이 빠르고 무겁
게 고동치기 전에 미소부터 지었다. 이어서 차가운 금
속 칼날이 따뜻한 몸속으로 파고들었다. 마치 죽은 숙

모가 벌떡 일어나 말하고 있기라도 하듯, 주아나는 숙모가 받았을 법한 충격을 상상했고, 부릅뜬 숙모의 눈을—아니면 뜻밖의 놀람을 허용하지 않는 그녀 자신의 눈이었을까?—느꼈다: "오타비우가 리디아에게 돌아갔다고? 설마 주아나를 두고?" 숙모는 그렇게 말할 터였다.

주아나는 천천히 자신의 머리를 쓰다듬었다. 차가운 칼날이 그녀의 따스한 심장에 닿았다. 그녀는 다시 미소 지었다. 오, 단지 시간을 벌기 위해서. "그래요, 리디아 곁으로 가지 못할 이유가 있나요?" 그녀는 죽은 숙모에게 대답했다. 칼날은 그 선명한 생각을 타고 그녀의 웃고 있는 허파 속으로 얼음장처럼 차갑게 파고들었다. 왜 이미 일어난 일을 거부해야 할까? 동시에 많은 것을 소유하고, 여러 방식으로 느끼고, 다양한 근원들을 통해 삶을 인식하고…… 그렇게 충만한 삶을 살려는 사람을 누가 막아설 수 있겠어?

조금 뒤, 그녀는 기묘하고 가벼운 흥분 상태에 빠졌다. 정처 없이 집 안을 돌아다녔고, 심지어 조금 울기까지 했는데, 큰 고통이 있었던 건 아니었다. 그저 울기 위해 운 거였다—그녀 스스로는 그렇게 확신했다—. 그저 손을 흔들거나 무언가를 바라볼 때처럼. 내가 고통받고 있나? 그녀는 이따금 그랬듯 자신에게 그렇게 물었고, 그러면 다시금 생각하는 사람이 놀라움과 호기심, 긍지로 그녀를 가득 채웠고, 그렇게 고통받는 사람을 위한 자리는 사라졌다. 하지만 스스로를 더 높이 끌어올리고자 하는 그녀의 섬세한 의지는 자신이 같은 상태에 오래 머무는 걸 허용하지 않았다. 그녀는 기분 전환을 위해 피아노를 조금 치고, 리디아의 편지를 잊었다. 그녀가 그 편지를 기억해 낼 때마다, 희미하게, 새 한 마리가 왔다가 떠나갔고, 그녀는 자신의 마음의 갈피를 잡지 못했다. 슬퍼해야 할지, 행복해해야 할지, 침착할지 아니면 동요할지. 자꾸만 어젯밤이 떠올랐다. 달빛 속에서 고요히 빛나는 유리창, 오타비우의 벗은 가슴, 옆에서 자고 있는 남자에게 자신을 맡기고 거의 난생 처음 깊이 잠든 주아나. 사실 그녀는 애정으로 가득했던 어제의 주아나와 거리를 두지 않았다. 그 주아나는 수치심으로 채워진 채 초라하고 거부당한 상태로 배회하다가 그녀가 돌아오면서 점점 더 단단해졌고, 집중했고, 자기 자신과 가까워졌다—그녀는 그렇게 생각했다. 오히려 더 나아진 거야. 차가운 칼날이, 절대로 따스해지지 않는 그 칼날이 자꾸만 되살아나는 것만 빼면. 하지만 무엇보다도 중요한 건, 그때 주위를 떠다니던 모든 생각의 밑바닥에는 어딘가 당혹스러운, 무언가에 홀린 듯한, 아버지가 죽던 날과 같은 생각이 맴돌

고 있다는 거였다: 그녀가 지어내지 않아도 일어나는 일들…….

　오후에 마침내 리디아를 관찰할 수 있게 된 주아나는 예전에 만났던 그 목소리를 가진 여자처럼 리디아도 자신과 멀리 떨어져 있음을 깨달았다. 그들은 서로를 바라보았고, 상대를 미워할 수도, 심지어 불쾌감을 느낄 수도 없었다. 리디아가 창백하고 신중한 모습으로, 두 사람 누구에게도 관심거리가 아닌 몇 가지 화제에 대해 이야기했다. 그녀의 팽창해 가는 임신이 방 안을 가득 채우며 주아나에게 파고들었다. 코바늘로 뜬 레이스 덮개로 장식된 낡은 가구들마저 그 거의 드러난 비밀 속에서, 아이가 태어나리란 예상 속에서 스스로를 보호하고 있는 듯했다. 리디아의 눈에는 그늘이 없었다. 얼마나 아름다운 여자인가. 실룩거림이 없는 그 도톰하면서도 평온한 입술은 기쁨을 두려워하지 않는 사람, 기쁨을 가책 없이 받아들이는 사람의 것인 듯했다. 그녀의 삶은 어떤 시에 토대를 두고 있을까? 리디아 안에서 웅얼거리는 그것은 무슨 말을 하고 있을까? 예전에 만났던 그 목소리를 가진 여자는 무수한 여자들로 증식되었는데……. 그런데 이들이 지닌 신성함은 이들이 행한 말들과 행동들 속 어디쯤에 있는 걸까? 한낱 미물조차도 지성을 통해서는 얻을 수 없는 지식의 그림자를 갖고 있다. 눈 먼 것들의 지성. 하나의 바위가 흔들리다가 다른 바위에 부딪혀, 그것이 바다로 떨어져 물고기를 죽이게 되었을 때 그 바위가 지닌 힘. 이따금 그런 힘은 그녀의 숙모나 아르만다처럼 약간만 어머니이며 아내인 여자들, 남자들이 소유한 소심한 여성들에게서도 찾아볼 수 있다. 하지만 그 강인함은, 하나로 뭉친 나약함은……. 아니, 어쩌면 그녀가 과장하고 있는 건지도 모른다. 어쩌면 여자들의 신성성은 특별한 게 아니라 그저 그들의 존재라는 사실 안에 담겨 있는 건지도 모른다. 그래, 그래, 그게 진실이야: 그들은 다른 사람들보다 더 많이 존재한다. 그들은 사물 그 자체에 내재된 상징이다. 또한 그녀는 이런 것도 발견했다. 여자는 그 자체로 신비라는 것. 여자들에겐 가공되지 않은 원료와 같은 특성이 있으며, 그것은 언젠가 그 형태를 드러낼 수는 있으되 결코 실현되지는 않는다. 그것의 진정한 본질은 '되어가는 것'이니까. 바로 이 과정을 통해 과거가 미래를 비롯한 모든 시간들과 합쳐지는 게 아닐까?

리디아와 주아나는 긴 침묵에 빠져들었다. 그들은 함께 있다는 느낌을 받지 못했고, 서로 쳐다보기만 하다가 헤어지려고 만난 것처럼 말을 필요로 하지 않았다. 그들 둘이 싸우고 있지 않다고 느꼈을 때, 그 상황

야생의 심장 가까이

의 기묘함은 더 분명해졌다. 두 사람 다 마음속에서 조바심이 일었고, 완수해야 할 의무는 여전히 남아 있었다. 주아나는 갑자기 신물이 나서 그 의무를 밀어냈다.

"그럼," 그녀 자신의 어조가 불쾌하게 그녀를 깨웠다. "이 만남은 끝난 것 같네요."

리디아는 깜짝 놀랐다. 하지만 어떻게? 아직 아무 말도 안 했는데! 그녀는 마무리되지 않은 게 있다는 사실이 마음에 걸렸다.

"우린 아직 아무 말도 안 했는데……. 우린 대화를 해야만 하는데……."

주아나는 미소 지었다. 미소를 지으며 행동에 들어갔다. 힘은 없었지만—지쳤으니까—그녀에게 깊은 인상을 남길 수 있도록. 그런데 내가 무슨 이상한 생각을 하고 있는 거지?

주아나가 말했다. "우리를 만나게 만든 이유에서 멀어졌다는 생각 안 들어요? 그러니 지금은 거기에 대해 이야기한들 관심이나 열정이 없는 대화가 될 거니까……. 다른 날로 미루도록 해요."

순간 그 남자의 모습은 윤기를 잃었고, 때에 맞지 않는 존재가 된 듯했다. 하지만 리디아는 주아나가 사

라지자마자 그 여자로 인해 자신이 깨어날 것임을 알아
차렸다. 행동하려는 욕망을 앗아 가는 타성으로부터.
감각이 없는 상태로부터. 그렇게 다시 깨어난 자신은
아이를 원하게 될 터였다. 작은 가족을. 그녀는 그 졸린
상태에서 벗어나기 위해, 눈을 뜨고 싸우기 위해 안간
힘을 다했다.

　　"이 기회를 놓치는 건 말도 안 돼요……."

그래, 이 기회를 최대한 이용하자. 최대한 이용하자. 파
티를 위한 준비를 너무 많이 해서 기운이 없어. 주아나
는 다시 웃었다. 기쁨 없는 웃음.
　　"난 당신에게 아무것도 기대할 수 없다는 걸 알아
요." 임신한 리디아가 갑자기 힘차게 말을 이었다. 해를
가린 구름이 걷히고, 모든 것들이 다시 눈부시게 빛나
며 생명력을 내뿜었다. 주아나 역시 환해졌고, 해를 가
린 구름이 걷히는 걸 보았고, 세상 만물이 아이들처럼
손에 손을 잡고 부드러운 원을 이루며 가볍게 끓어오르
는 소리를 들었다.
　　"난 당신을 잘 알아요." 리디아가 계속해서 말했다.
차분한 그녀의 말들은 활기 없이 호수에 떨어져, 아무
런 성과 없이 밑바닥에 가라앉았다.

하지만 그녀는 깨어나려는 마지막 시도로 갑자기 자기 자신을, 자신의 임신을 떠밀었다:

"난 당신을 알아요. 당신의 악함이 얼마나 뿌리 깊
은 건지 알아요."

이제 방에 다시 활기가 돌아왔다.

"오, 그래요?"

그래, 방에 활기가 돌아왔어, 주아나는 깨어나며 생각했다. 내가 무슨 말을 하고 있는 거지? 어떻게 내가 감히 여기 온 거지? 난 멀리, 아주 멀리에 있다. 사람들이 나와 같을 수 없다는 건 이 여자만 봐도 알 수 있다. 갑자기 금속 칼날이 그녀의 심장에 닿았다. 아, 질투, 그녀를 천천히 짓이기는 차가운 손, 그녀를 쥐어짜고 영혼을 좀먹는 그것은, 질투였다. 내게 다음과 같은 일이 일어나려고 한다: 나는 곧잘, 특정한 움직임을 통해, 스스로 하나의 선線이 될 수 있다. 바로 그거다! 나는 빛의 선이 되고, 그리하여 내 옆에 있는 사람은 결국 혼자가 되므로, 나를, 나의 결함을 붙잡을 수 없다. 반면, 리디아에겐 몇 개의 면들이 있다. 몸짓에 따라 다른 면이 드러난다. 그녀 옆에선 아무도 미끄러지거나 길을 잃지 않는다. 그녀의 가슴—진지하고 평온하며 창백한 그녀의 가슴, 반면 나의 가슴은 너무도 무익하다—아니면 배, 아이까지 가질 수 있는 그 배에 안전하게 자리할 수 있으니까. 그 중요성을 과장하지는 말자. 아이는 모든 여자들의 배에서 생겨날 수 있으니까. 하지만 그 모든 여자 중에서도 그녀는 얼마나 사랑스럽고 여성스러운가. 얼마나 평온한 원료인가. 허공 속에는 뭐가 있지? 나는 혼자다. 리디아의 큼직한 입술, 서두름 없는 선을 지닌 그 입술은 옅은 색 립스틱으로 아주 잘 칠해져 있지만, 내 립스틱은 어둡고, 늘 선홍색, 선홍색, 선홍색이고, 내 얼굴은 희고 야위었다. 어쩌면 리디아의 갈색 눈, 그 커다랗고 고요한 눈은 줄 것은 없는 채로 너무도 많은 걸 받아들였고, 그래서 아무도 그 눈에 저항할 수 없는지도 모른다. 오타비우는 더더욱 그럴 테고. 나는 깃털로 덮인 생물체이고, 리디아는 털로 덮인 생물체이며, 오타비우는 무방비 상태로 우리 사이에서 길을 잃었다. 어떻게 그가 나의 광휘와 날 수 있다는 약속을, 그리고 이 여자의 확실성을 피할 수 있겠는가? 우리 둘은 단결하여 인간을 공급할 수 있다. 우리는 아침 일찍 집집마다 찾아다니며 초인종을 누르고: 어떤 게 좋으세요: 내 것 아니면 그녀의 것? 그러고는 각자

야생의 심장 가까이

작은 아이를 낳는 것이다. 나는 오타비우가 리디아와의 관계를 끊지 않은 이유를 이해한다: 그는 앞으로 걸어가는 사람들의 발밑에 언제나 기꺼이 무릎을 꿇는다. 그는 산을 볼 때면 그 확고함만을 인식하고, 여자를 볼 때면 자신이 머리를 기댈 수 있는 커다란 가슴을 생각한다. 그토록 자신감에 찬 그녀에 비해 나는 얼마나 빈약한가. 나는 환히 빛나며 잠깐 경이로워지지만, 그렇지 않을 때는 장막에 가리어 모호해진다. 리디아는, 그 정체가 무엇이건, 한결같이 밝은 토대를 지닌 변치 않는 존재다. 나의 손과 그녀의 손. 나의 손—스케치 같고, 고독하며, 슬픔의 흰 페인트를 묻힌 붓을 부주의하고 성급하게 딱 한 번 놀린 듯 선들이 앞뒤로 튀어나와 있다, 나는 늘 그 두 손을 이마 쪽으로 들어올려, 늘 허공에 두려 한다, 오 나는 얼마나 무익한가, 그걸 이제야 안다. 리디아의 손—윤곽이 뚜렷하고, 예쁘며, 장밋빛 도는 노르스름한 색깔의 유연한 피부로 덮여 있고, 내가 어딘가에서 본 꽃 같고, 사물들 위에 얹혀 있고, 목표와 지혜로 가득하다. 나는 온통 헤엄치고, 떠돌고, 나의 신경은 존재하는 것들과 충돌한다. 나는 하나의 욕망, 분노, 활력처럼 손에 잡히지 않는 기운에 지나지 않는다. 기운? 하지만 내 힘은 어디에 있지? 부정확성에. 부정확성, 부정확성……. 그리고 나는 삶을 거기에, 현

리디아   *227*

실이 아니라 그 부정확성에 가져다 넣는 것이다. 그저
앞으로 나아가려는 모호한 충동에 생기를 불어넣기 위
해서. 나는 리디아의 경외심을 불러일으키고 싶다. 이
대화가 더욱 기이하고도 섬세한 곳을 향해 미끄러지도
록 만들고 싶다. 아니, 그래, 아니, 안 될 게 뭐야? 그녀
는 문득 오타비우가 진지하고 순수한 표정으로 커피를
식히기 위해 휘젓기도 하고 입으로 불기도 하던 모습을
떠올렸다. 리디아를 놀라게 하자, 그래, 그녀를 끌어들
이자…… 기숙 학교 시절처럼. 갑자기 자신의 힘을 시
험해 보고 싶어지고, 동시에 평소엔 거의 말도 안 하고
지내던 급우들의 감탄을 지어내고 싶어졌던 그 순간처
럼. 그럴 때면 그녀는 냉정하게 연기를 하며 이야기를
지어냈고, 마치 복수라도 하듯 환히 빛났다. 침묵 속에
숨어 지내던 그녀는 싸우기 위해 걸어나왔다:

"저 남자 좀 봐……. 그 사람은 아침에 우유를 탄 커
피를 마셔, 아주 천천히, 커피 잔에 빵을 적시고,
커피가 뚝뚝 떨어지는 빵을 뜯어먹고, 그 다음엔
무겁게, 슬프게 일어나……."

급우들은 아무 남자도 볼 수 없었는데도 보았고, 처음
엔 거기에 놀라서 일부러 거리를 두었지만, 그래도……

그 얘기는 신기할 정도로 정확했다! 그들은 실제로 식탁에서 일어나는 남자를…… 빈 잔을…… 파리 몇 마리를 보았다……. 주아나는 시간을 끌면서 이야기를 이어 갔고, 그녀의 두 눈은 불타올랐다.

"그리고 다른 남자……. 그는 밤에 힘들게 구두를 벗어서, 옆으로 던져 놓고, 한숨지으며 말하지: 중요한 건 낙담하지 않는 거야, 중요한 건 낙담하지 않는 거야……."

그러면 약한 아이들은 이미 그녀의 이야기에 지배되어 미소 지으며 웅얼거리곤 했다: 정말 그래……. 너 그걸 어떻게 알았니? 다른 아이들은 주저했다. 하지만 그들도 결국 주아나를 둘러싸고 그녀가 뭔가 다른 걸 보여 주기를 기다렸다. 이때쯤이면 그녀의 몸짓들은 가볍고 열성적이었으며, 점점 더 영감에 차올라 급우들 모두를 감동시켰다.

"저 여자 눈을 봐……. 동그랗고, 투명하고, 떨리고 있어, 떨리고 있고, 느닷없이 눈물 한 방울이 툭 떨어질 듯……."

"그리고 저 표정은 어때?" 가끔 주아나는 학교 복도에서 특정한 책들을 읽는 여자애들에게서 갑작스레 솟아난 수줍음을 발견하고는 더욱 대담해졌다. "저 표정은 어때? 어디서든 기쁨을 찾으려는 사람의……."

급우들은 웃었지만, 약간 불안하고 고통스러우며 불편한 무언가가 서서히 그 장면에 끼어들곤 했다. 결국 그들은 너무 많이 웃어서 신경질적이고 불만스런 상태가 될 터였다. 주아나, 스스로 열광한 그녀는, 자신을 넘어서서, 가벼운 채찍 소리처럼 신랄하고 날카로운 재치가 가득한 말로 소녀들을 멋대로 주물렀다. 마침내 완전히 빠져든 그들이 그녀의 눈부시고 숨 막히는 공기를 들이마실 때까지. 그러다 갑자기, 만족한 주아나는 건조한 눈빛으로, 승리감에 온몸을 떨며 이야기를 멈췄다. 멸시당한 급우들은 빠르게 물러서는 주아나의 경멸을 느끼며, 마치 당황했을 때처럼 풀이 죽고 처졌다. 그들이 서로에게 싫증이 나서 흩어지기 전에 한 아이가 이렇게 말했다.

"주아나는 쾌활해지면 정말 못 말린다니까……."

리디아는 얼굴을 붉혔다. 주아나의 "오, 그래요?"가 너무도 퉁명스럽게, 산만하고 별나게, 리디아 자신의 감정과는 너무도 동떨어진 것처럼 들렸던 것이다.

"상관없어요, 상관없어." 주아나는 그녀에게 확신을 주려고 애썼다. "당신은 악이란 게 뭔지 모르는 게 분명하니까요. 그러니까, 당신은 아이를 낳게 될 거고……." 그녀는 말을 이었다. "오타비우를, 아버지를 원하는군요. 이해할 수 있어요. 당신이 아이를 부양할 수 있도록 일자리를 갖는 게 어때요? 당신은 방금 나의 악에 대해 말했지만, 그럼에도 분명 나한테 커다란 선을 기대하고 있어요. 하지만 사실 난 선이 구역질 나요. 일자리를 갖는 게 어때요? 그럼 오타비우가 필요하지 않을 테니까. 난 당신에게 모든 걸 허락할 생각이 없어요. 하지만 먼저 오타비우와의 관계에 대해 말해 봐요. 어떻게 그가 당신에게 돌아오게 만들 수 있었는지 말해 봐요. 아니, 그보단: 그가 나를 어떻게 생각하는지 말해 봐요. 두려워 말고 얘기해요. 내가 그를 많이 불행하게 하나요?"

"모르겠어요. 우린 당신 얘긴 안 해요."

그럼 난 혼자였나? 고통에서 잉태된 이 행복은 과연 어떠한가, 내 살을 일그러뜨리는 칼날, 이 차가움은 질투다, 아니, 이 차가움은 이런 것이다: 오, 너 여기까지

왔니? 그럼 그만 돌아가 줘. 하지만 이번엔 다시 시작
하지 않을 거야, 맹세코, 아무것도 다시 만들지 않을 거
야, 저 멀리, 길이 출발하는 곳에 있는 바위처럼 저 뒤
쪽에 남을 거야. 무언가가 나와 함께 비틀거리고 있어,
비틀비틀, 나를 어지럽게 해, 어지럽게 해, 그러고는 나
를 출발하는 곳으로 차분히 되돌려 놓지.

그녀는 리디아에게 말했다.

"그건 불가능해요……. 그는 그렇게 쉽게 스스로를
해방시키지 않을 거거든요."

"하지만 그는 어떤 면에서는 당신을 증오해요!" 리디아
가 외쳤다.

뭐 그렇다면야.

"당신도 그걸 느끼나요?" 주아나가 물었다. "그래
요, 그래……. 그건, 아무튼, 단순한 증오만은 아니죠."
어젯밤, 나의 애정, 그건 상관없어, 내 마음 깊은 곳에
서는 내가 혼자라는 걸 알고 있었고, 또 난 속지도 않았
어, 왜냐하면 알고 있었으니까, 알고 있었으니까. "만
약 그게 두려움이기도 하다면요?"

"두려움? 무슨 말인지 모르겠네요." 리디아가 놀라
며 말했다. "무엇에 대한 두려움이죠?"

"어쩌면 내가 불행하기 때문에, 거기에 가까워지는 데 대한 두려움. 어쩌면 그거겠죠: 함께 고통받아야 한다는 두려움……."

"불행해요?" 리디아가 조용한 음성으로 물었다.

"하지만 겁낼 것 없어요. 불행은 악과 관련이 없으니까." 그러면서 주아나는 웃었다.―그 다음엔 어떻게 되었더라? 난 여기 있지 않다, 난 여기 있지 않다, 어떻게 되었더라, 그 피로감, 나는 울면서 떠날 수 있기를 바란다. 안다, 나도 알아: 나는 단 하루라도, 리디아가 부엌에서 거실로 걸어가는 걸 지켜보고, 그 다음엔 그녀 옆에 앉아 점심을 먹어 보고 싶다. 난방이 들어오지 않는 조용한 방에서―파리 몇 마리, 나이프와 포크 부딪치는 소리―, 꽃무늬가 있는 커다랗고 낡은 가운을 입은 채로. 그 다음엔, 오후에, 그녀가 바느질하는 모습을 지켜보면서 이것저것, 가위며 실이며 그녀를 거들어 주고, 목욕과 저녁 식사 시간을 기다리는 것이다. 그러면 좋을 것이다. 발전적이고 신선할 거야. 혹시 내게 늘 조금씩 모자랐던 게 바로 이런 거였을까? 그녀는 왜 늘 힘이 넘칠까? 내가 바느질로 오후를 보낸 적이 없다고 해서, 그 사실이 나를 그녀보다 하등한 위치에 가져다 놓지는 않을 것이다. 안 그래? 맞아, 아니야, 그렇다, 아니다. 나는 내가 무얼 원하는지 안다: 가슴이 큰 못생기고 깨끗한 여자, 나에게 이렇게 말하는 여자: 이 야기를 지어낸다는 게 도대체 뭔가요? 난 드라마 같은 거 안 써요. 당장 이리로 와요!—그렇게 그녀는 나를 따뜻한 물에 목욕시키고, 흰 리넨 잠옷을 입힌 다음, 머리를 땋아 주고 침대에 뉘며 몹시 화가 나서 말한다: 도대체 원하는 게 뭐예요? 그렇게 멋대로 굴고, 식사 시간도 불규칙하고, 그러다 병나요, 비극적인 이야기도 그만 지어내요, 당신은 자기가 아주 대단한 줄 알죠, 이 따끈한 수프 좀 마셔요. 그녀는 손으로 내 머리를 들어 올리고, 커다란 시트를 덮어 주고는, 이미 하얘지고 신선해진 내 이마 위에 흩어진 머리칼 몇 올을 쓸어 넘기고, 내가 잠들기 전에 따스하게 말한다: 당신 얼굴에 금세 살이 오를 테니까, 그런 무모한 생각들은 잊어버리고 착해져야 해요. 나를 불쌍한 개처럼 받아 주는 사람, 나에게 문을 열어 주고, 빗질해 주고, 먹여 주고, 개처럼 엄격하게 사랑해 주는 것, 내가 원하는 건 그게 전부다, 개처럼, 아이처럼.

"그와—결혼하고 싶어요? 정식으로?" 주아나가 물었다.

리디아는 그 물음에 빈정거림이 들어 있는지 알아내려고 그녀를 흘끗 보았다.

"그래요."

"왜죠?" 주아나가 놀라서 물었다. "결혼으로 얻는 게 없다는 걸 모르겠어요? 당신은 결혼이 주는 걸 이미 다 가졌잖아요." 리디아가 얼굴을 붉혔다. 하지만 나는 평범하고 못생기고 깨끗한 여자가 아닌 걸. "당신은 분명 평생 결혼을 원하면서 살아왔겠죠." 리디아는 순간적으로 반발심을 느꼈다. 아픈 데를 찔린 것이다. 차갑게.

"그래요. 모든 여자가……." 그녀는 수긍했다.

"난 안 그래요. 난 결혼하겠다는 생각을 해 본 적이 없으니까요. 웃기는 건 아직도 내가 결혼하지 않았다고 확신한다는 거예요……. 난 이런 믿음을 갖고 살았어요: 결혼은 종말이며, 결혼한 후에는 내게 아무 일도 일어날 수 없다. 상상해 봐요. 늘 누가 곁에 있고, 고독이란 걸 모르고 사는 거죠. ─세상에! ─자신과 함께 있지 못하는 거예요, 언제나, 항상. 결혼한 여자가 된다는 건, 이미 다 계획된 운명을 가진 사람이 되는 거예요. 그때부터 할 일이라곤 죽음을 기다리는 것뿐이죠. 난 이렇게 생각했어요: 불행할 자유조차 남지 않는다. 다른 사람을 옆에 끌고 다녀야 하니까. 늘 나를 관찰하고,

세심하게 살피고, 나의 일거수일투족을 지켜보는 사람이 있으니까. 삶의 권태조차도 혼자일 때 간절하게 생겨난다면 아름다울 수 있다—난 그렇게 생각했죠. 하지만 부부로 살면, 날마다 별다른 맛이 안 나는 똑같은 빵을 먹고, 다른 사람의 패배에서 자신의 패배를 보고……. 게다가 다른 사람의 습관들 속에 반영된 자신의 습관들이 지닌 무게, 공동의 침대와 공동의 식탁과 공동의 삶과 공동의 죽음을 준비한다는 것의 무게……. 난 늘 이렇게 말해 왔어요: 절대 안 해."

"그럼 왜 결혼했어요?" 리디아가 물었다.

"모르겠어요. 내가 아는 건, 이런 특별한 경우에는 '모르겠다'가 모른다는 걸 뜻한다기보다는, 일종의 배경 같은 거라는 것뿐이에요." 나는 지금 화제에서 벗어나고 있으며, 곧 그녀는 내가 너무나 잘 아는 그 시선을 보낼 거야. "물론 난 결혼하고 싶어서 결혼한 거예요. 오타비우가 나와 결혼하고 싶어 했으니까요. 바로 그거예요, 그거: 답을 찾았어요: 그는 내게 결혼하지 않고 그냥 함께 사는 것 말고 다른 걸 제안한 거예요. 사실 어느 쪽을 택했더라도 다를 건 없었겠죠. 그리고 난 그에게 푹 빠져 있었어요. 오타비우는 잘생겼잖아요,

안 그래요? 그래서 다른 생각은 하지 않았어요." 잠시
멈춤. "당신은 어떻게 그를 원하나요: 몸으로?"

"그래요, 몸으로." 리디아가 더듬거리며 말했다.

"그게 사랑이죠."

"당신은요?" 리디아가 용기를 내어 물었다.

"그다지."
"하지만 그 사람 말로는 그 반대로……."

리디아는 말을 뚝 끊었다. 그녀는 주아나를 세심하게
살펴보았다. 너무도 미숙해 보였다. 그녀는 사랑에 대
해 너무도 단순하고 명쾌하게 이야기했으며, 그건 분
명 아직 사랑을 통해 깨달은 것이 없기 때문일 터였다.
그녀는 아직 사랑의 그림자들 속으로 들어가지 않았고,
그 심오하고 은밀한 변형들을 느끼지 못한 것이다. 그
렇지 않았다면 그녀도 리디아처럼 넘치는 행복을 거의
부끄럽게 여기고, 사랑의 문간에 서서 사랑이 차가운
빛에 시들어 죽지 않도록 지킬 것이다. 그럼에도 주아
나의 저 활기…… 그녀가 오타비우를 통해 이해한……
주아나의 안에는 생명력이 들어 있다는 사실…… 하지

만 주아나의 사랑은 심지어 그녀 자신에게조차 은신처를 제공하지 못한다는 걸, 리디아는 감지했다. 미숙하고, 꼿꼿하고, 때 타지 않은 그녀는 처녀로 보일 수도 있었다. 그녀를 바라보던 리디아는 저 얼굴 속에서 그토록 동요하면서도 또 그토록 또렷한 게 대체 무엇인지, 스스로에게 설명해 보려고 애썼다. 다만 사랑은 그녀를 심지어 사랑과도 연결시켜 주지 않았다는 것, 거기에는 의심할 여지가 없었다. 반면에 그녀 자신, 리디아는 거의 첫 키스 직후에 여자가 되었다.

"그래요, 그래, 하지만 그렇다고 달라지는 건 없어요." 주아나가 평온하게 말을 이었다. "나 또한 그를 원하니까요. 당신보단 차갑게, 한 마리의 동물, 한 남자로서의 그를 원하죠." 그녀도 오타비우처럼, 두려움에 차고 아연실색하면서도 숭배하는 태도로 나를 바라보게 될지 궁금해—오, 당신은 어려운 이야기를 하니까, 단순한 순간에 거창한 이야기들을 꺼내니까, 나 좀 봐 줘, 살려 줘. 하지만 이번엔 내 잘못이야. 내가 무슨 말을 하려고 한 건지 모르겠으니까. 이런 식으로 나가면 그녀를 이기긴 하겠지만 말이야.

리디아가 주저하며 말했다.

"그게 사랑보다 더한 거 아닐까요?"

야생의 심장 가까이

"어쩌면." 주아나가 놀라며 말했다. "중요한 건 그게 더 이상 사랑이 아니란 거죠." 갑자기 지친 기분이 든다. 그 거창한 '무엇을 위해'가 나를 끌어들이고, 나는 내가 뭔가를 말하리라는 걸 안다. "오타비우를 가져요. 그의 아이를 낳고, 행복하게 살고, 나 좀 내버려 둬요."

"지금 당신이 무슨 말을 하고 있는지 알아요?" 리디아가 외쳤다.

"그래요, 물론."

"당신은 그를 좋아하지 않고……."

"좋아해요. 하지만 난 내가 좋아하는 사람들과 사물들을 어떻게 해야 하는지 모르겠어요. 가끔은 내가 좋아하는 것들이 나를 짓눌러요. 어렸을 때부터 그랬어요. 어쩌면 만일 내가 진짜 몸으로 그를 좋아했다면…… 내가 더 신경 썼다면……." 맙소사, 이건 속내를 털어놓는 거잖아. 이제 난 이렇게 말할 것이다: "오타비우가 나에게서 도망치는 건 내가 그 누구에게도 마음의 평화를 가져다주지 않기 때문이죠. 난 언제나 다른 사람들에게 똑같은 이정표가 되어 줘요. 그들이 이렇게 말하도록 만들죠: 내가 눈이 멀었던 거야. 내가 가진 건 평화가 아니었어, 그리고 난 지금 평화를 원해."

"그렇다고 해도…… 내 생각엔…… 아무도 불평할
순 없죠……. 오타비우조차도…… 나조차도……." 리디
아는 설명하지 못했고, 점점 멍해졌다. 그녀의 손은 어
디에도 얹혀 있지 않았다.

"뭘요?"

"모르겠어요." 그녀는 주아나를 보면서, 몹시 흥미로워
하며 머리를 움직이고 있는 주아나의 얼굴에서 무언가
를 찾으려 했다.
"뭘 말이에요?" 주아나가 다시 물었다.

"잘 모르겠어요."

주아나는 살짝 얼굴을 붉혔다.

"나도 그래요. 난 내 마음 깊은 곳까지 파고들어 본
적이 없어요."

무언가 말해졌다.
주아나는 창가로 걸어가서 정원을 내다보았다. 거
기서 리디아의 아이가 놀게 될 터였다. 지금 리디아의

뱃속에 있는 아이, 리디아의 젖을 먹게 될 아이, 리디아가 될 아이. 아니면 오타비우가, 익지 않은 과일이 되려나? 아니, 리디아일 거야. 자신을 유전시키는 사람. 만일 누군가가 그녀를 반으로 쪼갠다면 그녀는—싱싱한 잎을 따는 소리를 내며—벌어진 석류처럼 보이리라. 건강하고, 분홍빛을 띠고, 눈알은 맑아서 반투명하게 보이리라. 그녀의 삶을 이루는 토대는 시골에 흐르는 개울처럼 유순했다. 그리고 그 시골에서 리디아 자신은 풀 뜯는 동물처럼 차분하고 자신 있게 움직였다. 주아나는 그녀를 오타비우와, 온 삶이 개인적인 수준의 편협한 모험에 지나지 않는 그 사람과 비교해 보았다. 그리고 자신과도 비교했다. 타인을 자신의 커다랗고 빛나는 실루엣을 드리울 시커먼 배경으로 이용하는 사람. 리디아의 시: 주여, 오직 이 침묵만이 저의 기도입니다, 저는 달리 무슨 말을 해야 하는지 모릅니다, 저는 더 많은 것들을 느끼고자 침묵하는 일이 무척 행복합니다, 침묵 속에서 제 안에 가볍고 가녀린 거미줄이 생겨나고, 삶에 대한 이 가녀린 무지함이 제게 삶을 허락해 주나니. 아니면 그 모든 게 거짓말일까? 오, 세상에, 그녀는 행동이 가장 필요한 순간에 쓸데없는 생각에 빠져 있었다. 분명 모두 거짓말이었고, 심지어 리디아는 그녀의 상상보다 훨씬 덜 순수할 수도 있었다. 하

지만 그럼에도 그녀는 리디아의 곁에 머물기 위해 말을
줄였고, 본의 아니게 약간 힘주어 리디아를 바라보았
고, 그렇게 리디아가 자기 자신을 알아차리게 만들었
다. 그녀를 보존하자. 그녀의 색깔을, 그 소중한 목소리
를 변형시키지 말자.

　"그가 그 노인과의 일을 이야기해 줬어요……. 당신
이 너무도 늙은 그 노인에게 책을 던졌다고……. 전에는
이해했는데, 지금은 당신이 어떻게 그럴 수 있었는지
모르겠어요……." 리디아가 말했다.

　"하지만 사실이에요."

리디아는 입이 살짝 벌어진 채 그녀를 바라보며 기다렸
다. 갑자기 주아나는 그 여자와 싸우고 싶지 않다는 걸
분명하게 느꼈다. 그녀는 혼란에 빠져 고개를 저었다.
그녀의 얼굴이 해체되며 흔들렸고, 이목구비는 표정을
찾기 위해 머뭇거렸다.

　"난 무슨 목적을 갖고 그랬던 게 아녜요, 알겠어
요? 아니, 아니라고요……." 그러나 리디아는 여전히
불안감에서 벗어나지 못했고, 그 얼굴은 빠르게 씰룩
이며 경련을 일으켰다. "내가 왜 당신을 속이려 하겠어
요? 아니, 내 말은 그런 뜻이 아니라, 그런 뜻이 아니

라……."

리디아는 갑자기 아무 망설임 없이 큰소리로 흐느꼈고, 그건 주아나가 예기치 못했던 일이었다. 그녀는 아이를 가졌고, 동요한 상태야, 하고 주아나는 생각했다. 리디아가 천천히, 힘겹게 말했다.

"다른 여자에게서 오타비우를 빼앗는 거라면 괜찮을 거예요. 하지만 난 당신이 어떤 사람인지 몰랐어요……. 당신은 아무나가 아니라, 나 같은 사람이 아니라 너무나도…… 너무나도 선하고…… 너무나도 숭고하고……."

주아나는 흠칫 놀랐다. 아, 내가 그걸 위해 애쓰고 있었구나: 난 용케 숭고해졌어……. 옛날처럼……. 아니, 완전히 옛날처럼은 아냐, 내가 억지로 상황을 만든 게 아니니까. 이 칼날이 내 몸을 일그러뜨리고 소름을 돋게 하는 와중에 어떻게 그럴 수 있겠어? 이마의 깊은 주름이 이토록 선명하니, 나 자신을 환한 빛 속에 두지 말자. 적당한 수준의 빛과 그림자를 찾아. 나를 살쪄 보이게 하고, 내 립스틱을 오래된 핏자국처럼 거무스름하게 만들고, 머리카락 아래의 내 얼굴을 하얗게 만들어주는……. 금속 칼날이 다시 내 심장에 파고든다. 내가 떠나고 나면 그녀는 내게 경외감을 느끼는 동안에만 나를 경멸할 것이다. 나는 잠깐 동안 경이로워진다……. 신神, 신……. 나는 달리듯 걷고, 무아지경에 빠지고, 내 몸은 날아가고, 머뭇거리고…… 어디로 가지? 희박한 본질이 겁먹은 채 공기 속을 떠돌고 있어, 나는 가까스로 그걸 손에 넣으니, 그 순간은 마치 아이의 울음에 선행하는 순간 같다. 그날 밤, 언제인지는 알 수 없는 그때, 계단이 있었고, 부채들이 움직였고, 부드러운 빛들은 각자의 감미로운 빛살들을 마치 관대한 어머니의 고갯짓처럼 흔들었고, 한 남자가 저 지평선에서 나를 바라보고 있었고, 나는 낯선 사람이었고, 하지만 어쨌거나 나는 승리를 거두었다. 설령 그것이 무언가를 멸시하는 일이라 해도. 모든 것들이 조용히 서로를 맞물더니 부드럽게 미끄러져 갔다. 끝을 향해 가고 있었다―무엇의 끝? 고귀하고 나른한 그 계단의 끝, 경사가 진, 자신의 길고 빛나는 팔을 흔드는, 아름답고 긍지에 찬 그 난간, 그 밤의 끝―. 방 한가운데로 미끄러져 들어갈 때, 나는 공기 방울처럼 부드러워져 있었다. 그리고 갑자기, 천둥처럼 강하지만 고요한 공포처럼 고요한, 그리고, 갑자기, 한 발짝 더 나아간 나는 앞으로 더 나아갈 수가 없었다! 내 시폰 드레스 단은 구겨졌고, 몸부림쳤고, 뒤틀렸고, 가구의 날카로운 모서리에 걸려 찢긴 채 거기 남아서, 나의 아연실색한 시선 아래 당황해 떨면서 숨을 헐떡였다. 그리고 갑자기 사물들이 단단해졌고, 오케스트라는 뒤틀린 소리들을 쏟아냈다가 금방 조용해졌으며, 의기양양하면서도 비극적인 무언가가 공기 중을 떠돌았다. 나는 내 안의 깊은 곳에 아무런 놀라움도 남아 있지 않음을 발견했다: 그곳을 향해 천천히 다가오던 온 만물이 불현듯 자신들의 원래 자리를 향해 쏟아지듯 날려 가 버렸던 것이다. 나는 치맛단이 찢긴 채 곤궁에 빠진 내 불쌍한 드레스와 함께 울면서 도망치고 싶었다. 이제 빛들은 힘차고 당당하게 빛나고, 부채들은 저 눈부시고 약삭빠른 얼굴들의 베일을 벗기고, 저 멀리 지평선에서 남자가 내게 미소를 보내고, 난간이 눈을 감고 물러서며…… 아무도 더 이상 거짓말을 할 필요가 없었다. 이미 난 모든 걸 알고 있으니까! 이제 나도 다른 상태 속으로 뛰어들 것이다. 왜? 왜? 나는 이곳을 떠나고, 나는 집으로 가고, 내 드레스는 갑자기 찢어지고, 오케스트라가 날카로운 비명을 내지르다 갑자기 침묵하는 걸 듣고, 모든 음악가들은 연단 위에 죽어 누워 있다, 커다란 홀, 분노한 채 텅 빈 그곳에. 찢어진 부분을 똑바로 쳐다보렴. 그러나 나는 고통이 오케스트라가 내지르는 비명처럼 터져 오를까 봐 늘 두려워해 왔었다. 내가 어디까지 다다를 수 있

리디아   *245*

는지 아는 타인은 아무도 없다. 그때 나는 마치 하나의 창작물이 된 것 마냥 의기양양해 하고: 그게 바로 특정한 단계의 고통을 통해 얻을 수 있는 초인적인 힘의 느낌이다. 하지만 조금만 지나고 나면 그게 힘인지, 아니면 절대적인 무력감인지 알 수 없게 된다. 마치 당신의 몸과 뇌가 손가락을 움직이고 싶어 하는데도 그게 불가능할 때 느낄 법한 무력감처럼. 아니, 그저 불가능하기만 한 게 아니다: 그때는 모든 것들이 동시에 울고 웃는다. 아니, 그런 상황은 내가 만들어 내는 게 아니다. 그래서 그토록 놀라워하는 것이다. 왜냐하면 경험하기를 원하는 나의 갈망은 이 차가운 금속이 나의 따스한 살, 어제의 애정을 통해 마침내 따스해진 살 속을 파고들도록 만들지는 않을 테니까. 오, 자기 자신을 순교자로 만들지 말지어다: 너는 자신이 이 상태 속에 오래 머무르지 않으리라는 걸 안다: 너는 다시 삶의 고리들을 열고 닫을 것이며, 그것들을 내던지고, 시들고…… 그 순간 역시 지나갈 것이다. 설령 리디아가 오타비우를 요구하지 않았다 해도, 오타비우가 나와 결혼한 후에도 그녀를 떠나지 않았다는 사실을 내가 알아내지 못했다 해도 말이다. 나는 고통이 주는 이 위협에 어떤 달콤함을, 아이러니한 행복을 섞고 있지 않은가? 이 순간 나 자신을 사랑하고 있지 않은가? 오직, 나는 이곳을 떠날 때에야 내 드레스의 찢어진 곳을 바라볼 수 있도록 스스로를 놓아 줄 것이다. 아무 일도 일어나지 않았다. 어제 내가 거듭나기를 시작했고, 지금은 그걸 다시 물리고 있다는 점만 빼면 말이다. 그 이유는 이 여자의 마음이 상했기 때문이고, 그 이유는 이 여자가 오타비우의 아이를 기대하고 있기 때문이다. 여기서 무엇보다 중요한 건, 근본적으로는 아무것도 달라지지 않았다는 것이다. 이 모든 요소들은 이미 존재하고 있었으니까. 다만 거기에는 드레스의 찢어진 틈이 있었고, 그것은 무언가를 가리키고 있었고, 그리고 진짜로, 진짜로, 두통, 피로, 진짜로 온 만물이 그곳을 향해 다가오고 있었다.

"나도 아이를 가질 수 있어요." 그녀가 크게 말했다. 그녀의 목소리는 아름답고 맑았다.

"그래요." 리디아가 당황해서 웅얼거렸다.

"나도 가질 수 있어요. 안 될 게 뭐예요?"

"아니……."

"아니라고요? 하지만 그래요……. 당신에게 오타비우를 주겠어요. 지금은 아니고, 내가 원할 때. 나도 아이를 가질 거고 그 다음에 당신에게 오타비우를 돌려주겠어요."

리디아   247

"그건 말도 안 돼요!" 리디아가 외쳤다.

"왜요? 두 여자를 갖는 게 말도 안 되는 일인가요?
그렇지 않다는 걸 당신도 잘 알잖아요. 임신하면
좋죠, 그럴 것 같아요. 그런데 임신 그 자체만으로
도 충분한가요, 아니면 좀 부족한가요?"

"기분이 좋아져요." 리디아가 눈을 뜨고 아주 느리게
말했다.

"좋아진다고요?"

"가끔 출산이 두렵기도 해요." 리디아가 기계적으로 대
답했다.

"두려워 말아요. 어떤 동물이건 새끼를 낳으니까.
당신은 순산할 거고 나도 그럴 거예요. 우리 둘 다
엉덩이가 크니까."
"그래요……."
"나는 삶이 내게 주어야 하는 다른 것들도 원해요.
왜 안 그렇겠어요? 당신은 내가 불임이라고 생각
해요? 천만에요. 아이를 원하지 않아서 안 가진

거예요.”

나는 아이를 안고 있는 기분을 느낄 수 있어, 주아나는
생각했다. 잠든 아이, 내 아이, 잠든 내 아이, 정말이야.
아이는 따스하고 나는 슬퍼. 하지만 그건 행복한 슬픔
이고, 마음이 차분해지고 벅차오르면서 평온하고 아득
한 표정이 되지. 그리고 내 아이가 나를 만질 때는, 그
아이는 다른 사람들처럼 내 생각들을 빼앗아 가지 않을
거야. 하지만 나중에, 이 연약하고 아름다운 가슴으로
젖을 먹이면, 그렇게 내 힘으로 자라난 내 아이는 자신
의 생명력으로 나를 부셔 버리겠지. 아이는 나에게서
거리를 둘 테고 나는 쓸모없는 늙은 어머니가 되겠지.
그래도 속았다는 기분을 느끼진 않을 거야. 나는 그저
패배할 거고, 이렇게 말할 거야: 난 아무것도 몰라, 난
아이를 낳을 수 있고 아무것도 몰라. 신은 나의 겸허함
을 받아들이고 이렇게 말하겠지: 나는 세상을 낳을 수
있고 아무것도 모른다. 난 신과, 그리고 예전에 만난 그
목소리를 가진 여자와 더 가까워지겠지. 아이는 내 품
속에서 움직일 거고 난 자신에게 말하겠지: 주아나, 주
아나, 좋구나. 다른 말은 안 할 거야. 내 품을 가득 채우
는 것, 그게 진실일 테니까.

리디아

그 남자

한 순간과 다음 순간 사이, 과거와 미래 사이, 그 틈새의 하얀 모호함. 원을 그리며 도는 시계의 분 표시 사이에 있는 공간처럼 비어 있는 것. 조용히 죽은 채로 드러나는 삶의 본질, 한 조각의 영원.

어쩌면 삶의 한 시기를 다른 시기와 가르는 건 고요한 찰나인지도 모른다. 심지어 찰나보다도 짧아서 그녀는 그걸 시간으로 분류할 수조차 없었지만, 동시에 그것은 무한히 뻗은 직선처럼 길었다. 깊은, 멀리서부터 다가오는—검은 새, 지평선에서 커져 가는 하나의 점, 끝에서 시작을 향해 던져진 공처럼 의식 쪽으로 가까이 다가오는 것. 그러고는 침묵의 중심부에서, 당황한 눈앞에서 폭발하고, 그때 단 하나의 소리만이 공기 속에서 진동할 때처럼 온전한 음정을 남기는 것. 그

야생의 심장 가까이

러고는 나중에 다시 태어났을 때, 그 음정에 관한 기묘
한 기억을 삶에 섞어 넣는 방법을 몰라 따로 간직해 두
도록 만드는 것. 그렇게, 자신을 현혹시킨 그 순수한 순
간을, 스스로를 드러낼 틈도 없이 순식간에 지나가 버
리는 그 작고 텅 빈 점을 영원히 지니고 다니게 되는 것
이다.

주아나는 리디아의 작은 정원을 건너다가 그것을
느꼈다. 그녀는 어디로 가야 할지 몰랐고, 그저 자신이
체험한 모든 것들을 뒤에 남기고 떠난다는 것만 알았
다. 그 집의 작은 대문을 닫을 때, 그녀는 리디아와, 그
리고 오타비우와 멀어져 다시 혼자가 되었고, 걸음을
옮겼다.

폭풍이 시작되었다가 잠잠해지더니 시원한 바람
이 부드럽게 순환했다. 그녀는 다시 언덕을 올랐고, 심
장은 여전히 멋대로 뛰었다. 그녀는 오후와 밤 사이의
시간에 그 길이 가져다주는 평화를 구하고 있었고, 보
이지 않는 매미 한 마리가 똑같은 노래를 속삭였다. 폐
허의 오래된 담벼락들은 습기로 가득했고, 바람에 민
감한 담쟁이와 덩굴식물에 점령당해 있었다. 그녀는
걸음을 멈췄다. 발소리가 사라지자 정적의 움직임이
들렸다. 오직 그녀의 몸만이 그 고요함을 방해하고 있
었다. 그녀는 자신이 존재하지 않는 그곳을 상상했고,

막 창조된 것처럼 연약한 생명을 지닌 것들과 섞여 있는 죽은 것들의 신선함을 감지했다.

요새처럼 고립되고 폐쇄된 높은 집들. 그 저택들 중 하나에 접근하려면 길고 그늘지고 조용한 거리를 지나야 했다. 세상의 끝. 그 바로 옆으로는 비탈이 하나 있었는데, 그건 다른 거리의 탄생이었으며, 그걸 알아챈 사람들은 거기가 끝이 아님을 깨달았다. 낮고 넓은 저택, 깨진 유리창, 내려진 베니션 블라인드, 수북이 쌓인 먼지. 부드러운 잡초 덤불과 붉은 장미와 녹슨 낡은 깡통들이 뒤섞인 그 정원은 매우 친숙했다. 그녀는 꽃을 피운 재스민 덩굴 아래서 빛바랜 신문이나 해묵은 접목에서 떨어진 축축한 나무토막들을 발견하곤 했다. 육중한 고목 사이에 내려앉은 참새들과 비둘기들이 늘 땅을 쪼아 대던 곳. 작은 새 한 마리가 날개를 쉬며 돌아다니다가 덤불 속으로 사라졌다. 잔해 속에서도 당당하고 멋진 저택. 거기서 죽어야지. 종말을 앞둔 자만이 저 집에 당도할 수 있다. 시체를 받아들이기에 적격인 그 축축한 흙 위에서 죽는 것이다. 하지만 그녀가 원하는 건 죽음이 아니었고, 또 약간의 두려움도 있었다.

검은 담장을 따라 가느다란 물줄기가 끊임없이 이어졌다. 주아나는 잠시 걸음을 멈추고 그걸 무심히 바라보았다. 언젠가 산책 중에 그곳의 작고 녹슨 문 옆에 앉아, 그 철문의 차가운 쇠창살에 얼굴을 기대고는 마당의 습하고 어두운 냄새 속으로 빠져들려고 애쓴 적이 있었다. 세속과 격리된 그 고요, 그 내음. 하지만 그건 오래 전 일이었다. 이제 그녀는 스스로 과거와 단절되었다.

그녀는 다시 걸음을 옮겼다. 리디아와의 대화가 가져다준 흥분의 열기는 더 이상 느껴지지 않았다. 그녀는 창백했고, 너무 피곤해진 나머지 이제 거의 가벼워졌으며, 이목구비는 더 섬세하고 순수해졌다. 그녀는 다시금 종말을 소망했다. 결코 그녀의 순간들을 완성시켜 주지 않을 종말. 그녀는 자신에게 불가피한 일이 닥치기를 바랐다. 양보하고 항복하고 싶었다. 이따금 그녀는 잘못된 방향으로 걸었고, 발걸음은 무거웠으며, 다리는 간신히 움직였다. 하지만 그녀는 더 이상 무너지지 않으려고 자신을 채찍질했다. 발에 짓밟혀도 겸허하게 되살아나는 황금빛 풀들을 내려다보았다.

그녀는 시선을 들어 그를 보았다. 자주 그녀를 따라오던 그 남자는 막상 그녀에게 접근한 적은 없었다. 이미 여러 번, 그녀는 오후 산책 중에 늘 같은 거리에서 그를 보아 왔었다. 그녀는 놀라지 않았다. 무언가가 어떤 식으로든 다가오리란 걸 알고 있었던 것이다. 칼날처럼 날카로운 것. 그래, 바로 지난밤, 오타비우 옆에 누운 채, 다음날 무슨 일이 일어날지 모르는 상태에서, 이 남자를 떠올렸었다. 칼날처럼 날카로운…… 먼 거리에서 그를 알아보려고 애쓰던 그녀는 약간의 어지러움을 느꼈고, 무수히 증식한 그의 형상들로 가득 채워진 길은 조금씩 떨리면서 본래의 형태를 잃었다. 시야를 가린 그 어둠은 곧 걷혔고, 그녀는 이마가 땀으로 촉촉이 젖은 채로, 조금 전과는 대조적으로, 인적 없는 기다란 길 위에서 길을 잃은 채 자신을 향해 걸어오는, 초라한 하나의 점이 된 그를 보았다. 그는 전에도 그랬듯이 그냥 그녀를 따라올 터였다. 하지만 피곤했던 그녀는 걸음을 멈췄다.

그 남자의 형상이 점점 더 가까워지며 커져 갔고, 주아나는 돌이킬 수 없는 상황 속으로 점점 더 깊이 빠져드는 듯한 기분을 느꼈다. 그녀는 지금이라도 물러설 수 있었다. 그를 피해 돌아서서 가 버릴 수 있었다. 그건 도망이라고 볼 수도 없지. 그녀는 그 남자의 겸허함을 감지했다. 그녀를 거기 꼼짝 못하게 붙들어 놓고 그가 다가오는 걸 기다리도록 강제하는 건 아무것도 없었다. 아무것도, 심지어 공포조차도 그녀를 붙들지 못했다. 심지어 지금 죽음이 바로 근처까지 다가와 있다고 해도, 비열함이나 희망이나 고통이 다시금 다가왔다 해도 마찬가지였을 것이다. 그녀가 경험한 것들과

야생의 심장 가까이

그녀 자신을 연결시키는 혈관은 이미 잘려 나가 있었고, 그렇게 잘려 나간 것들은 저 멀리서 하나의 덩어리로 뭉쳐 그녀에게 논리적인 연속성을 요구해 왔었지만, 늙어 갔고, 죽어 버렸다. 아직 살아남아 숨 쉬는 건 오직 그녀 자신뿐이었다. 그런 그녀의 앞에 아직 색깔이 없는 새로운 장場이, 새벽이 펼쳐지고 있었다. 안개 너머로 그것이 보였다. 그녀는 되돌아갈 수 없었고, 자신이 왜 되돌아가야 하는지도 알지 못했다. 만약 그녀가 점점 가까이 다가오는 저 낯선 사람 앞에서 여전히 머뭇거리게 된다면, 그건 다시 무자비하게 접근하는 삶이 두려워서일 터였다. 그녀는 과거와 미래의 틈새에 매달리려고 애써 왔다. 유예된 세계, 피가 섞이지 않은 그 차갑고 추상적인 세계 속에서 존재하기 위해서였다.

그가 왔다. 그는 그녀에게서 몇 걸음 떨어진 곳에서 멈췄다. 그들은 침묵을 지켰다. 그녀는 지친 눈을 크게 뜨고 바라보았다. 그는 떨면서 주저했다. 그들 주위의 나뭇잎들이 산들바람에 움직이고, 새 한 마리가 단조롭게 쩍쩍거렸다.

침묵은 그들이 할 말을 기다리며 길게 이어졌다. 하지만 두 사람은 서로에게서 말의 시작을 발견하지 못했다. 둘 다 고요함 속으로 녹아들었다. 그의 떨림이 서서히 진정되었고, 그의 시선은 주아나의 몸속 더 깊은 곳에 자리하면서 그 지친 몸을 부드럽게 점유했다. 그는 자신도 모르게, 수줍음을 잊고 그녀를 바라보았다. 주아나는 그가 자신에게 파고드는 걸 느꼈고, 그대로 내버려 두었다.

그가 말을 시작했을 때 그녀는 알아차릴 수 없을 정도로 살짝 몸을 들어 올렸다. 그동안 아주 긴 시간이 지나간 듯했다. 그러나 그가 대화를 시작하려는 시도 없이 첫 말을 꺼냈을 때, 그녀는 사실 자신이 그 시작으로부터 까마득한 거리를 두고 있음을 알고 있었다.

"나는 저 집에 살아요." 그가 말했다.

그녀는 잠자코 기다렸다.

"쉬고 싶어요?"

주아나는 고개를 끄덕였고, 그는 그녀의 헝클어진 머리칼이 그 조그만 머리에 드리운 반짝이는 후광을 말없이 바라보았다. 그가 앞장섰고 그녀는 따라갔다.

그가 말할 때면 그녀는 감지할 수 없을 정도로 살짝 몸을 들어 올렸고, 그가 커튼을 치자 그림자가 마룻바닥을 가로질러 닫힌 문까지 뻗었다. 그가 낡고 부드러운 안락의자를 그녀에게로 끌어 왔고, 그녀는 그 의자에 몸을 묻고 두 다리를 올렸다. 남자는 구겨진 시트

　　　　　　　　　　　야생의 심장 가까이

가 덮인 좁은 침대 가장자리에 앉았다. 그는 손을 모으고 미동도 없이 앉아서 그녀를 응시했다.

주아나는 눈을 감았다. 그녀는 집 안에 아득히 퍼져 가는 작은 소음들을, 한 아이의 살짝 놀란 듯한 탄성을 들었다. 저 멀리, 수탉의 신선한 울음은 마치 다른 세계에서 들려오는 듯했다. 모든 것들 뒤에는, 가볍게 흐르는 물소리, 규칙적인 리듬으로 씨근거리는 나무들의 숨소리가 있었다.

가까이서 움직임을 감지한 그녀는 눈을 떴다. 그녀는 처음엔 방의 어둑함 속에서 그를 제대로 보지 못했다. 그러다 그가 침대 옆에 무릎을 꿇고 있고, 두 손으로 가린 얼굴이 동요하고 있음을 서서히 알아볼 수 있었다. 그녀는 그를 부르고 싶었지만 어떻게 불러야 하는지 알지 못했다. 그를 만지고 싶지는 않았다. 하지만 그 남자의 고통이 더욱더 많이 그녀에게로 전해졌고, 주아나는 그의 시선을 기다리며 안락의자에서 몸을 움직였다.

그가 고개를 들었고, 주아나는 흠칫 놀랐다. 마치 그 남자의 몸 안에서 빛이 쏟아져 나오듯 그의 벌어진 입술이 물기를 머금은 채 반짝거렸다. 눈도 반짝였지만, 그녀는 그것이 고통 때문인지 아니면 자신이 이해할 수 없는 활기 때문인지 알 수 없었다. 그의 이마는 위쪽을 향해 점점 확대되었고, 몸은 떨지 않고 자제하려는 노력 속에서 간신히 균형을 유지하고 있었다.

"뭐죠?" 주아나가 매료되어 속삭였다.

그는 그녀를 보았다.

"난 두려워요." 그가 마침내 말했다.

그들은 잠시 서로를 응시했다. 그녀는 두렵지 않았고, 공포보다 강렬한, 옹골찬 행복이 자신을 사로잡고 온몸을 가득 채우는 걸 느꼈다.

"난 이 집으로 돌아올 거예요." 그녀가 말했다.

그는 갑자기 겁에 질려 숨을 멈추고 그녀를 마주했다. 그 순간 그녀는 그가 소리를 지르거나 자신은 상상조차 할 수 없는 미친 움직임을 고안해 내리라 생각했다. 그 남자의 입술이 잠시 떨렸다. 그러더니 가까스로 주아나의 시선에서 벗어나, 황급히 그 길고 가느다란 손가락들로 얼굴을 가린 채 그녀의 시선에서 미친 듯 도망쳤다.

그 남자에게로 도망치다

주아나, 주아나, 그 남자는 그녀가 도착하기를 기다리며 그 이름을 생각했다. 주아나, 벌거벗은 이름, 성스러운 주아나, 너무도 처녀 같은. 그녀는 얼마나 순수하고 순결한지. 그는 그녀의 어린애 같은 이목구비와 맹인의 손처럼 웅변적인 손을 보았다. 그녀는 예쁘지 않았다. 적어도 그가 성인이 되면서 꿈꾸거나 욕망했던 여자는 아니었다. 어쩌면 그래서 그렇게 몇 번씩이나 그녀를 뒤따라 걸었는지도 모른다. 그녀가 자신을 보아주리라 기대하진 않았지만, 그래도 혹시……. 그는 확신할 수 없었다. 그는 그녀를 보는 게 늘 좋았다. 그녀는 예쁘지 않았다. 아니, 예쁜가? 대체 어떻게 말해야 할까? 그가 그걸 판별하기란 아주 어려운 일이었다. — 마치 그녀를 한 번도 본 적이 없는 것처럼, 아니면 아직 그녀를 충분히 안아 보지 못한 것처럼 —. 그녀의 얼굴과 그녀의 움직임은 매 순간 변화하려는 조짐을 드러냈던 것이다. 그녀는 쉬고 있을 때조차 일어서려 하는 존재였다. 그런데 꼭 그녀가 설명이라도 해 준 것처럼, 지금 이렇게 그가 이해하고 너무도 신기하게 느끼고 있는 이것은 대체 뭘까? —그는 자신에게 물었다. 그는 침대에서 두 팔을 옆구리에 붙이고 눈을 감았다. 하지만 그건 주아나의 발자국 소리가 밖에서 들려오기 전까지였다. 그녀 앞에서는 감히 그렇게 할 수 없었다. 그는 그녀에게 몸을 기울였고, 매 순간 그녀를 기다렸으며, 그녀를 흡수했다. 하지만 그는 한 번도 지친 적이 없었고, 이런 태도가 그의 자연스러운 면모를 앗아 가지도 않았다. 그는 단지 그때껏 알지 못했던 또 다른 범주 속으로 자기 자신을 밀어 넣은 것뿐이었다. 이제 그는 둘이 되었지만, 새로 나온 존재가 서서히 커지더니 다른 존재의 과거를 지배했다. 그는 입을 꾹 다물었다. 자신이 그동안 겪어 온 특정한 부류의 고통, 평온한 몰락, 아무 걱정도 없이 앞으로 살아갈 방향을 생각지 않았던 것, 그 모든 게 마침내 주아나를 받아들이게 된 일과 불가사의한 논리로 연결된 듯한 기분이 들었다. 그를 억지로 진흙탕에 떠민 사람은 없었다. 그렇다고 그는 자신을 순교자라 생각하지도 않았다. 그는 해결책을 기

야생의 심장 가까이

대한 적이 없었다. 심지어 여자들에 대해서도. 그가 지켜보고, 지켜보다 포기한 여자들. 지금 그가 사는 집의 소유자인 그 여자도 마찬가지였다. 그는 성가시면서도 다정한 그림자 같은 그녀의 존재를 견디기 힘들었지만, 게으름 때문에 이 집에 자리를 잡은 것이다. 그는 자신의 두 발로 걸어 다녔고, 자신의 육신을 자각했고, 그저 모든 것들을 향한 순수한 호기심 속에서, 아무런 애정 없이, 차갑게, 실험하고 고통받았다. 그는 심지어 자신이 행복하다고 믿었다. 그리고 이제 주아나가 그에게로 온 것이다, 그녀, 주아나……. 그는 자신이 지닌 여러 혼란스러운 생각에 다른 말을, 진실한 말을, 어려운 말을 더하고 싶었지만, 다시금 자신이 더 이상 생각할 필요가 없다는 기분에 사로잡혔다. 그는 아무것도, 아무것도 필요치 않았다……. 그녀가 곧 도착할 것이다. 곧. 하지만 들어 봐: 곧……. 바로 그거였다: 주아나가 그를 해방시켰다. 그가 살기 위해 필요로 하는 것들은 점점 줄어들었다: 그는 더 적게 생각하고, 더 적게 먹고, 잠은 거의 자지 않았다. 그녀는 언제나 있었다. 그리고 곧 도착할 것이다.

그는 연유도 알 수 없는 고통 속에서 눈을 더 꽉 감고 입술을 깨물었다. 그러다 곧바로 다시 눈을 떴지만, 방—빈 방!—에서 주아나가 다녀간 증거를 찾을 수는

없었다. 마치 그녀의 존재 자체가 거짓말인 듯……. 그
는 일어섰다. 이리 와, 필멸의 숙명을 지닌 채 그의 안
에서 불타고 있는 무언가가 외쳤다. 이리 와, 그는 낮은
목소리로 따라 말했고, 두려움에 가득 찼고, 시선의 목
적지를 잃어버렸다. 이리 와…….

　정적에 가까운 조용한 발자국 소리가 바깥의 마
른 낙엽들을 밟고 있었다. 주아나가 다시금 도착하고
있었다……. 다시금 그녀는 멀리서부터 그의 소리를 들
었다.

　그는 멀리서 들려오는 음악에 귀 기울이는 맹인처
럼 멍한 눈빛으로 침대 옆에 서 있었다. 그녀가 점점 더
가까워졌다……. 주아나. 그녀의 발자국들은 차츰 하나
의 현실이 되었다. 유일한 현실. 주아나. 찌르는 듯 갑
작스러운 고통이 그의 몸에서 폭발하면서 그는 행복감
과 곤혹감으로 환해졌다.

　주아나에게 문을 열어 주었을 때 그는 존재하기를
중단했다. 그는 자기 안으로 깊이 미끄러져 들어가 자
신의 숲, 그 믿음직스러운 숲의 어스름 속을 떠다녔다.
이제 그는 조금 움직였고, 그 몸짓들은 간결하고 새로
웠다. 그는 갑자기 연약한 동물이 되어, 그 눈동자는 겁
먹은 사슴처럼 검어지고 커졌다. 그런가 하면 그의 주
변은 너무도 투명해져서, 그는 가까이에 있는 어떤 생

물체의 어떤 움직임도 알아챌 수 있었다. 이제 그의 몸은 오직 생생한 기억일 뿐이었고, 감각들은 그 안에서 마치 처음인 것처럼 형태를 부여받았다.

작고 흰 배가 밝고 조악한 초록빛을 띤 두터운 파도 위에 떠 있었다—그는 그녀가 거기 누워 벽에 걸린 작은 그림을 바라보는 걸 보았다.

"세 번째 날," 주아나가 맑고 가벼운 목소리로, 부드럽고 작은 간격을 두어 가며 이야기를 이어 갔다. "세 번째 날, 태어나고 있는 사람들을 위한 성대한 퍼레이드가 열렸어. 사람들이 온갖 종류의 무색無色으로 가득한 깃발들을 들고 노래하는 광경이 무척 우스꽝스러웠지. 슬플 때 부는 바람처럼 연약하고 재빠른 남자가 저 멀리서 일어나더니 외쳤어: 나야. 아무도 그 소리를 듣지 못했지만 그는 거의 만족했지. 바로 그때 북서쪽에서 거대한 돌풍이 일면서 그 불타는 커다란 발로 모두를 짓밟았어. 사람들은 그 열기에 그슬리고 시든 채 집으로 돌아갔지. 그들은 신발을 벗고 목 단추를 풀었어. 모든 피가 모든 혈관 속에서 천천히, 무겁게 흘렀어. 그리고 거대한 아무-할-일-없음이 사람들의 영혼 속에서 무겁게 움직였지. 그 사이에도 지구는 계속 돌았어. 바로 그때 하나의 이름을 가진 소년이 태어났지. 그 소년은 아름다웠어. 보기 위한 커다란 눈. 느끼기 위한 섬세한 입술, 느끼기 위한 좁다란 얼굴, 느끼기 위한 높은 이마. 머리는 컸어. 소년은 그곳을 정확히 아는 사람처럼 걸었고, 군중 사이를 가볍게 누비고 다녔지. 누구든, 그를 따라가는 사람은 도착할 수 있었어. 그는 감동을 받거나 놀랐을 때 고개를 저었어, 이렇게, 천천히, 기대했던 것보다 많이 받은 사람처럼. 그는 아름다웠어. 그리고 무엇보다도, 그는 살아 있었지. 그리고 무엇보다도 나는 그를 사랑했어. 나는 태어났고, 그를 볼 때마다 내 심장은 새로워졌어. 나는 태어났어, 나는 태어났어, 나는 태어났어. 이제는 하나의 시가 됐어. 내 사랑, 내가 원하는 건, 늘 그대를 보는 것, 내 사랑. 오늘 그대를 보았듯이, 내 사랑. 설령 그대가 죽는다 해도, 내 사랑. 하나 더 들어 봐: 어느 날 나는 꽃의 노래를 듣고 조용히 기뻐했어, 그러다 가까이 가 보니, 신기하게도, 노래하는 건 꽃이 아니라 꽃 위의 작은 새였어."

주아나는 끝에 가서는 졸린 목소리로 말했다. 그녀의 반쯤 감긴 눈동자 속에서, 그림 속의 배는 기울어졌고, 방 안의 물건들은 길게 늘어났고, 빛났으며, 하나의 끝이 다른 것의 시작과 손을 잡고 있었다. '모든 것은 하나'임을 이미 알고 있다면, 왜 계속해서 보고, 살아가는가? 그 남자는 눈을 감은 채 그녀의 어깨에 머리를 박고 잠 없는 꿈을 꾸며 그녀의 이야기를 들었다. 그녀는 여름 오후의 예리한 정적 속에서 가끔 헐거운 마룻바닥 위의 느리고 조심스러운 움직임을 들었다. 그여자였다. 그 여자, 그 여자.

그 큰 집에 드나들기 시작했을 무렵, 주아나는 그남자에게 이렇게 묻고 싶었다: 이제 그 여자는 당신 어머니 같아? 이제 그 여자는 더 이상 당신의 연인이 아냐? 그 여자는 내가 있는데도 여전히 당신이 이 집에서 살기를 원해? 하지만 번번이 미뤘다. 그러나 그 집에서 그 여자의 존재감은 너무도 커서, 마치 셋이 한 쌍을 이루고 있는 듯했다. 주아나와 그 남자는 온전히 둘만 있다는 기분을 느껴 본 적이 없었다. 주아나는 그 여자에게도 직접 묻고 싶었다: 하지만 어디에서, 어디에서 당신의 영혼은 무너지나요? 그러나 그건 이미 때늦은 생각이었다. 어느 날 흘끗 보니, 검은 레이스 드레스 속에 있는 그 여자의 살쩐 등에 고통이 단단히 응어리져 있었던 것이다. 또한 그 여자가 끔찍함을 피해, 빠르게 미소 지으며, 침실에서 거실로 가는 모습을 순간적으로 포착한 적도 있었다. 그렇게, 주아나는 그녀가 생명이자 어둠임을 깨달았다. 슬프고 무거운, 한가운데에 검은 동굴이 있는 두툼한 귀. 아무런 영광 없는 매춘부의, 다정하고 덧없으며 쾌활한 시선. 짙게 화장한, 시들어버린, 커다란, 촉촉한 입술. 그녀가 그를 얼마나 사랑하는지 알 수 있었다. 그녀의 솜털 같은 머리칼은 거듭된 염색으로 숱이 줄고 불그스레해져가고 있었다. 게다가 그 남자가 자고 주아나를 맞아들이는 방, 커튼 달린 방, 거의 먼지 한 톨 없는 그 방을, 그녀가 청소하는 게 분명했다. 아들의 수의를 만드는 여자처럼. 주아나, 그 여자, 그리고 선생님의 아내. 결국 그들을 이어 주는 건 무엇일까? 세 가지 사악한 은총.

"아몬드……." 주아나가 그 남자에게 고개를 돌리며 말했다. "말의 신비함과 달콤함: 아몬드……. 들어 봐, 목구멍에서 나오는 소리가 입 안 깊숙한 곳에서 메아리 치도록 조심스럽게 발음하는 거야. 그 소리가 진동하면서 나를 아치처럼 길게 늘이고 구부러뜨려. 쓰고, 유독하며, 순수한 아몬드."

세 가지의 쓰고, 유독하며, 순수한 은총들.

"그 이야기해 줘……."

"어떤?"

"선원에 대한 거. 한 사람의 선원을 사랑하는 것은 온 세상을 사랑하는 것이다."

"끔찍하지……." 주아나가 웃으며 말했다. "나도 알아: 그건 너무도 진실해서 운율을 갖춘 채로 탄생했다고 내 입으로 말했지. 하지만 이제 그 이야기는 기억이 안 나네."

"일요일의 광장이었지. 항구의 부두가……." 그 남자가 생각을 끌어내려 했다.

어느 날, 주아나와 함께 있을 땐 늘 조용하던 그가 문득 말을 꺼냈다.

"난 늘 아무것도 아니었어."

"그래." 그녀가 대답했다.

"하지만 그동안 일어난 모든 일들이 당신을 떠나게 만들진 않겠지……."
"그래."
"심지어 이 여자…… 이 집도…… 그건 다른 거야, 당신도 알아?"
"알아."
"난 늘 거지처럼 살았어, 나도 알아. 하지만 난 아무것도 요구하지 않았고, 필요로 하지 않았고, 심지어 이해하지도 못했어. 당신이 왔을 때 말이야, 그거 알아? 그때 난 이렇게 생각했었거든. 나쁠

건 전혀 없다고. 하지만 이제…… 왜 당신은 늘 나에게 그런 미친 이야기들을 하는 건지, 맹세코, 난 도저히……."

그녀는 몸을 일으켜 한쪽 팔꿈치로 받친 다음, 갑자기 정색을 하며 그를 내려다보았다.

　"내가 하는 말을 믿어?"

"응……." 그는 그녀의 격렬함에 놀라며 대답했다.

　"나는 거짓말을 안 한다는 걸, 거짓말을 한 적이 없다는 걸, 그 어느 때라도…… 언제나 거짓말을 안한다는 걸 알지? 그걸 느껴? 말해 봐, 말해 봐. 그럼 다른 것들은 다 상관없어, 아무것도…… 내가 이런 이야기들…… 이 미친 이야기들을 할 때, 내가 당신의 과거에 대해 알고 싶어 하지 않고 또 당신에게 내 과거에 대해 말해 주고 싶어 하지 않을 때, 내가 이야기들을 지어낼 때…… 내가 거짓말을 할때 당신은 내가 거짓말을 하지 않는다는 걸 느껴?"
　"그래, 그래……."

그녀는 도로 침대에 털썩 누워, 지친 눈을 감았다. 상관
없어, 상관없어. 나중에 그가 나를 믿지 않게 된다고 해
도. 선생님처럼 나에게서 도망친다고 해도. 이제 그녀
는 그와 함께 있을 때에만 생각할 수 있었다. 그리고 지
금이 바로 그런 때였다. 그녀는 눈을 뜨고 그에게 미소
지었다. 소년, 그는 소년이다. 그는 분명 많은 여자들
을 만나 왔을 테고, 많은 사랑을 받았을 테고, 그 긴 속
눈썹과 차가운 눈동자는 늘 매력적이었을 것이다. 나
를 만나기 전의 그는 좀 더 한결같은 사람이었지만, 내
가 그걸 조금 흐트러뜨렸다. 그 여자는 내가 결국 언젠
가 떠나기를 바란다. 그리고 그가 자신에게 돌아오기
를 바란다.

"일요일의 광장이었다고? 그 광장은 넓고 쓸쓸해."
이윽고 그녀는 천천히 기억을 되살려 그 남자의 요구를
들어주었다. "그래⋯⋯. 햇살은 너무 강하고, 마치 땅바
닥에서 생겨나는 것처럼 땅에 달라붙어 있어. 바다, 불
룩한 바다는, 조용히, 숨을 몰아쉬는 중이야. 일요일의
물고기는 꼬리를 민첩하게 흔들며 평온하고 빠르게 헤
엄치고 있어. 정지한 배. 일요일. 선원들이 부두를 어
슬렁거리며 걸어 광장으로 들어서고 있어. 분홍색 드
레스가 길모퉁이에서 나타났다가 사라져. 일요일로 이
루어진 나무들은―일요일은 크리스마스트리 같은 거

야—조용히 반짝이며, 이렇게, 이렇게, 숨을 죽이지. 한 남자가 새 드레스를 입은 여자와 함께 지나가. 그 남자는 아무것도 되고 싶어 하지 않고, 여자 옆에서 그녀를 바라보며 걸으면서, 그녀에게 부탁해, 그녀에게 부탁해: 말해 줘, 요구해 줘, 걸어 줘. 그녀는 대답이 없고, 미소를 지어, 순수한 일요일. 만족, 만족. 아픔 없는 순수한 슬픔. 분홍 드레스를 입은 여자 뒤에서 나오는 듯한 슬픔. 항구 부두의 일요일이라는 슬픔, 땅에게 빌려준 선원들. 이 가벼운 슬픔이 삶의 깨달음이야. 이 갑작스러운 지식을 사용하는 법을 아무도 모르기 때문에 슬픔이 찾아오는 거야."

"이번엔 이야기가 다르네." 그는 잠시 사이를 두었다가 불평했다.

"그건 내가 지금 보는 게 아니라 전에 본 걸 이야기하기 때문이야. 나는 반복하는 법을 몰라. 난 모든 걸 단 한 번만 아니까." 그녀가 설명했다.

"다르긴 했지만, 당신이 보는 모든 건 완벽해."

그는 작은 금메달이 달린 목걸이를 걸고 있었다. 메달 한쪽 면에는 성녀 테레사가, 반대 면에는 성 크리스토퍼가 있었다. 그는 그 둘 모두를 숭배했다: "하지만 난 사실 성자들에게 관심이 없어. 그냥 가끔 그럴 뿐이야."

언젠가 그녀는 그에게, 자신이 어렸을 때 단어 하나만 가지고도 오후 내내 놀 수 있었다고 말한 적이 있었다. 그러자 그는 그녀에게 새 단어들을 만들어 보라고 했다. 그녀가 그를 가장 간절히 원했던 순간은 바로 그런 때였다.

"랄랑드Lalande가 뭔지 다시 말해 줘." 그가 주아나에게 애원했다.

"그건 천사의 눈물 같은 거야. 천사의 눈물이 뭔지
알아? 작은 수선화의 한 종류인데 아주 약한 바람
에도 이리저리 굽지. 랄랑드는 밤바다이기도 해.
아직 아무도 해변을 보지 않았을 때의 바다, 아직
해가 떠오르기 전의 바다. 내가 '랄랑드'라고 말할
때마다 당신은 시원하고 짭짤한 바닷바람을 느끼
고, 아직 어둠에 싸인 해변을 천천히, 벌거벗고서
걸어야만 해. 그러면 곧 랄랑드를 느낄 거야…….
내 말을 믿어. 나는 바다를 아주 잘 아는 사람들 중
하나니까."

이따금 그는 자신이 살아 있는지 아니면 죽었는지, 자신이 가진 모든 것들이 너무 적은지 아니면 너무 많은

지 알지 못했다. 그녀는 말할 때, 미친 듯이, 미친 듯이 지어냈다! 텅 빈 공간만큼 거대한 충만함이 그를 가득 채웠고, 그의 고통은 수면 위에 펼쳐진 드넓은 공간처럼 선명해졌다. 왜 그는 늘 그녀 앞에서 말문이 막히고, 달빛에 잠긴 하얀 벽처럼 망연해지는 걸까? 아니면, 어쩌면 그는 갑자기 깨어나서는 소리칠 수도 있었다: 이 여자는 누구지? 이 여자는 내 삶에서 버거운 존재야! 난 도저히…… 난 돌아가고 싶어……. 하지만 더 이상 그럴 수 없었다—그는 갑자기 겁에 질렸고, 길을 잃은 기분을 느꼈다.

"자기." 그녀가 그의 생각을 중단시켰다.

"그래, 그래……." 그는 부드러운 어깨에 얼굴을 숨겼고, 그녀는 그의 숨결이 자신을 지나면서 들고나고, 들고나는 걸 느꼈다. 그들은 두 생명체였다. 달리 뭐가 중요하겠어, 그녀는 생각했다. 그가 움직이더니 그녀의 몸에 머리를 얹었다……. 마치 아메바처럼. 세포핵을, 삶의 중심을 맹목적으로 추구하는 그 원생동물처럼. 혹은 아이처럼. 바깥에서는 세상이 미끄러지듯 지나갔고, 낮, 낮, 그 다음엔 밤, 그 다음엔 낮. 언젠가 그녀는 떠나야 하고, 다시 분리될 것이다. 그도 마찬가지고. 그녀에게서? 그래, 과도한 기적을 지닌 그녀는 곧 그에게 너무 부담스러운 존재가 될 것이다. 다른 모든 사람들처럼, 그는 스스로에 대해 이해할 수 없는 수치심을 느끼며 그녀의 곁을 떠나고 싶어 할 것이다. 하지만 복수가 있으니: 그는 완전히 자유로워지진 못할 것이다. 결국 그는 자신을 두려워하며, 막연하고 고통스러운 의무감에 시달릴 것이다. 주아나는 미소 지었다. 결국 그는 그녀를 증오하게 될 것이다. 마치 그녀가 그에게 무얼 요구하기라도 했다는 듯이. 마치 그녀의 숙모와 삼촌이 그녀를 존중하면서도 그녀가 자신의 즐거움들을 사랑하지 않는다는 걸 감지했을 때 그랬던 것처럼. 혼란에 빠진 그들은 그녀를 우월하게 여기면서도 경멸했었다. 오 세상에, 그녀는 다시 기억을 들추고는 스스로에게 자신에 대해 이야기했고, 자신을 정당화했고……. 그녀는 그에게 사실은 어떠냐고 물어볼 수 있었다: 나는 어떤 사람 같아? 하지만 그가 뭘 알기는 할까? 그는 그녀의 어깨로 얼굴을 기울였고, 거기 숨었으며, 어쩌면 그 순간 행복했을지도 몰랐다. 그를 흔들어, 그에게 말해: 남자, 주아나는 그런 사람이었던 거야, 남자였던 거야. 그때부터 그녀는 여자가 되었고 나이가 들었다. 그 이전까지 그녀는 자신이 매우 강력하다고 믿었고 거기서 불행을 느껴 왔었다. 그녀는 너무 강력해서 자기가 갈 길을 가 보지도 않고서 선택하곤 했다—오직 생각만으로. 자신이 강력하다는 판단 때문에 너무도 불행했던 그녀는 자기 힘을 어디에 써야 할지 몰랐고, 매 순간을 끝을 향해 인도하지 못했고, 그것들이 길을 잃는 걸 보았다. 주아나는 그렇게 커 왔다, 소나무처럼 가느다란, 그러면서도 매우 용감한, 남자로. 그녀의 용기는 침실에서 성장했으니, 불을 끄면 은은히 빛나는 세계가 형성되었고, 거기에는 아무런 두려움도 겸허함도 없었던 것이다. 그녀는 자신 외에는 그 어떤 인간 존재도 가까이에서 본 적이 없었으므로, 어릴 때부터 생각하는 법을 익혔고, 외경심에 짓눌렸고, 고통받았다. 그녀가 가진 긍지는 고통스러웠고, 가끔은 가벼워졌지만 그럴 때조차 그걸 지니고 다니기는 힘들었다. 주아나의 이야기를 어떻게 끝낼까? 그녀가 리디아의 시선으로부터 포착한 걸 덧붙여 보자: 아무도 당신을 사랑하지 않을 거야……. 그래, 그렇게 끝난다: 주아나는 세상에서 낙오하면서 홀로 남은 피조물들 가운데 하나였음에도, 아무도 그녀에게 무언가를 줄 생각을 하지 않았다. 사랑은 아닌 것, 그들은 늘 그녀에게 다른 감정을 주었다. 그녀는 자신의 삶을 살았다, 처녀처럼 열렬히―그리고 무덤으로 갈 것이다. 그녀는 스스로에게 많은 것들을 물었지만 아무것도 답하지 못했다: 그녀는 느끼기 위해 멈추어야 할 터였다. 삼각형은 어떻게 생겨났을까? 먼저 하나의 관념으로? 아니면 형

야생의 심장 가까이

상이 먼저 실현된 후에 나온 걸까? 삼각형은 숙명적으로 생겨나는가? 그 질문들은 풍요로웠고—그녀는 그 문제에 대해 생각하며 시간을 보내고 싶었다. 하지만 사랑이 그녀를 침공했다. 삼각형, 원, 직선들……. 아르페지오처럼 조화롭고 신비하다. 음악은 연주되지 않을 때 어디로 갈까?—그녀는 자신에게 물었다. 그리고 무방비한 상태로 대답했다: 내가 죽으면 사람들이 내 신경으로 하프를 만들기를.

　　주아나의 맑은 정신의 끝자락은 파도 위에서 기울어진 배와 뒤섞였다. 흔들리고 있어? 흔들리고 있어. 그녀는 물결을 따라 머리만 흔들면 되었다. 하지만 그녀에겐 가진 것들이 있었다, 아, 늘 그랬다. 남편, 가슴, 애인, 집, 책들, 짧은 머리, 숙모, 선생님. 숙모, 내 말 좀 들어 봐요, 난 주아나를 알아요, 그 사람은 바로 내가 지금 이야기하는 사람이에요. 그녀는 사물들을 다룰 때는 약한 여자였어요. 가끔, 그녀에겐 모든 것들이 너무 귀중해서 만질 수 없는 것처럼 느껴졌죠. 그리고, 가끔은, 사람들이 숨 쉬는 공기처럼 사용하는 것들이, 그녀에겐 짐이고 죽음이었죠. 내 이야기의 주인공을 이해하려고 애써 봐요, 숙모, 들어 봐요. 그녀는 모호하고 대담해요. 그녀는 사랑하지도 않고, 사랑받지도 못해요. 당신도 결국 다른 여자, 리디아—자신의 운명으로 가득한 젊은 여자—처럼 그걸 알게 되었겠죠. 하지만 주아나가 지닌 건 사람들이 주는 사랑보다 더 강한 것이고, 사람들이 받는 사랑보다 더 많은 걸 요구해요. 알겠어요, 숙모? 아빠와 약속했듯이, 난 그녀를 영웅이라고 부르진 않을 거예요. 그녀 안에는 커다란 두려움이 있었으니까. 모든 판단과 이해에 앞서는 두려움 말이죠. 방금 이런 생각이 떠올랐어요: 어쩌면, 어쩌면 말예요, 미래에도 살아 있을 거라는 믿음은 삶이 우리에게 손을 대지 않고 가만 놓아둔다는 걸 알아차렸을 때 찾아오는 건지도 몰라요.—숙모, 이해하겠어요?—미래의 삶이 중단된다는 문제에 대해서는 잊어버려요—이해하겠어요? 나는 알아요. 당신은 두려움과 불신의 눈빛으로 나를 바라보지만, 그러면서도 이제는 죽은, 그렇죠, 이제는 죽은 노파의 여성성을 통해서 나의 신랄함을 눈감아 줄 수 있기를, 또 나를 좋아하게 되기를 원한다는 걸요. 애처로우신 분! 내가 스스로 불러일으킨 것 외에, 내가 당신에게서 느낄 수 있었던 가장 큰 분노는 도저히 잊을 수 없는 당신의 냄새와 섞여 있고, 그건 지금까지도 내 귀에 들려오는, 거의 일상적인 문장 하나로 요약될 수 있죠: "오, 지금 그 옷을 입고는 밖에 나갈 수가 없어!" 내가 당신에게 달리 무슨 말을 할 수 있을까요? 내 머리칼은 짧고, 갈색이며,

가끔 앞머리를 내린다. 나는 언젠가 죽을 것이다. 나는 태어났다. 그들 둘이 있는 방이 있었다. 그는 미남이었다. 방이 조금 빙글 돌았다. 방은 투명하고 따스해질 것이고, 베일이, 베일이 가까이 다가온다. 그들 셋이 하나의 커플을 이루었으니, 그녀는 그 이야기를 누구에게 털어놓을 수 있을까? 그 남자가 절대 잠들지 않고, 내리는 비처럼 곁에서 지켜 주어서, 그녀는 잘 수 있었다. 오타비우도 미남이었다, 특히 그 눈이. 그 남자는 아이 아메바 꽃 흼 따스함 잠과 같으며 지금이 시간이고 지금이 삶이니까 설령 나중에…… 모든 것들이 마치 대지 아이 리디아 아이 오타비우 대지 데 프로푼디스…….

그 남자에게로 도망치다

독사

나는 무언가를 조용히 극복한다…….

시계가 째깍째깍 초침 소리를 내다가 두 시 정각
의 종소리로 밤의 정적을 찢을 때, 오타비우는 책을 읽
고 있었다.

무언가를 조용히 극복하는…… 그런 기분이야. 이
가벼움은 내가 모르는 곳으로부터 나온다. 커튼은 제
허리 위로 힘없이 드리워져 있다. 하지만 검은 얼룩도
있다, 움직이지 않는 두 개의 눈, 바라보기는 하지만 말
은 할 수 없는. 신은 나뭇가지에 앉아 지저귀고, 직선
들은 무한히, 수평으로, 냉혹하게 나아간다. 바로 그런
느낌……. 순간들은 계속해서 무르익어 똑똑 떨어지고,
한 순간이 떨어지기 무섭게 다른 순간이, 작고 창백한
얼굴을 하고 솟아난다. 그 순간들 역시 갑자기 끝난다.

야생의 심장 가까이

영원이 나의 벽들을 타고 구불구불, 맹목적으로 흘러
내린다. 그것은 서서히 검고 조용한 웅덩이를 이루고,
나는 소리친다: 나는 살아왔어!

밤이 바깥세상을 침묵하게 했고, 두꺼비 한 마리
가 간간이 울었다. 덤불들은 고립된 채 움직이지 않는
덩어리였다.

멀리서 불그스레한 작은 빛들이 잠들지 않는 눈처
럼 반짝이며 흔들렸다. 물의 어둠 같은 어둠 속에서.

길쭉하고 가느다란 해바라기들이 사이사이 정원
을 환히 밝혔다.

그런 순간에는 무슨 생각을 해야 할까? 그녀는 너
무도 순수하고 자유로워서 선택을 하고도 그걸 알아차
리지 못할 수 있었다. 무언가를 알아보아도, 그녀의 몸
이라는 어둠 속에서는 그 이미지가 너무 희미해져서 그
것에 대해 어떤 말이나 생각도 떠올릴 수 없었다. 그저
그걸 느꼈고, 밤에 자신의 얼굴을 보듯 유리창을 통해
기대감에 차서 바라볼 뿐이었다. 그녀가 다다를 수 있
는 건 여기까지인 걸까? 가까이, 가까이 다가가서 거의
그걸 만질 수 있게 되어도, 뒤에서 다가온 물결이 단호
하면서도 부드러운 썰물로 그녀를 빨아들이고 들이마
셔 버려서, 나중엔 늘 뇌리를 맴돌기만 하는, 손에 잡히
지 않는 환각의 기억으로 남아……. 그 순간, 그녀는 밤

과 자기 자신에게서 온 흐릿한 생각들을 인식하면서도, 여전히 그것들과 분리된 채, 늘 하나의 닫힌 작은 덩어리로서, 지켜보고 또 지켜볼 뿐이었다. 조용히, 따로 떨어져서, 홀로, 정복되지 않은 채 반짝이는 작은 빛. 그녀는 절대 굴복하지 않았다.

그녀는 주위를 둘러보았다. 거실이 마치 졸도한 것처럼 희미하게 밝혀진 채 얕은 숨을 헐떡이고 있었다. 고개를 살짝 든 그녀가 어둠에 물든 집의 나머지 공간을 살펴보자, 진중하면서도 모호한 물체들이 구석에서 떠다니고 있었다. 거실 문을 나서자마자 더듬거리며 걸어야 할 터였다. 만일 그녀가 어린아이고, 숙모의 집에서, 밤에 잠이 깨어, 갈증을 느끼고, 물을 찾으러 나가야 하는 상황이라면 특히 더 그럴 것이다. 그 아이는 다른 사람들이 저마다 뚫고 들어갈 수 없는 은밀한 잠 속에 고립되어 있음을 안다. 만일 그녀가 그 밤, 아니 그런 밤들의 그 아이라면, 그녀는 부엌을 가로지르며 마치 묘지를 비추듯 움직임 없이 마당을 비추는 달빛과 자유롭고 두리뭉실한 바람을 마주할 것이다……. 만일 그녀가 겁에 질린 아이라면 어둠 속에서 모호한 물체들에 부딪힐 것이고, 그녀의 손길이 닿으면 그 물체들은 돌연 의자, 테이블, 난간으로 응축되면서 자신의 보호막 속으로 들어가고, 그 안에서 냉정하고 타협

야생의 심장 가까이

의 여지가 없는 눈을 부릅뜰 것이다. 쿵 소리와 아픔이 있고 나면 달빛이 시멘트로 지은 테라스를 드러내고, 갈증이 그녀의 몸에서 기억처럼 솟구칠 것이다. 그 집의 심오한 고요, 납빛을 띤 채 움직이지 않는 이웃의 지붕들······.

주아나는 다시 거실로, 오타비우 곁으로 돌아오려는 노력을 기울였다. 그녀는 사물들로부터, 자신이 소유한 것들로부터, 자신에 의해 창조되어 생명을 얻은 것들로부터 동떨어져 있었다. 사막 속으로, 아니면 빙하의 고독 속으로, 그녀는 지구상의 어느 곳에건 떨궈질 수 있었으며, 그러면서도 그 희고 타락한 손을, 거의 평온한 고립을 늘 유지할 것이었다. 옷 보따리를 싸서 천천히 떠나라. 도망치진 말되, 가라. 바로 그거다. 너무도 멋진 말이다: 도망치진 말되, 가라······. 아니면 큰 소리로 외쳐라. 크게, 똑바로, 무한히, 차분히 눈을 감고, 외쳐라. 작고 붉은 빛들을, 켜지는 순간이나 꺼지는 순간처럼 흔들리는 그 빛들을 발견할 때까지 걸어라. 혹시 그녀 역시 죽어 가거나 태어나는 중이었을까? 아니야, 가지 마라: 그 순간에 묶여 있으라. 텅 빈, 고요한 허공을 골똘히 바라보는 시선처럼······.

멀리서 전차의 덜컹거림이 마치 터널을 지나듯 그녀의 몸을 통과했다. 터널 안의 밤 기차. 작별. 아니, 밤에 여행하는 사람들은 그저 창밖을 바라볼 뿐 작별의 말을 하지 않는다. 초라한 오두막들이 어디 있는지 아는 사람은 아무도 없으며, 더러운 육신은 어두운 데다 빛을 요구하지 않는다.

"오타비우." 그녀는 길을 잃었기에 그에게 말했다.

주아나의 목소리가 그 표정 없는 방 안을 가볍게, 똑바로 스쳐 지나갔다. 그가 시선을 들었다.

"무슨 일이야?" 그가 물었다. 피와 살로 가득 찬 그의 목소리는 방 안을 다시 통합시켰다. 그 목소리는 사물들을 지명하고 규정했다. 바람 한 줄기가 불길을 부채질했다. 군중이 빈 광장에 들어차 있었다.

그녀는 잠시 몸부림치다가 떨면서 깨어났다. 모든 것들이 다시금 등불 아래 빛났으며, 마치 자기 집에 있는 것처럼 차분해지고 활기에 차올랐다. 기다림의 무익함이 마치 밤을 가르고 날아가는 새처럼 그녀의 몸속 어스름에서 솟아나 그녀의 몽유병을 뚫고 지나갔다.

"오타비우." 그녀가 다시 말했다.

그는 잠자코 기다렸다. 그러자 그녀는 다시금 그와 자신이 방에 함께 있음을, 자신의 불길이 조금 커졌음을 의식했고, 자신이 논리적인 태도를 보여야 한다는 걸 알아차렸다. 저 남자가 기대하는 건 연결성이니까. 그녀는 경고하고 요청하기 위해 먼저 정확한 단어들을 찾았다.

"당신은 그저 내게 아이를 주기 위해 온 것 같아."
이제야 그녀는 리디아에게 했던 약속을 지킬 기회를 갖
게 된 것이다. 그저 아이를 갖기를 계속 원하는 것만으
로도 미래와 연결될 수 있었다.

오타비우는 깜짝 놀라며 애정 없는 눈빛으로 그녀
를 쳐다보았다.

"그렇지만," 얼마 후 그가 웅얼거렸다. 주저하
는, 소심한, 쉰 목소리였다. "당신은 우리 사이가 거
의 다 끝났다고 생각하지 않아? ―그것도 거의 처음부
터……." 그가 용기를 내어 말했다.

"내가 아이를 가져야 끝날 거야." 그녀는 모호하지
만 완강하게 되풀이했다.

오타비우가 그녀를 향해 눈을 떴고, 그의 책이 펼
쳐진 채 놓인 책상 전등에 비친 그의 창백한 얼굴은 갑
자기 지쳐 보였다.

"좀 억지스럽다고 생각하지 않아?" 그가 빈정거리
듯 물었다.

그녀는 그걸 알아채지 못했다.

"우리 사이에 있었던 일들은 그 자체만으로는 충분
치 않아. 만일 내가 아직 당신에게 모든 걸 주지 않

독사   283

았다면, 언젠가 당신이 나를 찾아오거나 아니면 내가 당신을 그리워하겠지. 반면에 아이가 있으면 우리 사이엔 아무것도 남지 않을 거야. 헤어짐밖에는."

"그럼 그 아이는 어쩌고?" 그가 물었다. "그 불쌍한 것은 이렇게 완벽하고 현명한 일처리에서 무슨 역할을 맡을까?"

"아, 걔는 살아갈 거야." 그녀가 말했다.

"그게 다야?" 그가 냉소적으로 물었다.

"당신은 그것 말고 뭘 할 수 있는데?" 그녀는 그 질문을 허공에 가볍게 던져 올렸고, 대답을 기다리지 않았다.

오타비우는 부끄럽기도 하고 그녀에게 끌려가는 상황에 화도 났지만, 그녀가 기다리고 있다는 생각에 자신 없는 결론을 내렸다.

"이를테면, 행복해져야지."

주아나는 시선을 들더니 아득한 눈빛으로 그를 바라보았고, 거기에는 놀라움과 환희—왜? 오타비우는 더럭 겁이 났다—가 담겨 있었다. 오타비우는 자신이 터

무늬없는 농담이라도 한 것처럼 얼굴을 붉혔다. 그녀
는 그가 심통이 난 채 잔뜩 찌푸린 걸 보았다. 누가 그
의 얼굴에 침이라도 뱉은 듯 상처받고 기분이 상한 모
습이었다. 그녀는 움직일 수 없었지만, 그럼에도 그를
향해 몸을 기울였고, 연민과 그 이상의 것으로 채워졌
고—혼란스러워진 그녀는 입술을 꼭 다물었다. 눈물로
채워진 사랑. 그녀는 그를 보지 않기 위해, 더 이상 그
를 원하지 않기 위해 잠시 눈을 감았다. 그녀는 마음 깊
은 곳에서는 아직도 오타비우와 연결될 수 있었다. 그
는 그 사실을 잘 몰랐지만 말이다. 그런 연결은 어쩌면
그녀가 자신의 두려움들을 그에게 털어놓는 것만으로
도 이루어질 수 있었으니, 이를테면, 그녀가 웨이터를
큰소리로 불렀는데 그 웨이터 빼고 모든 사람들이 그걸
들었을 때의 창피함과 수줍음을 말로 압축해서 표현하
는 것이다. 그녀는 웃었다. 오타비우는 그런 걸 알고 싶
어 하리라. 그녀는 쾌활한 사람들에게 둘러싸일 때마
다 그들 사이에서 어떻게 자신을 증명해야 할지 모르
겠다고, 그래서 도망치고 싶은 기분을 느낀다고 말하
면서 그와의 유대감을 키울 수도 있었다. 아니, 어쩌면
그녀의 예상과 달리 그 고백은 그들을 더 가깝게 만들
어 주지 못할 수도 있었다. 어린 시절, 누군가와 '사전
의 미스터리'에 대해 이야기할 수 있으면 그 사람과 영

원히 맺어질 거라고 상상했을 때처럼……. 그 미스터리란 이런 것이었다: 'l'자 다음에 'i'자를 찾는 건 쓸데없는 짓이다……. 'l'자까지는 글자들이 아주 다정하고, 식탁에 흩어진 콩들처럼 듬성듬성하다. 하지만 'l' 이후에는 갑자기 엄격하고 조밀해져서, 이를테면 'a' 같은 쉬운 글자를 찾아볼 수 없게 된다. 그녀는 미소 지으며 천천히 눈을 떴고, 이제 차분해지고 약해진 채로, 감정에 휘둘리지 않고 그를 볼 수 있었다.

"그런 문제가 아니라는 걸 당신도 잘 알잖아. 아, 오타비우, 오타비우……." 그녀의 불길이 갑자기 살아났고, 그녀는 잠시 후 이렇게 웅얼거렸다. "우리한테 정확히 무슨 일이 일어나고 있는 거지, 우리한테 무슨 일이 일어나고 있는 거야?"

오타비우가 거칠고 빠르게 대답했다.

"당신은 늘 나를 혼자 뒀어."

"아니……." 그녀가 놀라서 말했다. "그건 내가 가진 모든 게 줄 수 없는 거라서 그래. 아니면 가질 수 없거나. 나 자신도 내 눈앞에서 갈증으로 죽을 수도 있어. 고독은 내 본질과 뒤섞여……."

"아니." 그가 게슴츠레한 눈으로 고집스럽게 말했

다. "당신이 늘 나를 혼자 둔 건 당신이 원해서였어. 당신이 원해서였다고."

"그건 내 잘못이 아냐." 주아나가 외쳤다. "내 말을 믿어 줘……. 고독은 우리들의 몸이 불가피하게 저마다의 끝을 가졌다는 데서 나온다는 진실이, 나에게 새겨져 있어, 사랑은 죽음 속에서 멈춘다는 진실이 나에게 새겨져 있어……. 내 존재는 늘 그런 표식이었고……."

"내가 처음 당신에게 끌린 건," 그가 냉소적으로 말했다. "당신이 나에게 그 이상의 무언가를 가르쳐 줄 거라고 생각했기 때문이야. 난," 그가 목소리를 낮추며 말을 이었다. "내가 당신에게서 감지한 것, 당신 자신이 늘 부인했던 그게 필요했어."

"아니, 아니……." 그녀가 약하게 말했다. "내 말을 믿어 줘, 오타비우, 내가 아는 가장 진실한 것들은 내 피부를 통해 스며들어. 내가 거의 알지 못하는 사이에……. 내가 아는 모든 것들은 결코 내가 배운 것들이 아니고 누구에게 가르쳐 줄 수도 없어."

그들은 잠시 침묵에 빠져들었다. 그 순간 주아나는 머리에 나비 리본을 단 채 대기실에서 아버지 옆에 앉아 있는 자신을 보았다. 아버지의 머리는 헝클어져 있었고, 몸은 좀 더러운 데다 땀투성이였지만 기분은 쾌활해 보였다. 그녀는 다른 무엇보다도 나비 리본을 잘 느낄 수 있었다. 흙 위에서 맨발로 놀다가 발도 안 씻고 급히 신발을 신는 바람에 가죽 신발 안은 껄끄러 웠고, 살이 아프게 쓸렸다. 그녀의 아버지는 어떻게 태연할 수 있을까? 그들이 비참하기 이를 데 없고, 아무도 그들에게 눈길조차 주지 않는다는 걸 어떻게 알아채지 못할 수 있을까? 그래도 그녀는 자신이 그 상태로 머물 것임을, 아버지는 그녀의 것임을, 자신이 아버지를 보호할 것임을, 자신은 절대 발을 씻지 않을 것임을 모두에게 증명해 보이고 싶었다. 그녀는 아버지 옆에 앉아 있는 자신을 보았지만, 그 장면 바로 전이나 후에 무슨 일이 있―었―는지는 알지 못했다. 그저 하나의 그림자가 있었고, 그녀는 그 안으로 후퇴하며 음악 소리를 들었다. 저 깊은 수렁 속에서 알아들을 수 없는 말을 맹목적으로 웅얼거리는, 혼란의 음악.

"그래도," 오타비우가 말을 이었다. "당신 입으로 말했잖아. 앎의 기쁨 속에는 당신이 죽음에 대한 두려움을 극복하도록 만들어 주는 어떤 순간이 있다고. 함께 살아가는 두 사람은," 그가 목소리를 낮추어 말했다. "바로 그런 순간을 추구하는 건지도 몰라. 당신은 그걸 원하지 않았지만."

그녀는 대답하지 않았다. 그는 그녀가 대답하지 않을 때마다 당황하며 자신의 어린 시절을―사람들은

야생의 심장 가까이

화가 나 있고, 자신은 회한에 절여진 채 그들에게 약속
하고 비위를 맞춰 주어야만 했던 그때—를 떠올렸다.
주아나에 대한 그의 해묵은 죄책감이 되살아났고, 그
는 다시 거기에 짓눌리지 않도록 그 생각을 곧장 떨쳐
버리려 했다. 그는 상황에 맞지 않는 말이란 걸 알면서
도 말하기를 참지 못했다.

"당신이 옳아, 주아나. 우리에게 오는 모든 것들은
있는 그대로의 날것들이야. 하지만 변형을 피할 수 있
는 건 아무것도 없어." 그는 말을 꺼냈지만, 주아나가
눈썹을 치켜 올리자 그의 얼굴에는 이내 수치심이 퍼져
갔다. 그는 이대로 주저앉지 않으려고 스스로를 채찍
질했다. "언젠가 당신이 이렇게 말한 거 기억 안 나? '오
늘의 아픔은 내일의 기쁨이 될 테고, 변형을 피할 수 있
는 건 아무 것도 없다.' 기억 안 나? 어쩌면 정확히 그렇
게 말한 건 아닐 수도……."

"기억 나."
"그래……. 그때 난 당신 말이 적확하다고 생각하지
    않았어. 심지어 화가 나기까지 했던 것 같아……."

"알아." 주아나가 말했다. "그때 당신은 이렇게 말했지.
만일 당신의 간이 아프다고 해도 나는 당신 앞에서 그

런 쓸모없는 거창한 선언이나 할 거라고."

"그래, 그래, 바로 그거야." 오타비우가 두려워하며 재빨리 말했다. "그래도 당신은 전혀 위축되지 않았지. 하지만…… 봐봐, 내가 당신에게 이 말은 안 했을 거야. 당신이 했던 말에 군더더기가 전혀 없었다는 사실을, 나는 나중에야 이해했다고 말이야……. 이 고백은 아직 안 했던 것 같은데, 아니면 했나? 봐봐, 난 진짜로 이 말에 진실이 들어있다고 생각해. 변형을 피할 수 있는 건 아무것도……." 그는 얼굴을 붉혔다. "어쩌면 그게 내가 당신에게서 감지한 그 비결인지도 몰라……. 어떤 존재들은 변형을 수긍하지."

그녀가 침묵을 이어 가자 그는 다시 스스로를 채찍질했다.

"당신은 너무 많은 걸 약속해……. 당신이 한 번의 시선만으로 사람들에게 선사하는, 그들 안에 있는 모든 가능성들……. 모르겠다."

그녀는 오타비우의 겸손에 기쁨을 느끼지 않았다. 예전에 그가 자신의 그 쓸모없고 거창한 선언을 두고 처음으로 농담을 했을 때 자만하거나 주눅 들지 않았던 것과 마찬가지였다. 그는 그녀를 보았다. 다시 한 번,

야생의 심장 가까이

그는 이 여자와 연결되는 법을 찾아 내지 못했다. 다시 한 번 그녀가 이겼다.

방에 정적이 감돌았고, 뚜껑 열린 피아노의 흰 건반에는 빛과 공허가 자리했다. 무언가가 천천히, 진실하게 죽어 갔다. 삶의 기쁨을 그 순간에 다시 연결하려드는 건 부질없는 짓일 터였다.

"다음은 뭐지?" 오타비우가 중얼거렸다. 이제 그는 세상사의 본질에 굴복했고, 주아나의 진실에 끌려 다니고 있었다.

"모르겠어." 그녀가 말했다.

오타비우는 그녀를 자세히 살펴보았다. 그녀는 저렇게 멀리 떨어진 채로 무슨 생각을 저리도 골똘히 하고 있을까? 그녀는 움직이고 있는 그 무언가의 중심을 맴도는 듯했고, 그녀의 몸은 지지대 없이, 거의 존재하지 않는 상태로, 떠다니고 있었다. 마치 그녀가 과거의 사건들에 대해 이야기하고, 그가 그 말이 거짓말임을 눈치 챘을 때와 같았다. 그럴 때 주아나의 머리는 가볍게 떠다녔고, 그녀는 부드럽게 이마를 기울였다가 들어 올렸고, 말을 더듬었고, 처음에는 단단하고 예리한 핵심을 지니고 있었지만 이후로는 모든 게 유동적으로 변하고 순수해졌다. 영감이 그녀의 움직임들을 인도했다. 오타비우는 넋 놓고 그녀를 바라보았다. 결국 불안이 그의 심장을 옭죄고 말았는데, 그건 넘어설 수도 없고 손으로 만질 수도 없는 원이 그녀를 에워싸고 고립시키는 바람에 그녀를 만지고 싶어도 그럴 수 없었기 때문이었다. 그 다음엔 비통함이 그를 사로잡았는데, 그건 그녀가 여자로 느껴지지 않아서 그의 남성성이 쓸모없는 게 되어 버렸고, 하지만 그는 남자가 아닌 다른 것이 될 수 없어서였다. 한때 사촌 이자벨의 정원에 흰 장미가 자란 적이 있었다. 그는 장미를 소유하는 법을 몰라 곤혹스럽게 장미를 바라보곤 했다. 살아 있는 생물체로서 그가 지닌 유일한 힘은 그 장미 앞에서 아무런 쓸모가 없었던 것이다. 그는 장미를 얼굴에, 입술에 대고 향기를 맡았다. 장미는 계속해서 섬세하면서도 화려하게 떨렸다. 그는 이렇게 생각했다. 꽃잎이라도 두꺼웠다면, 단단하기라도 했으면…… 땅에 떨어질 때 메마른 소리를 내며 박살이라도 났으면……. 그는 그 꽃이 주아나처럼, 거짓말을 할 때의 주아나처럼 커져가는 매력으로 자신을 침범해 오는 걸 느끼며 무력한 분노에 사로잡혔다: 그는 장미를 으스러뜨리고, 씹고, 파괴했다.

지금, 그녀를, 뭐라고 규정할 수 없는 그 얼굴을 바라보고 있노라니, 문득 사촌 이자벨의 정원으로 돌아가 그 해묵은 감정을 복원해 보고 싶어졌다.

하지만 다른 생각에 앞서, 주아나가 떠날 거라는 깨달음이 퍼뜩 찾아왔다. 그래, 그는 계속 살아갈 거였다. 리디아와 아이, 또 그 자신이 있으니까. 주아나는 떠날 것이고, 그는 그걸 알았다……. 하지만 무슨 상관인가, 그는 주아나가 필요치 않았다. 아니, '필요치 않은 것'이 아니라 '그럴 수가 없는 것'이었다. 갑자기 자신이 그녀 곁에서 그토록 오래 살아왔다는 게 도통 이해가 되지 않았고, 그녀가 떠나면 자신은 현재를 먼 과거―사촌 이자벨의 집, 약혼자 리디아, 진지한 책을 써보겠다는 계획, 중독처럼 따스하고 달콤하며 혐오스러운 그 자신의 고통들이 있는 과거, 주아나로 인해 간단히 중단되었던 그 과거―와 결합시켜야 하리란 생각이 들었다. 그녀에게서 벗어나 민법에 대한 책을 쓰겠다는 계획을 실현하게 된다면 좋을 것이다. 그는 벌써 자신이 가진 것들 사이를 친숙하게 거니는 상상을 할 수 있었다.

그러나 한편으로, 그는 기이하고 갑작스런 깨달음 속에서 이런 모습을 보았다. 아마도 어느 오후에, 가슴에 예리한 통증을 느끼며 눈살을 찌푸리고, 굳이 눈으로 보지 않고도 자신의 손이 비었음을 아는 그 자신의 모습이었다. 주아나가 떠났을 때의 무어라 정의할 수 없는 상실감……. 그녀는 그의 안에서 솟아날 터였다. 보통의 기억처럼 그의 머리에서 떠오르는 게 아니라, 몸 한복판에서 모호하면서도 명료하게 떠올라 갑작스런 종소리처럼 그의 삶을 중단시킬 터였다. 그러면 그는 그녀의 미친 거짓말을 들을 때처럼 고통스럽겠지만, 그 환각을 떨쳐 내지 못하고 몸 안에서 물로 변하는 은혜로운 공기처럼 그것을 자꾸자꾸 들이마실 터였다. 그는 자신의 심장 속에 있는 탁 트인 공터를 느끼게 될 터였다. 주아나의 씨앗들이 숲이 되어 그곳을 뒤덮지 못했던 것이다. 왜냐하면 그녀는 마치 미래에 하게 될 생각처럼 소유할 수 없는 것이었으니까. 그러나 그녀는 그의 것이었다. 그래, 언젠가 들어본 적이 있는 노래처럼 깊고도 넓게. 내 거야, 내 거야, 떠나지 마!—그는 존재 깊숙한 곳에서부터 애원했다.

하지만 그는 그녀가 떠나기를 원하기에, 그녀가 이대로 머문다면 그녀를 어떻게 해야 할지 모르기에 그 말을 입 밖에 내지 않을 터였다. 그는 임신한, 드넓은 리디아에게 돌아갈 터였다. 그는 자기가 자신의 존재에서 가장 소중한 부분, 즉 주아나의 곁에서 간신히 살아남을 수 있었던 그 고통스러운 작은 부분을 포기하기로 결정했음을 서서히 깨달았다. 마치 자신의 온 존재를 포기하는 듯한 한 순간의 아픔이 지나간 후, 그의 눈은 피로로 번들거렸다. 그는 미래를 위해 무언가를 더

야생의 심장 가까이

갈망해야 한다는 사실에 무력감을 느꼈다. 마침내, 그는 자신의 격렬하고 기묘한 정화 의식이 다 이루어진 모습을 당혹스러운 눈길로 바라보았다. 마치 서서히 무기물의 세계로 들어서고 있는 듯했다.

"정말로 아이를 원해?" 그는 물었다. 왜냐하면 그는 자신이 걸어 들어온 고독 속에서 두려움에 빠졌고, 갑자기 삶과 연결되기를 원했고, 리디아에게 기댈 수 있게 될 때까지 주아나에게 기대고 싶었던 것이다. 마치 절벽을 타는 사람이 커다란 바위를 찾을 때까지 작은 바위들을 붙잡는 것처럼.

"우린 아이가 살아가도록 이끄는 법을 모를 거야……." 주아나의 목소리가 들려왔다.

"그래, 당신 말이 맞아……." 그가 겁에 질려서 말했다. 그는 리디아의 존재가 격하게 그리웠다. 그녀에게 돌아가고 싶었다. 영원히 돌아가고 싶었다. 그는 오늘이 주아나와의 마지막 밤이 될 것임을 알았다. 마지막, 마지막…….

"아니…… 어쩌면 내가 옳을지도 몰라." 주아나가 말을 이었다. "어쩌면 아이를 갖기 전에 이런 생각을 안 하는 게 맞는 건지도 몰라. 환한 전등을 켜면 모든 게 밝고 안전해지잖아. 매일 오후 차를 마시고, 수를 놓고, 무엇보다도 지금 이것보다 환한 빛이 생기는 거야. 아이는 살아갈 거고. 그게 진실이야……. 그래서 당신은 리디아가 가진 아이의 삶에 대해서는 두려워하지 않은 거야……."

오타비우의 얼굴은 근육 하나 움직이지 않았고 눈도 깜짝이지 않았다. 하지만 그의 모든 것이 응축되었고, 그의 창백함은 촛불처럼 빛났다. 주아나가 계속해서 천천히 말하고 있었지만 그는 듣지 않았다. 그의 무거운 가슴에 분노가, 거의 아무 생각 없이, 서서히 차올라 그의 귀를 막고 시야를 흐리게 했던 것이다. 그렇다면……. 분노가 그의 안에서 몸부림치며 비틀거리고 헐떡거렸다. 그렇다면 그녀가 리디아에 대해, 아기에 대해 알고 있었던 것이다……. 알고 있으면서 아무 말도 하지 않은 것이다……. 나를 속이고 있었던 것이다…….—질식할 듯한 부담이 그를 더 무겁게 찍어눌렀다.—그녀는 내 치욕을 담담하게 받아들였다……. 그녀는 계속 내 옆에서 자며 나를 견뎠다……. 그런데 얼마나 오래? 왜? 아니, 도대체 왜……?!

"수치스럽군."

깜짝 놀란 주아나가 얼른 고개를 들었다.

"지독해."

그의 부어오른 목구멍은 간신히 그의 목소리를 담아냈
고, 목과 이마의 굵고 마디진 혈관들은 의기양양하게
펄떡거렸다.

"당신 숙모가 당신을 독사라고 불렀지. 독사, 그래.
독사! 독사! 독사!"

이제 그는 자제력을 잃고 발작하듯 외쳐 댔다. 독사. 그
의 고함은 경련하듯 떨리는 근원지에서 벗어나기가 무
섭게 허공에서 거의 쾌활하게 진동했다. 그녀는 격분
한 그가 고래고래 소리를 질러 대며 미친 듯 주먹으로
책상을 내리치는 모습을 바라보기만 했다. 왜냐하면
주아나는 세상 만물이 그 존재를 지속적으로 이어 오고
있다는 사실을 마치 멀리서 들려오는 음악처럼 의식하
고 있었기 때문이었다. 그러니 지금 그가 내지르는 고
함들은 화살처럼 하나하나 자존할 수 없었다. 그것들
은 이미 존재해 오던 것들과 합쳐져 버린 것이다. 이 순
간은 언제까지 지속될까? 갑자기 탈진하고 고갈된 그
가 천천히 의자에 앉을 때까지. 그는 축 늘어진 얼굴로,
죽은 눈으로 바닥의 한 지점을 응시했다.

두 사람은 고독하고 차분한 정적 속으로 가라앉았다. 어쩌면 몇 년이 지났을 수도 있었다. 모든 것이 영원한 별처럼 투명했고, 그들은 너무도 조용히 허공을 맴돌고 있어서, 심지어 그들 자신의 몸속에서 맑게 넘실대는 미래의 시간을 느낄 수 있을 정도였다. 그 시간의 밀도는 그들이 살아 온 긴 과거의 순간순간을 합친 것과 같았다.

그건 새벽의 첫 번째 빛이 밤을 흐트러뜨리기 시작할 때까지였다. 정원에서는 어둠이 닳아서 베일처럼 얇아졌고, 해바라기들이 이제 불기 시작한 산들바람에 떨리고 있었다. 하지만 작은 빛들은 아득히 먼 곳에서 여전히 바다처럼 반짝였다.

야생의 심장 가까이

다음날 그녀는 그 남자에게서 작별을 고하는 편지를 받았다.

"한동안 떠나 있어야 해, 가야만 해, 그들이 나를
데리러 왔어, 주아나. 난 돌아올 거야, 돌아올 거
야, 기다려 줘. 내가 아무것도 아니라는 거 알잖
아. 돌아올 거야. 난 당신 없이는 보고 들을 수조
차 없을 거야. 만일 당신이 나를 떠난다면, 난 작
은 새가 공중에서 날갯짓 없이 떠 있을 수 있을 만
큼, 딱 그만큼 조금 더 살다가 떨어질 거야. 떨어
져 죽을 거야. 주아나. 내가 지금 죽지 않는 유일
한 이유는 돌아올 거기 때문이야. 설명할 수는 없
지만, 난 당신을 꿰뚫어 볼 수 있어. 신이 나를 도

우시고 당신도 도우시길, 오직 하나뿐인 당신, 난
돌아올 거야. 난 당신에게 많은 말을 하지 않았지
만, 제발: 난 약속을 깨는 게 아냐, 안 그래? 난 당
신을 아주 아주 많이 이해해야 하고, 당신이 나에
게 바라는 걸 다 해 줘야만 해. 당신에게 신의 은총
이 있기를, 여기 내 성 크리스토퍼와 성녀 테레사
메달을 함께 보내."

그녀는 천천히 편지를 접었다. 지난 며칠간의 그의 얼
굴이 떠올랐다. 그 촉촉하고 몽롱한, 아픈 고양이의 눈.
눈가의 피부는 황혼처럼 어두운 자줏빛이었다. 그는
어디로 간 걸까? 그의 삶은 분명 엉망이었다. 엉망이
된 사실들. 그리고 그녀가 보기에 그는 심지어 그런 사
실들과도 단절되어 있었다. 그를 부양하는 여자, 그의
자기태만, 마치 시작도 없고 끝도 기대하지 않는 사람
같은……. 그는 어디로 갔을까? 그녀는 지난 며칠간 무
척 괴로웠었다. 그에게 말해 줬어야 했고 실제로 그럴
작정이었는데, 자신의 일에 정신이 팔리고 이기적으로
지내다 보니 깜빡 잊고 말았다.

    그는 어디로 갔을까? ─그녀는 허전한 마음으로
궁금해했다. 돌개바람이 돌고 돌아 그녀는 다시 길이
시작하는 곳에 놓였다. 그녀는 편지를 바라보았다. 우

유부단한 느낌의 고운 필체로 조심스럽고 힘겹게 써 내려간 문장들. 그녀는 연인의 얼굴을 떠올리며, 그의 뚜렷한 이목구비를 가볍게 사랑했다. 그녀는 잠시 눈을 감고 그 탐험되지 않은 집―방 하나만 공개되었고, 그 방에서 그녀가 다시 사랑을 알게 된 집―의 어두운 복도들에서 나는 냄새를 다시 한 번 맡았다. 여러 벽의 깊숙한 곳에서 나는 오래된 사과 같은 달콤하고 오래된 냄새. 그녀는 넓고 부드러운 침대로 교체된 좁은 침대를, 그녀가 불시에 찾아갔던 그날 문을 열고 쾌활하면서도 수줍게 그녀의 얼굴을 응시하던 그 남자를 떠올렸다. 과도하게 짙은 초록빛을 띤 파도 위의 작은 배는 거의 가라앉아 있었다. 그녀가 눈을 반쯤 감으면 배가 움직였다. 하지만 그 모든 것들이 그녀 위로 미끄러져 지나갔고, 아무것도 그녀를 소유하지 않았다⋯⋯. 요컨대 모든 게 그저 하나의 짧은 멈춤, 미약하고도 선명한 하나의 음이었다. 그 남자의 영혼에 침입해서는 그곳을 빛으로, 그가 아직 이해하지 못한 악으로 이루어진 빛으로 가득 채운 것은 그녀였다. 그녀 자신은 거기에 거의 영향을 받지 않았다. 하나의 짧은 멈춤, 아무런 반향도 없는 말끔한 음⋯⋯.

다시 삶의 고리 하나가 닫히고 있었다. 그녀는 오타비우의 고요하고 조용한 집에서, 전날만 해도 그의 물건들이 있었지만 이제 약간의 먼지가 낀 빈자리만 남아 있는 그곳에서 그의 부재를 느끼고 있었다. 그가 떠나는 걸 보지 못해서 다행이었다. 다행인 점은 하나 더 있었다. 그가 떠난 걸 처음 깨달았던 그 고통스러웠던 순간에도, 그녀는 여전히 자신에게 연인이 있다고 믿었던 것이다. "그녀는 오타비우가 떠난 걸 언제 알았을까……?" 하고 그녀는 생각했다. 그런데 왜 거짓말을 하지? 먼저 떠난 건 그녀였고, 오타비우도 그 사실을 알고 있었다.

그녀는 그 남자를 만나러 오기 위해 입었던 옷을 벗었다. 힘없이 늘어진, 축축한 입술을 가진 그 여자는 그 큰 집에서 홀로, 늙은 모습으로 고통받고 있으리라. 주아나는 그 남자의 이름조차 몰랐다……. 그녀는 그의 이름을 알고 싶지 않다고 그에게 말했다: 난 다른 출처들을 통해 당신을 알고 싶어. 다른 길들을 따라 당신의 영혼에 닿고 싶어. 난 당신의 이미 지나간 삶도, 심지어 당신의 이름조차도, 당신의 꿈조차도, 당신의 고통에 대한 이야기조차도 갈망하지 않아. 신비가 빛보다 많은 걸 설명해 줘. 당신도 나에 대해 아무것도 묻지 마. 난 주아나야. 당신은 살아 있는 몸이고, 나도 살아 있는 몸이야, 그게 다야.

아, 바보, 바보, 만일 네가 그의 이름, 희망들, 상

야생의 심장 가까이

처들을 알고 있었더라면, 넌 고통스러웠겠지만 사랑을 했을지도 몰라. 진실을 말하자면, 그들 사이의 침묵은 그런 것보다 더 완벽했었다. 하지만 그게 뜻하는 바는…… 그저 살아 있는 육신들일 뿐이라는 것이다. 아니, 아니야, 분명 그쪽이 더 나았다: 각자가 몸을 지니고, 그 몸을 살기를 간절히 원하면서, 그 몸을 밀고 나아가는 것이다. 남들 위로 올라서려는 탐욕을 추구하는 것이다. 좀 더, 좀 더 잘 존재하기 위해서 엄청난 영악함과 애처로운 비겁함을 추구하는 것이다. 그녀는 드레스를 쥐면서 생각을 중단했다. 조심스럽게, 가볍게. 그녀는 빈 집 한가운데에 서 있는 자신의 고독을 인식했다. 오타비우는 리디아와 함께 있었다. 세상의 씨앗들로 가득한 그 임신한 여자에게로 도망친 것이다.

그녀는 창가로 걸어갔고, 맨살이 드러난 어깨에 한기를 느끼며 식물들이 조용히 살고 있는 땅을 바라보았다. 지구는 움직였고 그녀는 그 위에 서 있었다. 창문 너머로 하늘이 밝게, 무한히 펼쳐져 있었다. 개개의 사건에서 받은 고통에 머물러 있거나 이미 일어난 일들에 대해 분노하는 건 부질없는 짓이었다. 그 사실들이란 그저 찢어진 드레스자락, 다시금 사물들의 본질을 가리키는 조용한 화살표, 물이 말라붙어 바닥을 드러낸 강일뿐이니까.

주아나는 오후의 선선함에 소름이 돋았고, 또렷이 생각할 수가 없었다―그녀가 중심을 잃고 비틀거리게 만드는 무언가가 저 정원에 있었다. 그녀는 경계를 늦추지 않았다. 무언가가 그녀 안에서 응답하며 꿈틀거렸고, 가볍고 시원하며 오래된 물결이 그녀 몸의 어두운 벽들을 타고 솟구쳤다. 거의 겁에 질린 그녀는 그 느낌을 자각하려 했지만, 도리어 달콤한 실신에 빠진 채 부드러운 손가락들에게 붙잡혀 자꾸 뒤로 끌려가기만 했다. 마치 아침인 것처럼. 그녀는 자신을 살펴보았고, 마치 너무 멀리까지 위험을 무릅쓰고 나왔을 때처럼 황급히 정신을 차렸다. 아침이라고?

아침. 그녀가 한때 머물렀고, 휴식을 취했으며, 지금까지도 그때의 향기를 풍기고 있는 그 기이하고도 경이로운 장소는 어디였을까? 젖은 땅 위의 마른 잎들. 그녀의 심장이 천천히 죄어들었다가 열렸고, 그녀는 잠시 숨을 참고 기다렸다……. 아침이었고, 그녀는 아침이라는 걸 알아차렸다……. 마치 어린아이의 연약한 손에 이끌리듯 퇴행하던 그녀는 어떤 소리를 들었고, 그 소리는 꿈에서 들을 때처럼 작아져 있었다. 닭들이 흙을 파헤치는 소리. 뜨겁고 건조한 흙…… 시계가 뎅그랑…… 뎅……그랑 울리고…… 태양은 집들 위로 노랗고 빨간 작은 장미의 비가 되어 내리고…… 맙소사, 그

야생의 심장 가까이

게 그녀 자신이 아니면 누구였단 말인가? 하지만 언제였지? 아니야, 언제나였어…….

분홍 물결이 어두워지고, 꿈이 사라져 갔다. 내가 잃어버린 건 무엇일까? 내가 잃어버린 건 무엇일까? 이미 멀리 떠난 오타비우도 아니고, 그 연인도 아니었다—그 불행한 남자는 존재한 적조차 없었다. 분명 그가 체포되었으리란 생각이 퍼뜩 들었지만, 그녀는 그 생각을 초조하게 밀어내며 도망쳤다, 무턱대고 달려 나갔다……. 갑자기 근처에서 수탉의 맹렬하고 고독한 울음이 들려왔다. 파괴적이고 고독한 그 소리에 세상 모든 것이 같은 종류의 광기 속으로 뛰어드는 듯했다. 하지만 지금은 새벽이 아냐, 그녀는 떨면서 한 손으로 차가운 이마를 문지르며 말했다……. 저 수탉은 자기가 죽으리란 걸 몰라! 저 수탉은 자기가 죽으리란 걸 몰라! 그래, 그래: 아빠, 나 뭐 해요? 아참, 그녀는 미뉴에트의 한 마디를 빼먹었다……. 그래……. 시계가 댕그렁 울렸고, 그녀가 발끝으로 서자 그 순간 세상은 훨씬 천천히 돌았다. 저기 어딘가에 꽃들이 있었던가? 그리고 욕망, 그녀의 끝들이 사물들의 시작과 합쳐질 때까지 녹아내리고 싶다는 커다란 욕망이 있었다. 그렇게 단일한 존재가 되는 거야, 발그레하고 부드럽고—오르락내리락, 오르락내리락하는 배처럼 온순하게 숨 쉬는……. 아니면 이 모든 게 그녀의 착각이고, 그 느낌은 지금 막 생겨난 거였을까? 그럼 그 오래 전의 순간 속에 있었던 건 뭐였을까, 녹색을 띤 불분명한 그 무엇, 계속 이어지리라는 기대, 참지 못하거나 잘 참을 줄 아는 순수함? 빈 공간……. 그때는 그 무엇도 응축되지 않았고 더 자유롭게 살았다는 걸 어떤 말로 표현할 수 있을까? 눈을 뜨고 노랗게 물들어가는 나뭇잎들, 흰 구름들, 그리고 저 멀리까지, 지구를 감싸듯 펼쳐진 시골 풍경을 바라보는 것. 그리고 지금은……. 어쩌면 그녀가 배운 건 말하는 법뿐인지도, 그게 전부인지도 모른다. 하지만 분해할 수 없는 그 단단한 말들은 그녀라는 바다의 표면에서 떠돌고 있었다. 예전에 그녀는 순수한 바다였다. 과거가 남겨 놓은 모든 것들이 그녀의 내부에서 작게 물결치며 빠르게 흘러 다녔지만, 그건 그 오래된 물의 일부에 불과했다. 조약돌 사이를 흐르는 물, 죽은 갈색 낙엽으로 뒤덮인 둑을 따라 서 있는 나무들에게서 그늘을 얻어 시원해진 물. 아아, 그녀는 자신을 이해하지 못하는 상태에 얼마나 기분 좋게 빠져들었던가. 그래서 그 확고하고 부드러운 썰물에 더 쉽게 몸을 맡길 수 있었던 것이다. 그랬다가 돌아오는 것이다. 언젠가는 그 단단하고 고독한 말들 없이도 자신과 재결합하게 되리라……. 다시 자신과 결합해서 저 말 없고 매정하고 강인하며 넓고 움직임 없고 맹목적이며 살아 있는 바다가 되리라. 죽음이 그녀를 어린 시절과 이어 주리라.

하지만 대문의 쇠창살들은 인공적인 것이었고, 게다가 그것들은 햇살 아래에서 반짝이고 있었다. 그녀는 그것들을 갑자기 인식했고, 그 충격 속에서 다시 여자가 되었다. 그녀는 꿈속에서 길을 잃고 몸서리를 쳤다. 그녀는 돌아가고 싶었다. 돌아가고 싶었다. 무엇에 대한 생각을 하고 있었지? 아, 죽음이 그녀를 어린 시절과 이어 주리라는 생각. 죽음이 그녀를 어린 시절과 이어 주리라. 하지만 이제 밖을 보는 그녀의 눈은 차가워져 있었다. 이제 죽음은 달라져 있었다. 대문의 쇠창살들이 인공적이었기 때문에, 그녀가 여자가 되었기 때문에…… 죽음…… 그렇게 갑자기 죽음은 그저 중단에 불과한 것이 되었다……. 안돼! 그녀는 겁에 질려 외쳤다. 죽음이 아니라 자신을 향해서.

이제 그녀는 자신보다 앞서 달리고 있었고, 이미 오타비우와 사라진 남자에게서 멀리 떨어져 있었다. 죽지 마. 왜냐하면…… 죽음이 실제로 그녀의 내부 어딘가에 있는가?—그녀는 천천히, 날카롭게 자문했다. 그러면서 눈을 크게 떴다. 자신이 생각해 낸 너무도 새롭고 매혹적인 질문이 도무지 믿기지 않았던 것이다. 그녀는 거울 앞으로 걸어가서 자신을 바라보았고—여전히 살아 있었다! 창백한 목이 섬세한 어깨 위로 솟아 있었다, 여전히 살아 있었다!—자기 안의 죽음을 찾아보았다. 아니, 들어 봐! 들어 봐! 죽음의 시작은 그녀 안에 존재하지 않았다! 그녀는 자신의 내부에서 불어 오는 산들바람을, 건강이 일으켜 보낸 바람을 느꼈다. 온몸이 숨을 쉬기 위해 열렸다. 마치 그녀의 몸에서 죽음을 찾아 내려는 시도를 맹렬히 방해하려는 듯이······.

그러니까 죽을 수 없다고, 그녀는 천천히 생각했다. 그 여린 생각은 조금씩 길게 숨을 들이쉬더니, 점점 자라서, 윤곽을 잡아 가는 하나의 덩어리처럼 단단히 굳어졌다. 거기엔 다른 것이, 의심이 끼어들 자리가 없었다. 심장이 세차게 뛰었고, 그녀는 자신에게 귀 기울였다. 큰소리로 웃었다. 지저귀듯 떨리는 웃음소리. 아니······ 하지만 그건 너무도 분명하니까······. 그녀는 죽지 않을 거라는, 왜냐하면······ 왜냐하면 끝낼 수가 없으니까. 그래, 그래. 노인인 듯도 하고 여자인 듯도 한, 모호한 얼굴들이 하나로 합쳐진 환영이 빠르게 스쳐 가며, 고개를 젓고, 거부하고, 늙어갔다. 아니야, 그녀는 새로 발견한 진실의 밑바닥을 딛고 서서 그들에게 부드럽게 말했다, 아니야······. 그 얼굴들은 연기처럼 사라졌다. 그녀는 늘 그랬으니까. 그녀의 몸은 아무도 필요

야생의 심장 가까이

치 않았고, 자유로웠으니까. 그녀는 거리들을 걸어 다녔으니까. 그녀는 물을 마셨고, 신을, 세상을, 모든 것들을 폐기해 버렸다. 그녀는 죽지 않을 것이었다. 정말 쉬운 거야. 그녀는 두 손을 펼쳤다. 지금껏 이 손으로 무얼 해야 할지 몰랐던 그녀는 이제 알게 되었다. 어쩌면 자신을 어루만지고, 자신에게 입 맞추고, 호기심과 감사로 가득한 자신을 받아들여야 하리라. 이제 아무런 근거와도 연결되지 못한 죽음은 너무나도 비논리적인 일처럼 보였고, 그런 그녀를 다시 막아 세우며 경악케 한 건 바로 공포였다. 영원한? 맹렬한…… 번개처럼 빠르고 불꽃처럼 환한 영상들이 생각이라기보다는 느낌의 총체가 되어 전기처럼 사방으로 흘렀다. 과도기를 거치지 않고 변화한 그녀는 하나의 단계에서 다음 단계로 가볍게 건너뛰었고, 갈수록 더 높아졌고, 명료해졌고, 팽팽해졌다. 그렇게 그녀는 매 순간마다 자신 속으로, 희부연 빛의 동굴들 속으로 깊이 더 깊이 떨어지면서, 이 여정이 안겨 주는 두려움과 행복으로 가득 채워진 채 힘차게 호흡했다. 꼭 잠에 빠져들 때처럼. 그 순간들이 얼마나 쉽게 부서지는지 직관적으로 알고 있었던 그녀는 자신을 만지게 될까 봐 두려워하며 조심스럽게 움직였다. 자칫했다간 저 기적을, 그녀 안에서 살아가려 하는 빛과 공기로 이루어진 그 여린 존재를 휘저어 없애 버릴 수도 있었으니까.

　그녀는 다시 창가로 천천히 걸어가며 조심스럽게 호흡했다. 그녀는 거의 얼음처럼 차가운, 거의 음악을 지각할 때와 같은 섬세하고 강렬한 기쁨에 흠뻑 젖어 있었다. 입술이 심하게 떨리기 시작했다. 영원한, 영원한. 드넓은 갈색의 땅들, 그리고 분노와 선율을 안고서 반짝이며 흐르는 초록색 강들은 서로 뒤섞인 채 환한 빛을 발하며 계속 이어져 펼쳐졌다. 불처럼 빛나는 액체가 거대한 주전자들로부터 그녀의 투명한 몸 안으로 부어졌다…… 질식한 땅 위에서 자라 온 그녀는 수천 개의 살아 있는 입자들로 나뉘었고, 그 입자들은 그녀의 생각, 그녀의 힘, 그녀의 무의식으로 채워져 있었다…… 안개가 끼지 않은 그 선명함 속을 가볍게 가로질러, 걸어가고, 날아가고……

　밖에서 새 한 마리가 비스듬히 날아갔다!

　새는 맑은 허공을 가로질러 나무의 무성함 속으로 사라졌다.

　정적이 그 뒤에서 작은 속삭임으로 고동쳤다. 그녀는 얼마나 오래, 아무런 감정 없이 그걸 지켜보고 있었는지.

　아, 그러니 그녀는 죽을 것이다.

　그래, 정말로 죽을 것이다. 새가 날아간 것처럼 단

순하게. 그녀는 유순한 광인처럼 살며시 고개를 갸웃
거렸다: 하지만 그건 쉬워, 너무 쉬워……. 심지어 지성
조차 필요 없잖아……. 죽음은 다가올 거야, 다가올 거
야……. 몇 초가 지났을까? 1, 2초. 1초 더. 그 추위. 그
녀는 어떤 기적에 의해 이제 자신이 그 생각들을 알아
차릴 수 있게 되었음을 깨달았다. 그 생각들은 너무도
심오해서 다른 물질적이고 쉬운 것들 아래에 가려진 채
로 그것들과 함께 흘러가 버렸던 것이다……. 그녀는
꿈속을 살아가는 동안에는 주변의 사물들을 가만히 관
찰했고, 자신의 정신과 의식 속에서만 그것들을 사용
해 왔었다. 마치 풍경을 바라볼 때 커튼을 손으로 돌돌
말아 구기는 사람처럼. 그녀는 눈을 감았고, 기분 좋은
평온함과 피로를 느꼈다. 기다란 회색 베일이 그녀를
둘러쌌다. 잠시 동안 그녀는 여전히 남아 있는 위협을
느꼈는데, 그것은 몸 속 저 먼 곳에서 피처럼 흘러 다니
는 불가해함으로부터 온 것이었다. 영원은 비존재다,
죽음은 불멸이다—그 불가해한 생각들은 여전히 남아
있는 고통의 잔재처럼 그곳을 떠돌았다. 그리고 이제
그녀는 그것들을 무엇과 연관 지어야 할지 더 이상 알
지 못했다. 너무 피곤했다.

　　이제 불멸에 대한 확신은 영원히 사라졌다. 그녀
는 자신의 인생에서 한두 번은 더—어쩌면 어느 늦은

오후에, 사랑의 순간에, 죽음의 찰나에 ─ 숭고하고도 창조적인 무의식을, 날카롭고 맹목적인 직관을 얻게 될 터였다. 진실로, 자신은 언제나 불멸한다는 깨달음을.

설명할 수가 없다. 사물들이 정해진 형태와 경계를 갖고 있으며 모든 것들이 확고하고 바뀌지 않는 이름을 지닌 지역, 그녀는 그곳에서 천천히 벗어나고 있었다. 그녀는 출렁이고 고요하며 불가해한 영역으로 깊이 가라앉았고, 그곳에는 새벽처럼 모호하고 서늘한 안개가 끼어 있었다. 시골의 새벽. 그녀는 삼촌의 농장에서 한밤중에 잠이 깼었다. 낡은 집의 마룻바닥이 삐걱거렸다. 일층에서, 그녀는 땅에 시선을 박은 채 어두운 공간을 떠돌았고, 그건 독사들처럼 서로를 휘감은 식물들을 찾아보기 위해서였다. 밤의 어둠 속에서 무언가가 번뜩였다. 지켜보고, 또 지켜보는, 누워서 농장을 지키는 개의 눈. 그녀의 피에서 정적이 고동쳤고 그녀의 맥박은 그것과 함께 뛰었다. 이윽고 들판 위로 장밋빛의 촉촉한 새벽이 밝아 왔다. 죽음에서 벗어나 다시금 초록빛의 천진한 모습을 되찾은 식물들이 돌풍에 민감하게 몸을 떨었다. 더 이상 농장을 지키는 개는 없었고, 이제 모든 것들은 하나였고, 가벼웠으며, 아무것도 의식하지 않았다. 조용한 들판에 말 한 마리가 풀려 있었는데, 그 다리의 움직임은 그저 추측만 할 수 있을 뿐이었다. 모든 것들이 모호했지만, 그녀는 문득 이 모호함 속에서 자신이 그동안 느끼기만 할 수 있었을 뿐 온전히 소유할 수는 없었던 명료함을 발견했다. 그녀는 당혹해하며 생각했다: 모든 것, 모든 것. 단어들은 강물 속에서 굴러다니는 조약돌이야. 그때 그녀가 느낀 건 행복이 아니었으니, 그건 유체流體였고, 형태 없는 아름다움이었고, 찬란한 순간이었고, 어두컴컴한 순간이었다. 잎이 무성한 나무들과 도로에서 날아든 먼지로 뒤덮인 고속 도로변의 집 같은 어두컴컴함. 그 집에서 맨발의 노인과 두 아들, 크고 잘생긴 종마들이 살았었다. 막내아들은 눈을, 무엇보다도 눈을 갖고 있었고, 그녀에게 한 번 키스한 적이 있었는데, 그건 그녀가 해본 키스들 중에서 최고에 속했다. 그녀가 손을 내줄 때마다 그의 눈 안쪽에서 무언가가 일었다. 바로 그 손이 지금 의자 등받이 위에, 마치 별개의 작은 몸처럼, 만족한 채 느긋하게 놓여 있었다. 어렸을 때는 그 손이 다정한

야생의 심장 가까이

젊은 숙녀처럼 춤추도록 했었다. 그녀는 실제로 손으로 춤을 춘 적도 있었는데, 그건 도피 아니면 복역 중이었던 그녀의 연인을 위해서였다—그 남자는 완전히 반하더니 갈망에 차서 그 손을 꼭 잡고 키스했었다. 그 손이 정말 한 명의 여자라도 되는 것처럼. 아, 그녀는 많은 삶을 살았다. 농장, 그 남자, 기다림들. 여름이면 불면의 밤들을 보내느라 얼굴은 창백해지고 눈은 어두워졌다. 불면의 내부, 각기 다른 불면들. 그녀는 향기들을 알았다. 젖은 초록 나뭇잎들의 냄새, 불빛에 비친 초록 나뭇잎들, 어디 있지? 그때 그녀는 경비원이 방심한 틈을 타서 화단의 젖은 흙을 밟았다. 전선에 매달린 전등들이, 이렇게, 무심히 명상에 잠겨, 흔들리고, 야외무대의 음악, 제복 차림의 땀투성이 흑인들. 불빛이 온통 환하게 밝혀진 나무들, 창녀들의 차갑고 가식적인 태도. 그리고 무엇보다도 거기엔 말할 수 없는 것이 있었다: 커튼 뒤에서 지켜보고 있는 눈들과 입, 간간이 깜빡거리는 개의 눈, 모르는 사이에 정적 속에서 일렁이는 강. 또: 씨앗에서 자라나 죽어가는 식물들. 또: 저 멀리 어딘가에서, 나뭇가지에 앉은 참새 한 마리와, 잠자고 있는 누군가. 모든 것들이 흩어져 갔다. 농장은 그런 순간 속에서도 존재하고 있었고, 시곗바늘은 그런 순간 속에서도 앞으로 나아갔다. 그 순간, 당혹해하는 마음은 시계에게 추월당한 자신을 발견했다.

그녀는 살아온 시간이 다시 자기 안에서 쌓이고 있음을 느꼈다. 그 느낌은 자신이 살았던 집에 대한 기억처럼 가볍게 떠다녔다. 집 자체가 아니라, 타자기를 두드리는 아버지와 관련된, 이웃집 마당과 늦은 오후의 태양과 관련된 그 집이 그녀 안에서 차지하고 있는 위치. 모호하고, 아득히 멀고, 말이 없는. 한 순간…… 그것은 끝났다. 그녀는 시간을 살아 내고 나면 그 뒤로 무언가가 이어질지, 아니면 새롭게 시작될지, 아니면—마치 장벽을 마주한 것처럼—아무것도 없을지에 대해서는 알아 낼 방법이 없었다. 그녀가 원래 하려고 했던 행동과 정반대의 행동을 할 때면 아무도 그녀를 막지 않았다: 아무도, 아무것도…… 그녀가 꼭 자신의 시작을 뒤따라야 할 이유는 없었다……. 그 사실은 그녀에게 상처가 되었던가, 아니면 힘이 되었던가? 어쨌거나 그녀는 자신에겐 저주였던 그 이상한 자유, 그녀를 심지어 자기 자신과도 연결시켜 준 적이 없었던 그 자유야말로 자신의 본질을 밝혀 주고 있다는 걸 느꼈다. 그리고 자신의 삶과 영광의 순간들이 거기에서 나오고, 미래의 모든 순간들 역시 거기에서 창조된다는 것도 알아차렸다.

주아나는 자신이 타는 듯 뜨겁고 건조한 바위들

야생의 심장 가까이

틈에서 아직 물기를 잃지 않은 미생물처럼 살아남았다고 생각했다. 이미 과거가 된 그 오후—삶의 고리 하나가 닫히고, 일이 끝났던—, 그 남자의 편지를 받은 그 오후에 그녀는 새로운 길을 택했다. 도망치진 말되, 가라. 아버지가 남긴 유산, 아직 손도 대지 않은 그 돈을 쓰면서 방랑하고 방랑하며, 겸허히, 고통받으며, 철저히 흔들리며, 희망 없이. 무엇보다도, 희망 없이.

그녀는 자신의 선택이 마음에 들었고, 이제 평온함이 그녀의 얼굴을 어루만지며 지나간 죽은 순간들을 의식 속으로 들여보내 주었다. 낯선 이들에게 자신을 불쑥 내맡길 수 있는, 긍지도 수치심도 없는 그런 사람들 중 하나가 되는 것이다. 그게 바로 그녀가 죽기 전에 어린 시절과 연결될 수 있는 방법이다. 벌거벗는 것이다. 마침내 자신을 낮추는 것이다. 어떻게 하면 나 자신을 충분히 벌할 수 있을까? 어떻게 하면 세상과 죽음을 향해 나 자신을 열어 놓을 수 있을까?

배가 살며시 펼친 손바닥 같은 바다 위를 가볍게 떠갔다. 그녀는 갑판 난간에 기댔고, 천천히 솟아난 애정이 슬픔에 잠긴 자신을 감싸는 걸 느꼈다.

갑판 위의 승객들은 저녁식사 때까지의 기다림을 견딜 수가 없어서, 시간과 시간을 재결합시키고 싶어 안달이 나서 이리저리 서성이고 있었다. 누군가가 음

울한 목소리로 말했다: 비 좀 봐! 정말로 잿빛 안개가
눈을 감은 채 다가오고 있었다. 이내 굵은 빗방울이 갑
판을 때리며 바늘 떨어지는 소리를 냈고, 물 위로도 떨
어졌고, 보이지 않게 수면을 뚫고 들어갔다. 바람이 차
가워졌고, 코트 깃들이 세워졌고, 갑자기 불안해진 시
선들은 고통을 두려워하던 오타비우처럼 우울함을 피
하려 했다. 데 프로푼디스……

　데 프로푼디스? 무언가가 말하고 싶어 했다……
데 프로푼디스……. 자신의 말을 들어! 심연의 가장자
리에서 가볍게 춤추는 저 덧없는 기회를 잡아. 데 프로
푼디스. 의식의 문을 닫아. 처음엔 썩은 물을, 어지러
운 말들을 지각하지만, 그 다음엔 그 혼란 속에서 순수
한 물줄기가 거친 벽을 타고 떨리며 흐른다. 데 프로푼
디스. 조심스럽게 다가가서 첫 물결이 다시 밀려들게
해. 데 프로푼디스……. 그녀는 눈을 감았지만, 어렴풋
한 그늘만 보일 뿐이었다. 생각들 속으로 더 깊이 들어
가자 희미하고 붉은 윤곽을 지닌 가늘고 움직임 없는
형상이 보였다. 그건 그녀가 생채기가 났을 때, 아버지
가 소독약을 찾으러 간 사이에 피 묻은 손가락으로 종
이쪼가리 위에 그린 그림이었다. 그녀의 검은 동공 속
에서 생각들이 기하학적으로 배열되었고, 그건 마치
벌집 같았는데, 몇 개의 방들은 비어 있었고, 형태를 갖

추지 못했으며, 상상像들이 자리할 공간이 없었다. 뇌를 닮은 부드러운 회색 형체들. 하지만 그녀는 그걸 진짜로 보진 못했으니, 어쩌면 그저 상상으로 떠올려 본 것인지도 몰랐다. 데 프로푼디스. 나는 한때 꾸었던 꿈을 본다: 버려진 어두운 무대, 어떤 계단의 뒤편. 하지만 내가 '어두운 무대'라는 단어를 직접 떠올리는 순간, 꿈은 고갈되고 그 방은 빈다. 느낌은 시들고, 그저 정신적이기만 한 것이 된다. 그러니 '어두운 무대'라는 말이 내 안에서, 나의 어둠 속에서, 나의 향기 속에서 충분히 살 때까지, 그리하여 닳고 닳아 형체를 잃고 희미해질 때까지, 계단의 뒤편에서……. 그러면 나는 다시금 진실을, 꿈을 갖게 되리라. 데 프로푼디스. 스스로 말하고 싶어 하는 그 무언가는 왜 오지 않는 것일까? 나는 준비돼 있다. 눈을 감는다. 몸을 떨던 짐승이 태양을 향해 나아갈 때 가득 핀 꽃들은 장미로 변하고, 이렇듯 환영幻影은 말보다 훨씬 빠르니, 나는 말이 되지 않는 것들을 위한 장場을 탄생시키는 쪽을 선택한다. 데 프로푼디스, 나중에 순수한 물줄기가 올 것이다. 나는 햇살 속에서 파리들과 함께 기어가는 내장의 시퍼런 기능機能 하에서 장밋빛 구름으로 가득 차서 떨리는 눈雪을 보았다. 회색빛 인상, 구름 뒤에 존재하는 반투명한 녹색의 차가운 빛. 나는 눈을 감고 흰 폭포수처럼 일렁이는 영

감을 느낀다. 데 프로푼디스. 신이시여, 저는 당신을 기
다립니다, 제게로 오소서, 신이시여, 제 가슴에서 피어
나소서, 저는 아무것도 아니고 불행이 제 머리 위로 떨
어지며 저는 그저 말을 사용하는 법만을 알 뿐이고 말
들은 거짓말을 하며 저는 계속해서 고통받고, 결국 검
은 벽 위로 흐르는 가느다란 물줄기, 신이시여 제게 오
소서, 저는 기쁨이 없고 제 삶은 별 없는 밤처럼 어두우
니, 신이시여, 당신은 어찌하여 제 안에 존재하지 않으
십니까? 어찌하여 저를 당신에게서 떨어뜨리셨나요?
신이시여 제게 오소서, 저는 아무것도 아니며, 먼지보
다도 못하며 날마다 밤낮으로 당신을 기다립니다, 저
를 도우소서, 제겐 오직 하나의 삶만 있으며 이 삶은 제
손가락들 사이로 빠져나가 담담히 죽음을 향해 가고 있
으며 저는 아무것도 할 수 없고 그저 시시각각 저의 고
갈을 지켜볼 뿐이며, 저는 세상에서 혼자이고, 저를 좋
아하는 사람들은 저를 모르고, 저를 아는 사람들은 저
를 두려워하며 저는 작고 가여운 존재이니, 저는 몇 년
내로 제가 존재했음을 모를 것이며, 제 삶에 남은 거라
곤 얼마 없지만 제 삶에 남은 건 모두 손길이 닿지 않은
무용한 상태로 남을 것이니, 어찌하여 저를 불쌍히 여
기지 않으십니까? 아무것도 아닌 저를, 신이시여, 제
게 필요한 것을 주소서, 그게 무엇인지는 모르나 제게

야생의 심장 가까이

필요한 것을 주소서, 저의 적막함은 우물처럼 깊고 저 자신과 다른 사람들에 관한 한 제 생각은 틀리지 않으니, 불행 속에서 제게 오소서, 불행은 오늘이고, 불행은 언제나이며, 저는 당신 발에, 당신 발의 먼지에 입 맞추고, 눈물 흘리며 사라져 가고 싶사오니, 심연 속에서 당신을 부릅니다, 저는 죄를 짓지 않았으니 저를 도우소서, 저는 심연 속에서 당신을 부르고 당신은 응답하지 않으시며 저의 절박한 마음은 사막의 모래처럼 메마르고 당혹감이 저를 질식시키고 수치심에 빠뜨립니다, 신이시여, 살아 있으려는 이 궁지가 제 숨통을 짓누르고, 저는 아무것도 아닙니다, 심연 속에서 당신을 부릅니다, 심연 속에서 당신을 부릅니다 심연 속에서 당신을 부릅니다 심연 속에서 당신을 부릅니다⋯⋯.

이제 그녀의 생각들은 단단히 굳어졌고, 그녀는 큰 고비를 넘긴 환자처럼 숨을 쉬었다. 그녀의 내부에서는 아직 무언가가 중얼대고 있었지만, 피로에 지친 그녀의 얼굴은 공허한 눈빛을 지닌 매끄러운 가면 속에서 차분해져 갔다. 심연 속에서 이루어진 최후의 굴복. 종말⋯⋯.

하지만 심연 속에서 하나의 응답처럼, 그래 하나의 응답처럼, 아직 그녀의 몸으로 들어오는 공기 덕에 되살아난 불길이 맑고 순수하게 타올랐다⋯⋯. 어두컴컴한 심연에서 무자비한 충동이 불타올랐고, 삶이 다시금 아무런 형태도 지니지 않은 대담하고 비참한 모습으로 솟아올랐다. 그녀는 동요된 듯 메마른 흐느낌을 토해 냈고, 가슴 속에서는 강렬하고 견딜 수 없는 기쁨이 빛처럼 솟아 나왔다, 오, 그 회오리바람. 그리고 무엇보다도 그녀의 존재 밑바닥에서 이루어지는 끊임없는 움직임이 점점 분명해지고 있었다―이제 그 움직임은 커지며 진동했다. 물 밖으로 솟아올라 숨을 쉬려고 애쓰는, 살아 있는 어떤 것의 움직임. 또한 마치 날아가듯, 그래 날아가듯…… 얼굴에 바람을 맞으며 해변을 걸었고, 휘날리는 머리칼, 산 위의 영광……. 오르고, 또 올라, 허공을 향해 몸을 열어, 대기를 향해 열린 그녀의 몸, 맹목적으로 고동치는 피를 향한 굴복, 그녀의 영혼 속에서 수정처럼 맑게 반짝이는 선율……. 어떤 환멸도 그녀 자신이 지닌 신비들과 마주하지 않았다, 오 신이여, 신이여. 신이시여, 구원은 제 안에 있는 듯하니 저를 구원하기 위해서가 아니라 당신의 무거운 손으로, 형벌로, 죽음으로 저를 덮으러 오소서, 왜냐하면 제가 무력하기 때문이며, 또 제 육신을 이 중심으로 변화시킬 작은 자극조차 가하기를 두려워하기 때문입니다. 이 중심, 숨 쉬기를 갈망하면서 오르고 또 오르는 이 중심……. 밀물과 썰물 같은 그 충동, 무언가가 발생

야생의 심장 가까이

할 때와 같은, 발생과 같은 그 충동! 광인의 내면에서 오직 미친 생각들만 살아갈 수 있도록 허용하는 그 작은 건드림, 자라나고 떠돌고 지배하며 스스로 빛을 발하는 상처. 오, 그녀는 자신이 생각했던 것들과 얼마나 잘 어우러졌던지, 그녀가 생각했던 것들은 얼마나 웅대했고 또 압도적으로 치명적이었던지. 신이시여, 모든 것이 다시금 단단해지고 완전해질 때, 물 밖으로 머리를 내미는 제 움직임이 그저 하나의 기억이 될 때, 또 제 안에 오직 앎만이 존재하게 될 때, 그 앎은 그동안 쓰여 왔고 지금도 쓰이고 있으며 세상 만물은 그것을 통해 받아들여지고 또 주어지나니, 제 안에 그런 앎만이 존재하게 될 때, 당신께서 저를 개처럼 안으로 들여주시기를 바랍니다, 오 신이시여.

그녀 안에서 솟아나고 있는 건 용기가 아니었다. 그녀는 인간 이하의 존재, 그저 물질에 지나지 않는데 어떻게 영웅이 될 수 있고 승리를 원할 수 있겠는가? 그녀는 여자가 아니었으니, 그녀는 존재였고, 그 안에 있는 건 움직임, 언제나 전환기에 머물고 있는 그녀를 들어 올리는 움직임이었다. 어쩌면 어느 순간에 그녀의 야성적인 힘이 주위의 공기를 바꾸었는데 아무도 그걸 알아채지 못했을 수도 있었고, 또 어쩌면 그녀가 자신의 호흡을 통해 새로운 물질을 창조하면서 스스로가 그걸 몰랐을 수도 있었다. 그녀 안에 있는 자그마한 여자의 마음으로는 그 순간을 절대 이해할 수 없었을 테니, 그저 느낄 수만 있었을 것이다. 따뜻한 생각들이 무수히 싹트더니 그녀의 겁에 질린 몸 위로 퍼졌다. 거기서 중요한 건 그 생각들이 생명의 충동을 감추고 있었다는 것이었다. 또 하나 중요한 것은 그 생각들이 탄생한 순간 속에 있었으니, 그 순간에, 맹목적이고도 진실한 물질이 스스로를 창조했고, 위로 떠올랐고, 수면에 다다라서는 마치 공기방울처럼 온힘을 다해 수면을 거의 뚫었고…… 그녀는 자신이 아직 잠들지 않았음을 알아차렸고, 자신이 여전히 불 위에서 타닥거리며 타오르고 있다고 생각했다. 어린 시절의 긴 잉태가 끝나고, 마침내 그녀 자신의 존재가 고통스런 미성숙으로부터 벗어나 튀어나오리라, 마침내! 아니, 아니, 난 신을 원하지 않아, 난 혼자이고 싶어. 그리고 언젠가는 그것이 올 것이다, 그래, 언젠가는 새빨갛고 확고하면서도 투명하고 부드러운 능력이 내 안으로 들어올 것이며, 언젠가는 내가 무엇을 하든 그 일은 내 안에서, 내 진실 안에서 맹목적으로, 확고하게, 의식조차 할 필요 없이 굳게 서 있을 것이다, 내가 하는 일과 완전히 하나가 된 나는 더는 말을 할 수 없게 될 것이며, 무엇보다도 내 모든 움직임이 창조와 탄생을 일으킬 날이 찾아올 것이

야생의 심장 가까이

니, 나는 내 안에 존재하는 모든 '아니'를 깨부술 것이고, 스스로에게 아무것도 두려워할 게 없음을 증명할 것이고, 내 온 존재는 언제나 나의 시작을 지닌 여자가 있는 곳에 자리할 것이고, 언젠가는 있는 그대로의 나를 내 안에 세울 것이니, 그때 내 몸짓 하나면 내 물결들은 힘차게 솟구칠 것이고, 순수한 물이 의심과 의식을 삼켜버릴 것이고, 나는 동물의 영혼처럼 강해질 것이고, 내가 말할 때면 내 말들은 생각을 거치지 않을 것이고, 느릴 것이고, 가볍게 느껴지지 않을 것이고, 인간에 대한 갈망으로 가득 차지 않을 것이며, 미래를 부패시키는 과거가 되지 않을 것이다! 내가 하는 말은 치명적으로, 온전히 울려 퍼질 것이다! 내 안에는 시간과 인간과 차원이 존재한다는 사실을 아는 나 자신을 위한 공간은 없을 것이며, 내 안에는 심지어 내가 모든 순간순간을 창조하게 될 것임을 깨달을 공간조차 없을 것이다. 아니, 순간순간이 아니라: 늘 결합되어 있으리라, 왜냐하면 그래야만 나는 살 것이고, 오직 그래야만 어린 시절보다 더 크게 살 것이고, 바위처럼 흉하고도 무자비해질 것이고, 느껴지기는 하되 이해할 수는 없는 그 무엇처럼 가벼우면서 모호해질 것이고, 물결 속에서 자신을 뛰어넘을 것이고, 아아, 신이시여, 그리고 모든 것들이 다가와 나를 덮치기를, 심지어 새하얘지는

순간들마다 마주하게 되는 나 자신의 불가해함마저도
나를 덮치기를 바라노니, 왜냐하면 내가 해야 할 일이
라곤 자신에게 순응하는 것뿐이므로, 그러면 두려움-
없는-죽음을 맞이할 때까지 아무것도 나의 길을 막지
않을 것이며, 분투할 때나 쉴 때나 나는 어린 말처럼 강
하고 아름답게 솟아오를 것이다.

리우에서
1942년 3월
1942년 11월